나의 하루를 진료하는

반딧불 의원

나의 하루를 진료하는 　반딧불
　　　　　　　　　　　의원

오승원

이수현

이 책에는 잘못된 정보를 바로잡으려는 차가움과 환자들을 걱정하는 따뜻함이 공존한다. 불안과 걱정이 가득한 사람들이 찾아오면 쉽고 적확한 언어로 병이 어디에서 기인했고 어떻게 관리하면 되는지, 어떤 걱정이 쓸모가 없으며 어떤 태도를 가지면 좋은지 차분하게 설명한 후 앞으로의 추이를 꾸준히 함께 점검해나가자고 약속하는 차갑고도 따뜻한 진단 속에는 다름 아닌 '나'를 향한 진심이 가득하다. 얼마 전 간호조무사로 일하는 동생이 부모님의 휴대폰에서 여러 SNS 어플을 지웠다고 한다. 대신 부모님께 이 책을 선물해야겠다. 누구라도 이 책을 읽으면 자신이 가장 사랑하는 사람, 가족에게 전달하고 싶을 것이다.

_반지수(일러스트레이터,《보통의 것이 좋아》저자)

반딧불 의원은 비현실적인가, 현실적인가. 이수현 원장의 마음과 태도로 진료를 보는 의사가 있다면 당장이라도 나의 주치의가 되어 달라고 간청할 텐데. 어쩌면 의사가 환자에게 주는 많은 처방 중 가장 중요한 건 신뢰, 안정일지 모른다. 의학을 다루는 책을 읽으며 이토록 마음이 편안할 수 있다니! 나의 몸, 누군가의 건강에 관해 과잉 염려를 하고 있다면, 정확하고 친절한 처방을 찬찬히 듣고 싶다면 저녁에만 불을 켜는 반딧불 의원 진료실에 노크해보자. 대기가 길어도 흔쾌히 기다릴 수 있는 유일한 병원이다.

_엄지혜(《태도의 말들》저자)

자극적이고 왜곡된 의학정보는 몸과 마음을 동시에 망가지게 한다. 왜곡된 정보로 고혈압 약물을 잘못 복용하면 심장에 문제가 생길 수 있다. 자극적 정보 또한 불필요한 건강염려 스트레스를 준다. 하지만 제대로 된 의학정보에 다가가기는 쉽지 않다. 대부분 재미가 없어도 너무 없기 때문이다. 이 책은 정체불명의 장르물이다. 정확한 의학정보를 스토리텔링에 매쉬업해 술술 읽히고 쏙쏙 들어온다. 서울대병원 교수 중 이런 능력을 가진 이는 저자밖에 없으리라 확신한다. 누군가에게 바른 건강을 선물하고 싶다면 이 책을 강력 추천한다.

_윤대현(서울대학교병원 강남센터 정신건강의학과 교수,《리더를 위한 멘탈 수업》저자)

차례

일러두기

1. 《나의 하루를 진료하는 반딧불 의원》은 저자의 진료 경험을 바탕으로 꾸며낸 이야기입니다.

2. 단행본은 겹꺾쇠표(《》)로, 시와 영화, 학술지 등은 홑꺾쇠표(〈〉)로 표기했습니다.

3. 의학용어 해설은 각주로 표기하였으며, 각 장의 참고문헌은 권말에 모았습니다.

친구가 되어주세요

당신이 당뇨병에 걸렸다는 말을 들었다면

문자메시지 알림 소리가 들렸다. 발신인을 확인한 박인규 씨의 눈매가 살짝 찌푸려졌다. 진구였다. 내용은 한 문장이었다.

'다음 주 일요일 오후에 선생님 찾아뵙기로 했다.'

진구는 고등학교 동창이었다. 이학년 여름방학에 전학을 왔으니 함께 학교에 다닌 기간은 그리 길지 않았다.

처음 보는 아이들 수십 명 앞에 서면 대개는 주눅이 들게 마련이다. 하지만 진구는 남달랐다. 담임 선생님은 말이 지독히도 많은 편이었는데, 반 학생들에 대한 잔소리부터 시작해 나라 전체에 대한 푸념으로 끝나는 일장 훈화를 늘어놓곤 했다. 그날도 담임의 훈화는 새로 전학 온 아이와 아무런 관련이 없는 금융실명제 이야기로 이어졌고, 옆에 삐딱하게 선 진구는 지루한 시간이 이어지는 동안 주머니에 손을 넣고 교실 벽 녹슨 선풍기만 무표정하게 쳐다보았다. 한참을 이야기하다 전학생의 존재를 깨달은 선생님이 아쉬운 얼굴로 입맛을 다시며 이야기를 끝낸 후 인사를 시켰지만, 진구는 한마디도 하지 않았다. 마뜩잖은 표정으로 고개를 까딱하는 것이 전부였다. 선생님은 마침 비어 있던 박인규 씨의 옆자리를 가리켰고, 병가로 자리를 비웠던 원래 짝이 학교를 그만두면서 진구가 그 자리에 쭉 눌러앉게 되었다.

B시에서 자란 대부분의 반 아이들과 달리 진구의 피부는 햇볕에 그을려 갈색에 가까웠고 체구도 단단해 보였다. 박인규 씨는 처음엔 그가 썩 마음에 들지 않았다. 먼저 인사를 하거나 살갑게 안부를 물어도 돌아오는 대답은 늘 무뚝뚝한 단답형이어서 머쓱해지곤 했다. 나중엔 인규 씨도 꼭 필요한 경우가 아니면 말을 붙이지 않게 되었다. 늘 심드렁한 진구가 활기를 찾는 것은 체육 시간이 유일했고, 다른 수업 시간에는 대부분 엎드려 잠을 잤다. 둘 사이에 변화가 생긴 것은 서너 달쯤 지난 뒤였다.

"이 문제 어떻게 푸는 건지 가르쳐줄 수 있냐?"

진구가 내민 건 수학 교과서였다. 늘 잠만 자던 녀석이 별일도 다 있다는 생각이 들었으나 인규 씨는 성의껏 풀이를 알려주었고, 그때부터 둘의 일대일 교습이 시작되었다. 문제 풀이에 관한 대화는 다른 주제로도 이어졌다. 진구의 아버지는 돌아가신 지 오래고, 식당 허드렛일로 생계를 꾸리던 어머니는 허리를 다쳐 일을 못 하고 있었다. 진구네 가족이 B시로 이사를 오게 된 이유이기도 했다. 중학교에 다니는 여동생이 있다는 것도, 어머니를 대신해 진구가 새벽엔 신문 배달, 주말엔 주유소 일을 한다는 것도 알게 되었다. 인규 씨 집에 신문을 배달하는 것도 진구였다. 말만 많은 줄 알았던 담임이 진구를 비롯한 몇몇 아이들이 지역 단체의 장학금을 받을 수 있도록 애써주었다는 것도 새로 알게 된 사실이었다.

겨울 방학 때였다. 휴일 새벽 운동을 간 박인규 씨의 아버지가 돌아오지 않았다. 가족들이 걱정하고 있을 때 전화가 왔다. 병원이었다. 신문 배달을 하던 학생이 길가에 쓰러진 인규 씨의 아버지를 발견하고 병원으로 옮겼다고 했다. 택시를 타고 급히 병원에 갔을 때 응급실 구석에 서 있는 진구를 발견했다. 아버지가 당뇨병을 앓고 있었고, 당뇨병의 합병증으로 사람이 쓰러질 수도 있다는 것을 그때 처음 알았다. 의사는 진구가 아니었다면 아버지가 돌아가셨을지도 모른다고 했다. 어머니는 진구의 손을 붙잡고 연신 고맙다 말하셨고 진구는 엉거주춤서서 벌겋게 상기된 얼굴로 진땀을 흘렸다.

삼학년이 시작되고 서로 반이 달라지면서 진구와의 수학 교습도 자연스레 뜸해졌다. 가끔 진구와 마주칠 때면 빚진 듯한 기분이 들기도 했지만 그런 기분도 오래가지 않았다. 그해 여름, 진구 어머니께서 돌아가셨다는 소식을 들은 건 장례식장에 다녀온 어머니를 통해서였다. 진구가 새벽 신문 배달을 마치고 집에 돌아왔을 때 이미 숨을 거둔 지 오래셨다고 한다. 이후로는 진구의 결석이 잦아지기 시작했다. 인규 씨가 집에 찾아가 보기도 했지만 집은 늘 비어 있었다. 여동생은 친척 집으로 거처를 옮겼다고 했다. 아이들 사이에선 진구가 나이 많은 선배들과 어울려 다닌다는 소문이 돌았다. 누군가는 그가 조직폭력배 똘마니가 되었다고 했고 또 다른 이는 밤늦게 오토바이를 타고 돌아다니는 모습을 보았다고 했다. 진구가 학교에 오지 않는 날이 늘어나면서 아이들 입에 진구의 소식이 오르내리는 것도 점차 뜸해지게 되었다. 대학 수험이 다가오며 바빠진 것도 이유라면 이유였다. 진구는 졸업식 날에도 학교에 나타나지 않았다.

그런 진구에게 첫 연락이 온 것이 작년이었다. 고등학교를 졸업한 지 이십 년이 훨씬 넘었지만, 박인규 씨는 전화기 건너편 목소리를 금세 알아볼 수 있었다. 진구는 인규 씨가 출연했던 아홉 시 뉴스 인터뷰를 보고 회사 번호를 찾아 연락했다며 너털웃음을 지었다. 오랜만에 듣는 동창의 목소리가 반갑기만 한 것은 아니었다. 잊고 있던 누군가가 갑자기 연락해올 때는 대개 원하는 게 있기 마련이다. 얼굴도 모르는 이가 다짜고짜 투자 자문을 요청하는 일도 있었고, 사업자금을 빌려달라는 동창도 있었다. 약속 장소인 단골 일식집으로 가면서도 마음 한구석이 꺼림칙했다. 막상 만나보니 진구는 돈에 관련된 이야기는 전혀 꺼내지 않았다. 늦게 결혼해 초등학생 남매가 있다는 것, B시 근처에서 캠핑장을 겸한 농원을 운영하고 있다는 것이 진구에 대해 알게 된 전부였다. 이야깃거리는 주로 고등학생 때의 사소한 기억들이었는데 진구가 이야기하면 인규 씨가 맞장구를 치는 식이었다. 담임 선생님은 내년에 퇴임한다고 했다. 이십여 년 전의 추억은 두 시간이 넘게 이어졌다. 학교를 자퇴하다시피 했던 진구가 어떻게 이렇게 많은 걸 기억하고 있는지, 동창들과 연락이 끊긴 지 오래인 박인규 씨로선 의아할 따름이었다. 그날 그는 평소보다 많은 술을 마신 탓에 얼큰하게 취해 잠이 들었고, 오랜만에 아버지가 나오는 꿈을 꾸었다.

아이가 칭얼대는 소리에 생각에서 깨어난 박인규 씨는 주위를 둘러보았다. 반딧불 의원 대기실에는 그 외에도 아이를 안고 있는 엄마, 나이 지긋한 할머니까지 세 명의 환자가 있었다. 회사에서 집으로 오는 길에 있는 이 작은 의원은 이번이 세 번째 방문이었다. 매일 야간진료가 있어 퇴근길에 들르기 적당한 곳이었다. 허름한 상가건물 3층에 위치한 의원의 대기실은 단출했다. 처음 방문했을 때 원장의 약력이나 시술 홍보용 포스터와 입간판 등이 보이지 않았고 그 점이 오히려 마음에 들었다. 증권사 애널리스트인 그는 투자 유치를 노린 마케팅에만 신경을 쓰는 부실기업들을 잘 알고 있었다. 지금 그는 믿을 만한 병원이 필요했다.

직장 건강검진에서 당뇨병 의심소견을 받았을 때는 믿을 수 없었다. 혈당수치가 200이 넘었다. 당뇨병에 대해서는 합병증으로 고생하다 결국 심장마비로 돌아가신 아버지를 통해 어느 정도 알고 있었다. 콩팥이 망가져 투석을 하던 아버지에게선 항상 희미한 지린내가 났다. 아버지처럼 되지 않기를 바랐고 마음 한구석엔 늘 불안감이 자리하고 있었기에 건강관리는 곧 생활이었다. 담배도 피우지 않았고 과음하는 일도 없었다. 주말이면 꼬박꼬박 등산도 했고 동년배들보다 체력도 좋은 편이라 자부했다. 아내가 국제학교에 입학한 아들을 따라 제주도로 내려가면서 끼니를 챙기기 어려울 때도 있었지만 이제는 배달음식과 간편식에도 익숙해졌다. 아랫배가 좀 나오긴 했으나 이 나이에 그렇지 않은 남자들이 어디 있던가. 건강검진 결과가 잘못되었는지도 모르는 일이었다. 다른 곳에서 다시 검사를 받고자 찾은 곳이 저녁에 여는 이 의원이었다. 박인규 씨가 병원에 온 이유를 설명하는 동안 의사는 조용히 듣고만 있다가 한마디 했다.

"그럼 말씀대로 검사를 다시 해보지요."

일주일 뒤 다시 확인한 검사 결과는 이전과 비슷했다.

"당뇨병이 맞습니다."

의사의 말에 박인규 씨는 치밀어 오르는 화를 느꼈다. 내가 뭘 잘못했기에 이따위 병에 걸린단 말인가. 당뇨병은 자기 관리에 실패한 사람이나 걸리는 병 아닌가.

"제게 무슨 문제가 있어서 이런 병에 걸렸을까요?"

붉어진 그의 얼굴을 바라보던 의사가 담담히 이야기했다.

"환자분께서 잘못해서 생긴 병이 아닙니다. 당뇨병이 왜 생기는지는 누구도 정확히 알 수 없습니다."

"약을 꼭 먹어야 할까요? 한 번 먹으면 평생 먹어야 한다는데… 약 대신 식이요법과 운동으로 관리하면 안 될까요?"

"지금은 약을 드셔서 혈당을 낮춰야 하는 상태입니다. 평생 약을 먹는 경우가 많지만, 무조건은 아닙니다. 앞으로의 치료에 대해선 다음번에 조금 더 상의하지요."

의사는 약을 처방받기 꺼리는 박인규 씨에게 부드럽지만 단호하게 이야기했다. 풀이 죽어 주의사항과 부작용을 듣고 돌아온 것이 이 주일 전이다. 약을 먹고 메스꺼움이나 소화불량이 생길 수 있다고 했는데, 과연 식사 후 더부룩한 느낌이 있었지만 심하진 않았다. 혈당을 낮추려면 식사량을 줄여야 한다니 오히려 소화가 안 되는 편이 나을지도 몰랐다.

회사에서 그는 자기 관리의 표본으로 통했다. 평소와 달리 밥을 남기자 의아해하는 동료들에게는 체중 관리를 한다고 둘러댔다. 순간 몇 년 전 당뇨병 진단을 받았던 김 대리가 생각났다. 같은 부서에선 김 대리 이야기가 나올 때마다 젊은 나이에 당뇨병에 걸리다니 어지간히 몸 관리를 안 한 모양이라며 혀를 찼고, 팀장인 박인규 씨 역시 그를 볼 때마다 그렇게 생각했다. 이제 같은 처지가 되었으니 박인규 씨 역시 손가락질받을지 모르는 일이었다. 회사에선 건강검진 결과로 불이익을 받을 일은 없다고 하지만, 당뇨 합병증으로 건강에 문제가 생길 수 있다는 게 알려지면 인사고과에 좋은 영향은 없을 것이다. 애널리스트로 잘나가던 시절은 지났지만 이 년 전 지금 회사로 스카우트된 이후 그는 줄곧 능력을 인정받아왔다. 적극 투자를 유도했던 바이오 벤처가 올해 기술 수출로 대박을 낸 것도 남다른 안목과 꼼꼼함 덕분이었다. 같은 연배에 지금까지 업계에서 활동하는 이들은 이제 손으로 꼽을 정도였지만 그는 살아남았다. 박인규 씨는 그 사실이 마음에 들었다. 이 정도면 괜찮은 인생 아닌가.

그 순간 왜 진구의 얼굴이 떠올랐는지 모를 일이었다. 가진 것 없는 평범한 삶인데 얼굴은 왜 그리 편안해 보였을까. 진구는 그날의 만남 후 가끔 전화를 하거나 문자를 보내 안부를 물어왔는데, 지난달엔 갑자기 퇴임을 앞둔 선생님을 함께 찾아가자고 했다. 회사 일이 바쁘다는 핑계로 어물쩍 넘겼으나 그 이후로도 몇 차례 재촉하더니 이제는 날짜까지 정해 문자로 통보한 것이다.

진구가 보낸 문자를 다시 읽던 박인규 씨는 자신을 부르는 목소리에 놀라 퍼뜩 일어섰다. 진료실에 들어서자 낯익은 의사가 그를 반겼다. 마른 체형에 헝클어진 반백의 머리칼을 가진 의사는 까칠한 첫인상과 달리 환자의 이야기를 잘 들어주어 마음에 들었다. 진료실 안 집기는 꽤 오래되어 보였다. 책상 다리엔 칠이 벗겨진 상처가 군데군데 눈에 띄었고 의자 팔걸이는 모서리의 인조가죽이 갈라져 있었다. 진찰대 옆에 서 있는 등신대의 해부학습용 인형은 이곳이 병원임을 상기시켰다. 인형은 매번 의사의 것으로 보이는 겉옷을 걸치고 있었다. 처음 봤을 때는 흠칫 놀랐으나 지금은 옷걸이 신세가 된 모습이 우스꽝스럽기도 했다.

"약 드시면서 불편한 점은 없으셨나요?"

"소화가 좀 안 되긴 했는데 식사량을 줄이는 데 도움이 되는 것 같아 좋게 생각하기로 했습니다. 선생님 말씀 듣고 약은 꼬박꼬박 먹었습니다."

숙제 검사를 받는 학생이 된 기분이었다. 의사는 박인규 씨의 대답에 희미하게 미소를 지었다.

"잘하셨네요. 손목에 '참 잘했어요' 도장이라도 찍어드리고 싶을 정도예요. 당뇨병 치료에 가장 중요한 것 중 하나가 약을 잘 드시는 겁니다."

아이를 어르는 듯한 말투였지만 이상하게 싫지 않았다. 지난 고민과 노력을 인정받는 것 같았다. 내친김에 좀 더 투정을 부려보기로 했다.

"지난번에 선생님께서 약을 끊을 수도 있다고 하셨지요. 언제쯤 가능할까요?"

"아직은 일러요. 약을 끊을 수 있는 경우는 열 명 중 한 명도 안 되지만, 앞으로 경과를 보고 다시 상의할 수 있을 겁니다. 그 전에 꼭 필요한 게 있어요. 약의 효과를 대신할 만한 생활습관의 변화, 그게 조건입니다."

의사의 말에 박인규 씨는 풀이 죽었다. 당뇨병 관리에 식이요법과 운동이 중요하다는 것, 그리고 그게 안 되었을 때 어떤 결과가 따르는지는 그도 잘 알고 있었다.

"부친께서 돌아가시기 전에 당뇨 합병증으로 고생을 많이 하셨습니다. 저도 아버지처럼 될 것 같아 불안해요. 죽을 때까지 식이요법을 해야 한다는데 자신이 없습니다."

의사는 기다란 손가락으로 자판을 치듯 책상을 두드리며 잠시 생각에 잠겼다. 헝클어진 반백의 머리칼이 형광등 빛을 받아 더 희게 보였다.

"오래 사귄 친구 있으시죠?"

"무슨 말씀인가요?"

어리둥절한 표정으로 되묻는 박인규 씨에게 의사는 차분히 말을 이었다.

"나와 딱 맞진 않아도 평생 가는 친구가 살다 보면 한두 명쯤 있잖아요. 당뇨병을 그런 친구처럼 여기시는 것이 좋아요. 언제든 골치 아픈 존재가 될 수 있지만, 이해하고 노력한다면 편한 친구처럼 지낼 수 있는 것도 당뇨병입니다."

"에이, 아무리 그래도 어떻게 편하게 지낸답니까."

"평생 가는 병일수록 마음가짐이 중요합니다. 당뇨병을 피하거나 아예 없애야 할 대상으로 삼으시면 안 돼요. 병을 받아들이되, 그 대신 큰 합병증 없이 건강하고 즐겁게 사는 것을 목표로 잡으세요. 잘 관리하면 충분히 가능합니다. 박인규 씨도 그렇게 하실 수 있구요."

박인규 씨는 어두침침한 복도와 계단을 걸어 내려오는 동안 의사와 나눈 대화를 곱씹었다. 당뇨병이 생긴 건 어쩔 수 없어도 일찍 치료를 시작했으니 의사의 말대로 잘 관리한다면 아버지와 같은 합병증은 피할 수 있을 것이다. 불안했던 마음이 가라앉자 자신감이 떠올랐다. 평생 친구 같은 병으로 생각하라는 알쏭달쏭한 말도 무슨 뜻인지 알 것 같았다.

건물을 나왔을 때 문자메시지 알림 소리가 들렸다. 그는 주머니 속 휴대폰을 만지작거렸다. 문득 진구에게 전화를 걸어야겠다는 생각이 들었다.

2020년 기준 우리나라 30세 이상 성인의 6명 중 1명이 당뇨병환자이며, 이를 전체 인구로 환산하면 500만 명이 넘는다. 이처럼 당뇨병은 국민 전체의 건강에 영향을 줄 만큼 흔한 질환이지만 환자 10명 중 4명은 본인이 당뇨병이 있다는 사실을 모르거나 적절한 치료를 받지 않을 정도로 관리 수준은 기대에 미치지 않는다.

환자에겐 당뇨병을 진단받는 순간이 삶의 위기로 느껴질 수 있다. 이 경우 부정denial은 흔히 나타나는 반응이다. 당뇨병은 대개 서서히 진행한다. 당뇨병의 대표적 증상인 3다多 증상, 즉 다음(물을 많이 마시는 것), 다식(많이 먹는데 체중이 늘지 않는 것), 다뇨(소변량이 많아지는 것)는 병이 상당히 진행된 단계에서 나타나므로 초기 환자는 증상을 자각하지 못하는 경우가 많다. 이런 상황에서 자신이 당뇨병에 걸렸다는 사실을 쉽게 받아들이기는 힘들다. 평소 건강에 자신이 있었거나 특별한 증상 없이 우연히 건강검진을 통해 진단을 받은 경우는 더욱 그렇다. 진료를 받으라는 권고를 회피하거나, 결과를 믿지 않고 다음 건강검진 때 다시 확인한다는 핑계로 조치를 미루기도 한다. 이러한 부정은 자연스러운 반응이며, 정서적 충격으로부터 자신을 보호하는 심리적 방어기제이기도 하다. 환자는 이 과정을 통해 새로 처한 상황에 익숙해지고 변화에 대처할 준비 시간을 벌게 된다. 하지만 부정의 단계가 너무 오래 지속되면 결국 당뇨병을 초기에 적절히 관리할 기회를 잃고 합병증의 위험을 키우는 결과를 낳는다.

분노, 죄책감과 우울 역시 당뇨병환자에게 흔히 나타나는 정서이다. 누구나 겪을 수 있지만, 이러한 감정이 오래 지속되면 질병을 인정하는 수용acceptance의 단계로 나아가기 힘들다. 수용은 당뇨병을 자신의 일부로 받아들이는 것을 의미하며, 이는 질병 관리를 위한 치료와 생활습관 변화를 위해 꼭 필요한 과정이다. 환자는 이러한 수용 과정을 통해 자신이 해야 할 일을 체감하고 당뇨병을 가지고도 잘 생활할 수 있다는 것을 알게 된다. 전문가들은 당뇨병을 친구처럼 받아들이고 조급함 대신 멀리 보는 마음가짐을 갖는 것이 당뇨병을 건강하게 관리하고 합병증을 예방하기 위한 첫걸음이라고 말한다.

환자가 가지는 부정적 감정들은 당뇨병의 원인이 게으름이나 자기 관리 실패라는 편견과도 관련이 있다. 이러한 편견은 당뇨병을 숨기는 원인이기도 하다. 대다수 환자가 당뇨병에 걸렸다는 사실을 주변에 알리기 꺼린다. 하지만 당뇨병 관리를 위해선 식이요법과 운동을 비롯해 생활습관의 변화가 필수적이며, 이에 앞서 가정과 학교, 직장에서의 이해와 협조가 필요하다. 자신이 당뇨병환자이고 생활습관 관리가 필요하다는 점을 주변에 알리는 것은 성공적인 당뇨병 관리에 도움이 될 수 있다. 당뇨병에 대한 사회적 인식의 변화가 필요한 이유이다.

선의의 의미

편두통, 그리고 혼자 사는 청년의 건강

"팔천오백 원입니다."

자그마한 체구에 단발머리를 질끈 묶은 점원의 목소리엔 힘이 없었다. 안색이 파리했다. 마스크 위 동그란 안경 너머로 찡그린 눈이 보였다.

"어디 아파요? 목소리가 안 좋네요."

카드를 건네던 김희정 씨가 점원의 표정을 살피며 조심스럽게 물었다. 같은 건물 1층의 편의점을 자주 이용하는 김희정 씨에게는 단발머리 직원이 낯설지 않았다. 나이는 이십 대 초반쯤으로, 일을 시작한 지는 두어 달 되었을 것이다. 이은주. 보라색 유니폼 가슴께에 달린 명찰의 이름이었다. 점원은 예상치 못한 질문에 당황한 기색을 보였다.

"죄송합니다. 머리가 좀 아파서요."

계산대 뒤편의 작은 플라스틱 수납장이 김희정 씨의 눈에 띄었다. 해열진통제와 소화제, 종합감기약, 파스와 밴드 같은 간단한 상비약이 진열되어 있었다. 점원의 앳된 얼굴은 김희정 씨에게 옛 기억을 떠오르게 했다. 그녀도 오래전 학비를 벌기 위해 여러 아르바이트를 했고 편의점에서 일한 적도 있었다. 급성편도염으로 고열이 날 때도, 허리가 끊어질 듯한 생리통으로 몸을 가누기 어려운 날에도 해열제와 진통제를 먹고 아픈 걸 참아가며 출근하곤 했다. 한 번쯤 쉬어도 되었을 텐데, 그땐 누구도 그렇게 이야기해주는 사람이 없었다.

"아프면 이야기하고 쉬어요. 참고 일하지 말고."

점원은 대수롭지 않다는 듯 말없이 영수증을 내밀고 이내 건너편의 양복 차림 중년 남자에게 시선을 돌렸다. 남자는 술을 거나하게 마신 듯 붉어진 얼굴로 비틀거리며 아이스크림 냉동고를 들여다보고 있었다. 김희정 씨가 뒤돌아 계산대를 떠나려 할 때 점원이 머뭇거리며 말했다.

"저… 고맙습니다. 신경 써주셔서요."

뭐라 답하기도 전에 점원의 시선은 다시 냉동고 옆 남자를 향했다. 찌푸린 표정에도 변화가 없었다. 지금은 통증보단 술 취한 손님의 존재가 먼저인 것 같았다. 취객을 상대하는 건 혹시 모를 골치 아픈 일에 대비해야 한다는 의미도 있을 것이다. 불쾌한 얼굴의 그가 노래를 흥얼거렸다. 김희정 씨는 걱정스러운 표정으로 점원과 취객을 번갈아 보다 발길을 돌렸다.

다음 날 저녁이었다. 반딧불 의원 출입문에 달린 부엉이 종이 딸랑거리는 소리와 함께 누군가 조심스레 얼굴을 내밀었다. 1층 편의점 직원이었다. 김희정 씨가 인사를 건넸다.

"두통은 좀 어때요?"

"많이 나아졌어요. 어젠 죄송했습니다."

"죄송은. 별말을 다 하네요. 오늘은 어떻게 오셨어요?"

"두통 때문에요. 어제보단 나은데 요즘 자주 아파서요. 어제 조무사님 만나고 한번 올라와 봐야겠다는 생각이 들었어요. 유니폼 보고 여기 병원에서 일하시는 거 알았거든요."

"잘 왔어요. 진료실 들어가기 전에 먼저 접수부터 할까요?"

"두통은 몇 년 되었어요. 대학교 다닐 때부터인데, CT랑 MRI도 몇 번 찍었는데 이상은 없다고 하더라구요. 두통이 시작하기 전엔 몸이 무거워지면서 소화가 안 돼요. 하도 여러 번 겪다 보니 이젠 곧 머리가 아프겠구나 감이 와요. 심할 땐 속이 울렁거려 토하기도 하구요. 병원에선 편두통이라고 하던데, 편두통은 한쪽만 아픈 거 아닌가요? 저는 머리 전체가 지끈지

끈 울리는데… 지금은 편두통이 맞는지도 모르겠어요."

진료실 책상을 사이에 두고 의사와 이은주 씨가 마주 앉았다. 말을 하는 건 대부분 환자 쪽이었다. 마주 잡은 손끝에 시선을 고정하고 빠르게 말을 뱉던 그녀가 문득 말을 멈추고 의사를 바라보았다.

"죄송해요. 너무 두서없이 떠들었죠."

"아뇨. 환자가 자세히 이야기해주면 의사가 진단하기도 편해요. 편두통이라고 해서 꼭 한쪽 머리만 아프지는 않아요. 증상에 대해 좀 더 알려주겠어요?"

"지끈지끈하기도 하고, 욱신욱신하기도 하고. 게보린이나 타이레놀 같은 진통제를 먹으면 좀 낫긴 한데, 심할 땐 그것도 잘 안 들더라구요. 그럴 땐 그냥 커튼 치고 이불 뒤집어쓰고 자요. 푹 자고 나면 좀 나아지거든요."

"두통이 어떤 때 더 심해지나요?"

"학교 다닐 땐 생리 앞두고 더 심해졌어요. 생리통에다 두통까지 겹치면 진짜 최악이었어요. 지금은 잠을 못 자거나 신경을 많이 쓸 때 심해지는 것 같아요. 예전엔 몇 달에 한 번 정도였는데 최근엔 일주일에 한두 번은 아파요. 두통이 너무 자주 생기니 걱정이 돼요."

"편두통을 일으키는 상황을 피하는 게 좋은데, 스트레스를 완전히 피한다는 건 불가능한 일이겠죠. 수면 패턴이 바뀌는 것도 두통을 일으킬 수 있으니 잠은 푹 자는 게 좋아요."

이은주 씨는 진료실 창 너머로 시선을 돌렸다. 어둠이 내린 거리 위 얼기설기 얽힌 전선과 전신주 사이로 드문드문 불이 켜진 건물들이 보였다. 고시텔, 생맥주집, 미용실, 휴대폰대리점, 생오겹살집과 구두가게 간판이 어지럽게 흩어져 있었다. 예전엔 크기도 모양도 제각각인 간판으로 가득한 거리가 촌스럽다 생각했다. 눈이 아플 만큼 선명하고 굵은 원색 글씨와 보색 대비로 가득한 간판들은 하나같이 못나 보였다. 거리를 메운 간판들이 다르게 보이기 시작한 건 편의점에서 야간근무를 하면서부터였다. 출근길 거리의 익숙한 간판 불빛을 보면 마음이 놓였다. 때로는 그 간판들이 저마다 아등바등 하루하루를 살아내려 애쓰는 것처럼 느껴지기도 했는데, 그래서 낯익은 간판이 사라지면 아쉬운 마음도 들었다.

"죄송한데요. 제가 사는 곳이 반지하 원룸이에요. 주변 소음이 심해서 잠을 푹 자기 어려워요. 불안하기도 해요. 이사 온 지 얼마 안 됐을 때 설거지를 하는데 창문 밖에서 허리를 굽히고 있던 어떤 아저씨랑 눈이 마주친 거예요. 그 뒤론 창문을 거의 잠가 놓는데 그래도 마음이 안 놓여요."

그녀의 시선은 여전히 창밖에 있었다. 건너편 건물들 너머

멀리 재작년에 신축한 고층 아파트 단지의 실루엣이 보였다. 거리의 무질서한 풍경 뒤로 높고 반듯하게 늘어선 아파트들은 중세의 고성처럼 우아하고 위풍당당한 느낌을 주었다. 가지런 히 배열된 아파트 창문은 바로 건너편 건물에서 새어 나오는 불빛보다 더 밝고 선명하게 반짝였다. 의사는 그녀가 시선을 내리며 짧은 한숨을 내뱉는 걸 알아챘다.

"그래도 예전에 살던 고시원보단 훨씬 나아요. 그땐 옆방 말소리가 다 들려서 혼자 사는데도 혼자 사는 것 같지가 않았어요. 수면 패턴 말씀하셨는데, 생각해보니 편의점에서 야간 근무를 하면서 더 심해진 것 같아요. 밤낮이 바뀌니까요."

"두통엔 좋지 않은 환경인데. 다른 일을 할 수는 없나요?"

"글쎄요. 마트에서도 일해봤어요. 계산대에서 손님들 컴플레인을 하도 많이 받다 보니 죄송하다는 말이 입에 붙어버리더라구요. 마트보단 편의점이 나아요. 야간근무는 따로 수당도 받을 수 있고, 폐기도 먹을 수 있구요."

의사의 어리둥절한 얼굴에 은주 씨가 킥 하고 웃었다.

"유통기한이 지나서 폐기해야 할 제품이요. 팔지는 못해도 바로 먹기에는 문제없어요. 식비를 줄일 수 있어서 도움이 많이 돼요. 그리고 새벽에 손님이 뜸한 시간이 좀 난다는 것도 좋아요. 공부를 할 수 있으니까요."

그녀의 눈에 약간의 생기가 떠올랐다. 가라앉았던 목소리가 다시 밝아져 있었다.

"가끔 오는 두통이면 그때그때 약을 먹으면 되지만, 지금처럼 횟수가 잦을 때는 평소에 두통이 생기지 않도록 예방해주는 약을 먹는 게 좋아요."

"두통 예방약도 있나요? 신기하네요."

"예방약을 처방할게요. 효과가 나타나는 데 시간이 걸리니, 삼 개월 이상 꾸준히 먹어야 합니다. 중간에 두통이 생기면 먹을 약도 따로 처방할게요. 타이레놀보다는 나을 거예요."

이은주 씨가 반딧불 의원을 다시 찾은 건 일주일 뒤 늦은 저녁이었다. 마침 대기실에 환자가 없었다. 이은주 씨가 접수대를 정리하던 김희정 씨에게 다가갔다.

"진료받기 전에 조무사님께 드리고 싶은 말이 있어요."

의아한 표정을 짓는 김희정 씨에게 그녀가 말을 이었다.

"며칠 전에 편의점에서 어디 아프냐고 물어봐 주신 거, 감사해요. 관심을 주는 사람이 있다는 게 지금 저에게 얼마나 큰 힘이 되는지 모르실 거예요."

별것 아닌 말과 내수줍지 않은 행동도 어떤 순간, 어떤 이에겐 특별한 의미가 될 수 있다는 걸 김희정 씨도 알고 있었다.

하지만 그런 의도로 말을 건넨 건 아니었다. 그저 그녀에게서 예전 자신의 모습을 보았고, 그게 마음을 좀 움직였을 뿐이다.

"임용시험을 준비하고 있는데, 좀 지쳤나 봐요. 작년엔 시험에 떨어졌거든요. 아르바이트로 버는 돈은 월세 내기에도 빠듯해서 항상 쫓기듯이 사는 기분이에요. 모은 돈도 계속 줄고 있어서, 언제까지 이렇게 살아야 하는지 불안하고 걱정만 됐어요. 몸도 좋지 않고 너무 힘들어서 다 그만두고 부모님이 계신 본가로 내려갈까 생각도 했구요."

김희정 씨는 어머니, 남동생과 함께 방 세 개짜리 임대아파트로 이사하던 날을 떠올렸다. 그날의 이사는 매달 가계 지출의 가장 큰 부분을 차지하던 월세를 이제 내지 않아도 된다는 의미였다. 스무 평이 조금 넘는 작은 집이었다. 하지만 줄곧 어머니와 같이 방을 쓰던 김희정 씨가 자기만의 방을 가진 것은 처음이었다. 이전엔 휴일에 일부러 집을 나와 카페에서 시간을 보내기도 했다. 가끔은 작은 방이라도 얻어 혼자 살고 싶다는 생각도 했었다. 그래서 아파트로 이사한 첫날, 혼자 침대에 누운 그날 밤엔 새벽까지 잠을 이루지 못했다.

"조무사님 오신 그날, 머리가 너무 아파서 카운터에 엎드려 있었어요. 손님이 오셔서 간신히 일어났는데 술이 잔뜩 취한 아저씨인 거예요. 취한 손님 상대할 생각을 하니 머리가 더 아프더라구요. 근데 그분이 진통제를 계산해달라고 하더니 저한테 도로 주시는 거예요. 아픈 것 같은데 이거 먹으라고. 그리고 힘내라고. 손님이 가고 나서 눈물이 막 쏟아졌어요. 그분은 술김에 하신 행동이고 잊어버리실 수도 있지만, 저는 잊을 수 없을 것 같아요."

그랬었구나. 누군가가 나를 생각해 준다는 것. 내 곁에 누군가 있다는 느낌. 사소한 무언가가 어떤 상황에선 든든한 발판이 될 수도 있다. 김희정 씨에게 다시 오래전 기억이 떠올랐다. 일을 마치고 집에 들어가면 어머니는 항상 같은 질문을 하셨다. 밥은 먹었니. 그런 경우는 드물었고 어머니는 늘 혀를 차며 새로 쌀을 씻어 밥을 했다. 이른 저녁이든 늦은 밤이든. 샤워를 하고 옷을 갈아입은 뒤 욕실에서 나오면 밥 짓는 냄새가 나른하게 집을 채우고 있었다. 밥이 다 되어갈 즈음 밥솥의 밸브가 내는 치익치익 소리와 뭉근하게 퍼지는 갓 지은 밥 냄새가 좋았다. 그 소리와 냄새는 비로소 집에 왔다는 기분을 느끼게 해 주었다. 그게 아니었다면, 가족이 함께 있지 않았다면 과연 그동안의 시간을 견뎌낼 수 있었을까. 삶을 지속하게 하는 것이 커다란 신념이나 풍족한 물질만은 아닐 것이다.

"바닥을 향해 전속력으로 달려가는 느낌이었는데, 더 버텨보려구요. 원장님께 처방받은 예방약도 열심히 먹고 있어요."

진료실로 향하던 이은주 씨가 문득 생각난 듯 말했다.

"참, 복도 간판에 불이 꺼져 있었어요."

"내 정신 좀 봐. 종종 까먹는다니까요. 복도가 컴컴해서 간판을 보고 오시는 분들이 많은데. 고마워요."

김희정 씨가 바깥 복도를 확인하고 스위치를 올렸다. 흰 바탕에 '반딧불 의원' 글씨가 있는, 벽에 붙은 작은 돌출 간판이 몇 번 깜빡이다가 어두운 복도에서 환하게 빛을 내기 시작했다.

편두통偏頭痛, migraine은 긴장성 두통과 더불어 가장 흔한 일차성 두통이다. 한자 치우칠 편偏이 들어간 이름 때문에 한쪽 머리가 아플 때 흔히 편두통을 떠올리지만, 의학적 진단명으로서의 편두통은 4~72시간 이내의 지속시간, 일측성 또는 박동성을 띄는 중등도 이상 강도의 통증, 빛이나 소리로 통증이 심해지는 증상 등을 특징으로 하는 두통을 말한다.

편두통은 구역감이나 구토를 흔히 동반하고 일부 환자는 시야의 번쩍임이나 따끔거리는 감각 등 다양한 전조증상aura을 경험할 수도 있다. 환자의 절반 이상에서 두통을 불러일으키는 유발 요인이 존재하며 스트레스, 술, 초콜릿이나 치즈 등과 같은 특정한 음식, 수면 부족, 격렬한 운동 등이 그 예이다. 일상 활동이 어려울 정도로 통증이 있고 그 통증이 빛이나 소리에 따라 심해지므로 환자는 일단 두통이 시작되면 어둡고 조용한 곳에 있으려 하는 경우가 많다. 두통은 수 시간에서 이틀 정도 이어지다 가라앉는데 감정의 변화, 무력감, 피로 등의 후유증도 흔하다. 편두통환자이기도 했던 신경과 의사이자 작가 올리버 색스는 그의 첫 책인《편두통》에서 마비, 감각이상, 환각, 감정변화에 이르기까지 다양한 증상을 동반하는 질병의 특징을 잘 묘사한 바 있다.

편두통의 정확한 원인은 아직까지 밝혀지지 않았다. 가족력을 보이는 경향이 있어 유전적 요인도 영향을 미칠 것으로 짐작된다. 또한 편두통은 두통 자체가 질환인 일차성 두통에 속한다. 두통이 있을 때 그 원인으로 뇌혈관의 이상을 걱정하는 경우가 많은데, 편두통은 특정 원인을 가지고 이차적으로 나타나는 두통이 아니라는 의미이다. 갑자기 심한 두통이 생기면 CT나 MRI 등의 검사가 필요하지만, 일차성 두통이라면 이러한 영상 검사에서 이상이 발견되지 않는다. 편두통의 진단은 증상을 종합해 이루어진다. 일반 진통제로 가라앉지 않는 심한 편두통의 경우 트립탄triptan 제제 등 편두통에 특화된 전문의약품을 복용한다. 두통의 횟수가 잦은 경우엔 예방 치료가 필요하다.

국내 1인가구의 수는 빠르게 증가하고 있다. 2022년 통계에 따르면 전체 가구의 34.5%인 716만 가구가 1인가구이고 이는 역대 최고 수치이다. 1인가구를 세대별로 나누었을 때는 60대 이상 가구와 더불어 20대에서 30대 나이의 가구가 가장 많았다. 이러한 현상을 반영해 그동안 독거노인 건강 문제에 비해 상대적으로 주목받지 못한 청년 1인가구의 건강 문제에 관한 관심도 커졌다. 관련 연구에 따르면 1인가구는 흡연율과 과음 비율이 높고 수면습관도 좋지 못했다. 생활습관뿐 아니라 실제 건강 상태도 좋지 않아 고혈압이나 대사증후군이 많고, 우울감을 경험하는 비율도 다인가구에 비해 두 배가량 높은 것으로 알려져 있다.

특히 1인가구는 경제적으로 취약한 경우가 많아 위와 같은 건강 위험 요인이 실제 건강에 더 큰 악영향을 미칠 수 있다. 주거빈곤⁺에 처한 청년 1인가구 연구에서는 주거빈곤이 청년세대 건강에 부정적인 영향을 미치는 원인으로 불안과 무기력함, 일상 영위와 건강관리의 어려움, 의지할 수 있는 관계의 부재, 질병 예방과 치료의 어려움 등을 꼽았다.

✚ 최저주거기준(1인 기준면적 14㎡, 수세식 화장실·전용 입식 부엌 등)을 충족하지 못하거나 주거비를 가구 소득의 20~30% 이상으로 과부담하는 경우를 말함.

맛있는 과일을 고르는 법

나에게 맞는 고혈압약은 무엇일까

"어서 오세요! 오늘은 수박이 싱싱하고 좋습니다! 꿀보다 더 답니다!"

"어머님, 사과도 좋아요. 한번 보고 가세요!"

활기찬 목소리가 과일가게 앞에 울려 퍼졌다. 덥수룩한 수염을 기른 커다란 몸집의 남자가 둥그런 얼굴에 사람 좋은 웃음을 띠고 연신 소리를 쳤다. 쩌렁쩌렁한 목소리가 가게 앞길을 메우고 남을 만큼 컸다. 그는 말끝을 길게 늘여 오세요오, 좋습니다아, 답니다아로 외쳤는데 독특한 리듬 때문에 노래를 하는 것처럼 들리기도 했다. 가게 앞을 지나며 익살스러운 표정으로 그의 말투를 흉내 내는 아이들도 있었다. 국방색 반팔 티에 색 바랜 청바지 차림이었지만 큰 몸집과 수염 때문에 턱

시도를 입으면 언뜻 성악가처럼 보일 것 같기도 했다. 그의 시선이 양복 차림의 젊은 남자 손님을 향했다.

"퇴근길이신가 보네요. 찾으시는 과일 알려주시면 제가 골라드리겠습니다."

"와이프가 집에 손님이 오니 과일을 사오라고 해서요. 복숭아가 맛있어 보이는데, 괜찮을까요?"

"물론 맛있죠. 그런데 무른 복숭아라 예쁘게 깎기 힘드실 거예요. 손님이 오신다면 드시기 편한 청포도는 어떨까요."

주인의 권유대로 청포도를 고른 손님이 만족스러운 표정으로 계산을 마치자 이번엔 옆에 있던 나이 지긋한 아주머니가 말을 건넸다.

"총각. 수박 좀 골라줘 봐요."

큰 체구임에도 수박 매대로 몸을 돌려 살피는 동작이 잽쌌다. 그는 익숙한 손놀림으로 몇 통을 손바닥으로 두드려가며 소리를 비교했다. 소리가 마음에 드는 것들은 들어서 무게를 가늠하기도 했다. 표정이 자못 진지했다. 마지막으로 선택한 수박을 노끈 포장에 넣으며 그는 흡족한 미소를 지었다.

"특별히 꽉 차게 잘 익은 걸로 골랐습니다. 여름에는 수박 같은 제철 과일이 최고죠. 다 맛있지만 제가 골라드리는 놈이 제일 나을 겁니다."

"다른 집에서 사면 가끔 이상한 게 걸리는데 총각이 골라주면 실패한 적이 없어요."

아주머니의 말에 주인의 얼굴에 웃음꽃이 피었다. 그가 목에 건 수건으로 얼굴의 땀을 연신 훔치며 대답했다.

"아이구 어머님, 저 총각 아니에요."

"어머, 벌써 장가를 갔어요? 수박 고르는 걸 보니 와이프도 엄청 까다롭게 골랐겠네. 호호호."

아주머니의 농담에 주변 손님 몇 명도 와르르 웃음을 터뜨렸다. 그는 아랑곳없이 넉살 좋게 대꾸했다.

"에이, 와이프가 저를 골랐지요. 저보다 훨씬 까다롭거든요. 그럼 맛있게 드시고 또 오세요!"

과일가게의 남자 박준표 씨가 같은 건물 3층의 반딧불 의원 문을 열고 들어온 건 그날 늦은 저녁이었다. 마침 대기실엔 환자가 없었다. 대기실 안을 두리번거리며 접수대로 다가온 그를 알아보고 김희정 씨가 웃으며 인사를 건넸다.

"안녕하세요. 1층 행복청과 사장님이시죠?"

"아, 네. 그걸 어떻게…."

살가운 인사에 그가 눈을 동그랗게 뜨고 고개를 주억거렸다.

"당연히 알죠. 이 건물에 계신 분 중에 사장님 모르는 분

이 없을 텐데요. 과일가게가 생기고 나서 골목이 더 활기차졌
어요.”

“죄송합니다. 좀 시끄럽지요?”

“아니요. 열심히 일하시는 모습 보면 저도 힘이 솟는걸요.
보기 좋아요. 사람 사는 것 같고.”

그는 김희정 씨의 말에 쑥스러운 듯 미소를 지으며 시선을
돌렸다. 저녁 아홉 시를 가리키는 벽시계 아래 진료 시간을 알
리는 안내문이 그의 눈에 띄었다.

반딧불 의원
— 진료 시간: 오후 다섯 시~오전 한 시
— 토요일은 쉽니다.

“같은 건물에 이런 의원이 있어 좋네요. 낮에는 가게 일이
바빠서 진료받기가 어려운데 밤에 장사를 마치고 올 수 있으
니까요.”

접수를 마친 박준표 씨가 열려 있는 문을 통해 조심스레 진
료실로 들어갔다. 컴퓨터 모니터를 보고 있던 의사가 진료실

책상 앞에 놓인 환자용 의자를 향해 손짓했다. 그가 엉거주춤 의자에 앉자, 커다란 엉덩이에 깔린 의자가 삐그덕 힘겨운 신음을 냈다. 의사가 난처한 표정을 지었다.

"오래된 의자라서요. 이 책상도 그렇고 중고로 싸게 들여온 거라. 새로 살 때가 된 것 같은데 게을러서 차일피일 미루고 있었습니다."

의자는 다리 이음새 군데군데 녹이 슬었고 팔걸이 부분의 인조가죽이 닳아 있었다. 박준표 씨는 의자의 팔걸이를 만지작거렸다. 그는 몇 년 전 중고가구 매장에서 일한 적이 있다. 새것 같은 가구는 금세 팔려나갔으나 세월의 더께가 쌓인 물건은 쉽게 매장을 떠나지 못했다. 그중 쓸만한 가구들은 너무 이른 시기에 퇴직한 회사원처럼 측은해 보였다. 시간이 지나며 그의 가구 수리 실력도 제법 늘었는데, 오래 머물 것 같던 가구가 그의 손을 거친 뒤 새 주인을 만나 매장을 떠날 땐 보람을 느꼈다. 박준표 씨는 문득 오래되어 망가지는 건 의자만이 아니란 생각을 했다. 사람도 나이가 들면서 문제가 생기고, 어느 순간엔 제 역할을 하지 못할 때가 오기 마련이다.

"제가 혈압이 높아서 상의를 좀 드리려고 왔습니다."

"언제부터 그러셨나요?"

"한 일 년쯤 되었을 겁니다. 그때 가게 임대료 문제로 스트레스가 쌓여 한동안 잠을 못 잤거든요. 두통이 생겨 병원에 갔더니 고혈압이라고 하더라구요.”

“신경을 많이 쓰는 데다 수면 부족까지 겹치면 혈압이 오를 수 있지요. 그래서 치료는 받으셨나요?”

의사의 질문에 그가 멋쩍게 머리를 긁적거렸다.

“제가 겉보기엔 이래도 이제 겨우 서른 중반인데, 벌써 고혈압약을 먹어도 되나 싶어 처음엔 좀 버텼습니다. 그런데 어느 날 머리가 너무 아파서 혈압을 재보니 170이 나오는 거예요. 덜컥 겁이 나서 그때부터 약을 먹기 시작했습니다. 아버지께서 중풍으로 반신마비가 있으셨거든요. 약을 먹으니 혈압이 내려가더라구요.”

“잘하셨네요. 그럼 지금은 약을 드시고 있군요.”

“그런데 제가 그 병원을 계속 다닐 수가 없어서… 병원 두세 군데를 다녔는데 처방받은 약이 다 달랐습니다. 사람마다 맞는 약이 있을 것 같은데, 매번 처방이 다르니 불안해요. 그러다 보니 또 약을 꾸준히 안 먹게 되고… 제가 이번엔 여기 계속 다닐 수 있을 것 같아서, 저한테 딱 맞는 약을 정해 꾸준히 먹어보려 합니다.”

그는 중간중간 말을 멈추고 한숨을 쉬었다. 한숨을 쉴 때마다 그의 어깨가 들썩였고, 그때마다 의자에선 그의 체격을 버거워하는 듯한 신음이 났다. 박준표 씨의 한숨과 의자의 신음은 박자를 맞춘 합주처럼 들리기도 했다.

"지금 드시는 약을 볼 수 있을까요?"

박준표 씨가 기다렸다는 듯 주머니에서 처방전을 꺼내 의사에게 건넸다. 의사는 처방전에 적힌 약 이름을 주의 깊게 확인하면서 오른손 손가락으로 자판을 치듯 책상 위를 가볍게 두드렸다. 잠깐의 침묵이 흘렀다. 의사를 바라보는 박준표 씨는 시험지를 제출하고 선생님의 평가를 기다리는 학생처럼 보였다. 누군가 그의 긴장한 표정을 보았다면 골동품 감정 방송에 물건을 내놓은 의뢰인이 감정을 기다리는 티비 속 장면을 떠올렸을지도 모른다.

"아주 좋은 약을 드시고 있네요. 저도 많이 처방하는 약입니다."

물건이 진품이란 판정을 받은 의뢰인처럼 준표 씨의 얼굴이 환해졌다. 커다란 몸집이 의사의 마른 체격과 대비되어 더 커 보였지만 덥수룩한 수염을 기른 얼굴은 아이처럼 밝았다.

"같은 약으로 처방해드릴게요. 오늘 혈압은 조금 높은데, 약을 꾸준히 드시지 않아서일 수 있어요. 약효를 확인하려면 최소한 이 주일 정도는 꾸준히 드셔야 합니다. 평소 혈압이 중요하니 혈압을 자주 확인하세요. 집에서 확인하기 어려우면 여기 오셔서 재도 됩니다. 한 달간 혈압수치를 보고 필요하다면 약을 조정해볼게요."

"집에 혈압계가 있어요. 매일 재보겠습니다. 약도 빠뜨리지 않고 먹겠습니다. 선생님께 좋은 약이라고 확인을 받으니 믿음이 가는 게 앞으로 혈압 조절도 더 잘 될 것 같습니다. 허허."

박준표 씨가 공약을 다짐하는 정치인처럼 힘주어 말하고는 너털웃음을 짓자 의사도 미소를 지었다.

"저도 사장님이 골라주신 과일은 믿고 삽니다. 지난주에 산 수박도 잘 먹었습니다. 제 눈엔 다 비슷해 보여 어떤 게 맛있는지 알 수가 없거든요."

그가 손사래를 쳤다.

"선생님께만 말씀드리자면… 사실 두드려도 보고 들어도 보지만 겉만 보고는 저도 잘 모릅니다. 농장에서 직접 먹어보고 가져왔으니 손님들께 추천할 수 있는 거죠."

"고혈압약하고도 비슷하네요."

"네? 무슨 말씀인지…."

"고혈압약 종류가 매우 많지만, 사실 효과에 큰 차이는 없어요. 모두 좋은 약입니다. 물론 환자에 따라서 조금씩은 차이가 있고 부작용이 생기기도 하지만 그것까지 미리 알 수는 없습니다. 먹어봐야 알거든요."

박준표 씨는 눈을 끔뻑거렸다. 언젠가 처방받은 약을 인터넷에 검색해본 적이 있었다. 고혈압약은 발음하기도 힘든 이름의 성분만 수십 가지에 달했고, 실제 제품은 셀 수도 없이 많았다. 약들 사이에 큰 차이가 없다면 왜 그리도 종류가 많단 말인가. 그의 표정을 보고 의사가 덧붙여 말했다.

"고혈압 외에 다른 병이 있는 경우엔 고혈압약도 가려 선택해야 합니다. 그렇지만 특별한 문제가 없는 대부분의 고혈압환자에겐 어떤 약을 먹을 것인지보다, 약을 꾸준히 먹는 것이 훨씬 더 중요합니다. 사장님께도 해당하는 이야기구요."

"그렇군요. 저는 괜한 걱정에 정작 중요한 걸 못 하고 있었던 거네요."

의사가 고개를 끄덕이면서 대꾸했다.

"말씀을 들으니 제가 사장님을 믿고 과일을 사는 것처럼, 믿고 약을 드실 수 있도록 하는 게 의사인 제 역할이라는 생각이 드네요."

"그럼요. 믿음, 믿음이 중요하죠. 제가 손님 앞에서 골라드리면 더 믿으시니까요. 으허허."

"사장님께 특별히 중요한 문제가 또 하나 있는데요."

호탕하게 웃던 그가 의사의 진지한 말투에 긴장한 표정을 지었다.

"체중을 조금만 줄이시면 혈압이 훨씬 잘 내려갈 겁니다. 다음번에 오시면 그 문제도 조금 더 상의해보지요."

"아이구. 제 장사 밑천인 목소리가 이 든든한 체구에서 나오는 건데. 그래도 선생님 말씀을 들어야죠. 앞으로 노력해보겠습니다."

진료실을 나가려던 그가 잠시 뒤돌아섰다. 가게에서 손님을 부를 때처럼 목소리가 기운찼다.

"의자 소리는 스프링이 문제인 것 같습니다. 기름 좀 치고 나사를 조여주면 금세 조용해질 겁니다. 제가 언제 한번 올라와 깔끔하게 손봐드리겠습니다. 은퇴하기는 아직 아까워 보여서요."

고혈압약의 종류는 매우 다양하다. 혈압을 낮추는 기전에 따라 안지오텐신전환효소억제제, 안지오텐신차단제, 칼슘차단제, 베타차단제, 이뇨제 등으로 나뉘며, 기전별로 수십 가지의 약제가 존재한다. 다양한 약제들이 있으나 특정약이 다른 것들에 비해 효과가 우월한 것은 아니다. 대한고혈압학회 진료지침에 따르면 위에서 언급한 다섯 종류의 약제 모두를 1차 약제[✚]로 선택할 수 있다.

고혈압 치료를 처음 시작할 때는 이들 다양한 기전의 약제 중 어떤 것이든 선택할 수 있다. 하지만 기존에 앓고 있던 다른 질환이 있을 경우 특정 약을 피하거나 우선시하기도 한다. 천식이 있을 때는 베타차단제, 통풍이 있을 때는 이뇨제를 피하고, 심장질환이나 만성콩팥병이 있을 때는 안지오텐신차단제를 우선 고려하는 것이 그 예이다.

고혈압약은 종종 부작용을 일으킨다. 칼슘차단제는 혈관을 확장시켜 얼굴이 붉어지게 만들기도 하고, 안지오텐신전환효소억제제는 마른기침을 일으키기도 한다. 발기부전이 생기기도 하고, 혈압이 낮아지면서 어지럼증이 생기기도 한다. 많은 고혈압환자들이 장기 복용 시에 생기는 부작용이나 내성에 대한 걱정으로 복용을 꺼리거나 임의로 중단한다. 하지만 고혈압약의 부작용은 복용 초기에 생기며, 약을 변경하면 이내 사라지므로 미리 걱정할 필요는 없다. 또한 고혈압약을 오래 먹는다고 약에 대한 내성이 생기진 않는다. 발기부전과 같은 부작용도 약을 적절히 변경해 해결할 수 있으며, 장기적으로 보면 고혈압 조절을 하지 않았을 때 동맥경화로 인해 발기부전이 더 심해질 수 있다.

✚   초기 치료제.

어떤 약을 선택할지보다 더 중요한 것은 선택한 약을 꾸준히 복용하는 것이다. 하지만 국내 고혈압환자 10명 중 1~2명은 처방받은 약을 제대로 복용하지 않는다. 대한고혈압학회의 2022년 발표에 따르면 고혈압환자 중 권장 수준으로 혈압이 조절되는 비율은 47%에 불과하다. 약에 대한 낮은 순응도가 대표적인 원인이다. 국민건강보험공단 자료를 바탕으로 한 연구에 따르면 처방받은 고혈압약을 절반 미만으로 먹을 경우, 약을 잘 먹는 환자에 비해 뇌졸중으로 사망할 확률이 2배가량 높아지는 것으로 나타난 바 있다.

그물로 물고기를 잡는 법

건강검진에 대한 통념에 관하여

해가 기울고 어둠이 깔리면 변두리 골목 풍경은 낮의 모습과는 사뭇 달라진다. 퇴근하는 직장인들, 오랜만에 소박한 저녁 한 끼 외식을 하러 나온 가족, 장사를 시작하는 가게 주인들과 하루의 피곤을 생맥주 한 잔으로 달래려는 이들이 있다. 이들이 만들어내는 적당한 소음, 골목을 내려다보는 가로등 불빛, 가게의 간판과 조명이 어우러지면 여름 한낮의 열기와는 다른 은근한 생기가 느껴지기도 한다. 하지만 어스름이 내려앉은 골목의 주말 저녁 풍경은 이전보다 생기가 줄어든 분위기였다. 자영업자 또는 소상공인이라 불리는 변두리 골목의 가게 주인들은 주변 풍경의 변화를 누구보다 깊이 체감할 수 있었다. 해가 바뀔 때마다 올해의 경기는 작년보다 나빴다. 그럼에도 화니프라자 1층 호프집 구석에 모인 사람들의 표정은 오랜만에 밝았다.

"이렇게라도 모일 수 있는 게 얼마 만인지 모르겠네."

대신부동산 홍영자 씨의 말에 최강수학학원 원장 이대호 씨가 손을 꼽아가며 셈을 한 뒤 금테 안경을 고쳐 쓰며 말했다.

"여섯 달하고 이 주 만입니다. 뭔 시간이 이렇게 빠른지, 눈 깜짝하니 휙 하고 지나가네요."

"그나저나 한 원장님 아니었으면 이번 달 번영회 모임도 그냥 건너뛰었을 것 같은데, 원장님 덕에 얼굴이라도 보니 좋네요."

누리태권도장 관장 임명진 씨의 말에 모두의 시선이 한돌기원 원장 한세돌 씨를 향했다. 이대호 씨가 고개를 끄덕이며 한세돌 씨의 등을 토닥였다. 그가 두꺼운 뿔테 안경을 벗고 손수건으로 얼굴을 닦으며 손사래를 쳤다.

"아이고. 무슨 말씀을요. 제가 더 감사하지요."

"그런데 한 원장님은 이제 정말 괜찮으신 건가요?"

임명진 씨가 걱정스러운 눈길로 한세돌 씨를 바라보았다.

"아주 초기였다잖아요. 대장암이라 해도 수술도 안 하고 내시경으로 깔끔하게 떼어버렸다는데. 내시경으로 완치가 되는 사람은 열 명 중 한 명도 안 된다니 한 원장님은 운이 엄청 좋은 셈이죠. 그렇지요, 선생님?"

이대호 씨가 옆에 앉은 반딧불 의원 의사 이수현 씨에게 질문을 던지자 사람들의 시선이 그에게 향했다. 그가 미소를 띠었다.

"네, 괜찮으실 겁니다. 그래도 앞으로는 더 조심하셔야 해요."

"당연하죠. 사실 그동안 저희 주치의이신 이 선생님이 그렇게 끊어라, 끊어라, 잔소리를 해주셨어도 못 끊던 담배도 이번에 딱 끊었잖습니까. 제가 암이란 이야기를 듣고 이상하게 우리 이 선생님 생각이 났어요. 선생님 말씀대로 일찍 끊었으면 암도 안 생겼을 텐데, 하는 후회가 들더라구요."

한세돌 씨가 잠시 말을 끊고 그들이 앉은 자리로 다가오던 사람에게 시선을 던졌다.

"마침 또 끊어야 할 분이 오시네. 최 사장도 얼른 담배 끊어. 나 같은 일 안 생기려면."

최영호 씨가 자리에 앉으며 어리둥절한 표정을 지었다. 매장에서 일을 마치고 바로 오는 길인지 보라색 편의섬 조끼를 입은 채였다.

"가게에 정리할 게 있어서 좀 늦었습니다. 그런데 무슨 이야기 중이셨어요?"

"암을 떨쳐버리고 새사람이 된 한 원장님의 생환기를 듣고 있었습니다. 그나저나 하루에 두 갑씩 피우시던 담배도 끊었으니 이번 기회에 더 건강해지면 되죠. 운동도 시작하고. 임 관장님 태권도장을 다니는 것도 좋겠네."

이대호 씨의 제안에 임명진 씨가 박자를 맞췄다.

"원장님 등록하시면 제가 특별할인가로 모시겠습니다. 개인지도는 물론이구요. 애들만 가르치다 보니 몸이 근질근질한데, 책임지고 땀 좀 빼게 해드리겠습니다."

익살스러운 말투에 와르르 웃음이 터졌다. 맥주잔 부딪히는 소리가 몇 차례 이어졌다. 맥주 대신 물로 잔을 채운 한세돌 씨도 함께 잔을 부딪혔다.

"사람들이 오래 살아서 그런지 한두 집 건너면 암환자야. 옛날엔 암이라는 게 치료한다고 낫는 병이 아니었지. 걸렸다하면 그냥 황천길 가는 줄 알았는데. 요즘이야 어디 그런가."

홍영자 씨의 말에 이대호 씨가 고개를 끄덕였다.

"의료 기술이 좋아진 탓도 있겠죠. 저희 아버지도 대장암으로 고생하시다 일찍 돌아가셨는데, 요즘 같은 때 발견하고 치료했다면 아직 살아 계실 수도 있을 것 같아요. 우리나라 암환자가 이백만 명인데 이제는 암에 걸려도 열 명 중 일곱 명은 오년 이상을 산다고 하더라구요."

"이 원장은 누가 수학선생 아니랄까 봐 항상 숫자를 들먹인단 말이야. 그나저나 나도 이번에 내시경으로 암을 도려낼 수 있는 걸 처음 알았네. 감사할 따름이야. 일찍 발견하지 못했으면 꼼짝없이 큰 수술을 치르고 그 독하다는 항암치료도 받아야 했을 것을 생각하니 간담이 서늘해요.”

한세돌 씨가 혀를 차며 몸을 부르르 떨었다. 이번엔 다른 이들도 곧바로 말을 잇지 않고 맥주잔을 홀짝였다. 남은 맥주를 들이킨 홍영자 씨가 잔을 소리 나게 내려놓은 뒤 잠깐의 침묵을 깼다.

“한 원장님은 로또라도 사야 할 것 같아. 암에 걸리고 몇 달 되지도 않아 이렇게 멀쩡하니 생활할 수 있는 사람이 얼마나 되겠어? 그나저나 다들 건강검진은 꼭꼭 받아야 해. 한 원장도 건강검진 받고 발견한 거잖아.”

“당연히 받아야죠. 저는 매년 받습니다. 그런데 얼마 전 기사를 보니 보험공단의 암검진을 겨우 오십 퍼센트 정도만 받는다고 하네요. 절반은 안 받는다는 거지요.”

이대호 씨가 안경을 고쳐 쓰고 정색을 하며 맞장구를 쳤다. 접시 위에 놓인 노가리를 잘게 찢던 최영호 씨가 말했다.

“저는 귀찮기도 하고 막상 건강검진을 받을까 생각하면 겁이 나서 그동안엔 소홀했는데, 한 원장님 소식 듣고 불안해져서 며칠 전에 예약했어요. 이번 기회에 할 수 있는 검사는 모조리 해보려고요. 지나면서 보니 멀지 않은 종합병원에 새로

MRI 기계가 들어왔다고 현수막이 붙어 있던데, 머리부터 발끝까지 다 찍어보면 좋지 않을까요?"

"여기저기 자세히 볼수록 좋겠지. 비용이 많이 들어서 그렇지. 그렇지 않아요, 이 선생님?"

"꼭 그렇진 않아요. 건강검진은 그물을 쳐서 고기를 잡는 것과 비슷하거든요."

이수현 씨의 대답에 질문한 홍영자 씨를 포함한 모두가 아리송한 표정을 지었다.

"어릴 적에 바닷가에 있는 외갓집에 놀러가면 할아버지께서 가끔 배를 태워주셨습니다. 그물로 물고기를 잡는데 바다에서 건져 올린 그물을 펼치면 물고기들이 막 쏟아지는 거예요. 어린 제 눈엔 신기할 따름이었죠. 하지만 수확이 매번 좋진 않았어요. 어느 날인가, 평소보다 물고기가 잡히지 않았다며 아쉬워하시는 할아버지께 여쭤봤습니다. 앞바다를 다 덮을 수 있게 그물코가 작고 촘촘한 그물을 아주 넓게 치면 물고기를 더 많이 잡을 수 있을 것 같다구요."

"역시, 의사 선생님은 어릴 때부터 똑똑했네요."

이대호 씨의 말에 모두 동의한다는 듯 고개를 끄덕였다. 이수현 씨는 특별한 대꾸 없이 말을 이었다.

"하지만 할아버지께서는 그물코가 너무 작은 그물을 쓰면,

잡아야 할 큰 물고기 외에 너무 작거나 팔 수 없는 것들도 함께 그물에 들어와 오히려 골라내는 데 애를 먹는다고 하셨습니다."

"바닥을 훑는 싹쓸이 그물도 있잖아요. 언젠가 티비에서 봤는데, 물고기도 많지만 쓰레기 같은 것들도 엄청 많더라구요."

"저인망이라고 하죠. 건강검진 목적으로 할 수 있는 검사는 다 해달라는 환자를 종종 만나는데, 검사를 많이 하는 건 그런 싹쓸이 그물을 치는 것과 같다고 보시면 됩니다. 그물을 올려보면 진짜 잡아내야 할 이상소견과 별 의미 없는 소견들이 잔뜩 섞여 있는 거죠. 그걸 골라내려면 또 다른 검사를 해야 하는데, 그 과정이 시간도 걸리고 항상 쉽진 않습니다."

"맞아요. 저희 형님이 폐 사진을 찍고 뭐가 보인다고 해서 조직검사까지 했거든요. 며칠 입원도 하고 검사 뒤에 출혈도 심해 고생했어요. 결론적으로 암은 아니어서 다행이었는데, 그동안 사는 게 사는 게 아니었다고 하더라구요. 결과가 나올 때까지 잠도 제대로 못 자고."

최영호 씨가 이야기하며 안타까운 표정을 숨기지 못했다. 한동안 불면증에 시달렸던 그는 뜬눈으로 밤을 지새우는 괴로움을 누구보다 잘 알고 있었다.

"네, 검사를 많이 할수록 그런 일을 겪을 확률이 높아지는 거죠. 그러니 꼭 필요한 검사만 선택하는 게 좋습니다."

"근데 나라에서 해주는 건강검진은 어째 좀 못 미덥지 않아요? 괜히 무료라 그런지 정확하지 않은 것 같기도 하고. 당장 대장암도 내시경 대신 대변검사만 하잖아요."

임명진 씨의 말에 이대호 씨가 안경을 고쳐 쓰고 헛기침을 하며 딴죽을 걸었다.

"무료는 아니죠. 우리가 내는 건강보험료가 다 그 비용 아닙니까. 통계를 보면 일 년에 병원 한 번 안 가도 매달 평균 십만 원씩은 내고 있는걸요. 그리고 대변검사가 별거 아닌 것 같아도 다 근거가 있다고 합디다."

"이 원장님은 역시 잘 알고 계시네요. 대변에서 혈흔을 찾아내는 검사인데, 대장내시경보다 정확도는 떨어지지만 안 받는 것보단 훨씬 낫습니다. 검사가 쉽고 부담이 적기도 하구요. 물론 여건이 되는 경우엔 내시경을 받으시면 됩니다."

"말씀들을 들으니 슬슬 겁이 나네요. 저 같은 젊은 사람도 받아야 할까요? 대장내시경 받기 전에 설사약을 먹고 밤새 고생을 한다던데."

벌써 사르르 배가 아픈 듯한 표정을 짓는 임명진 씨에게 사람들은 앞다투어 자신의 경험을 무용담처럼 늘어놓았다. 홍영자 씨는 대장내시경 전날 약을 먹고 화장실을 들락날락하느라 밤을 꼬박 새운 경험을 이야기했고, 비위가 약한 한세돌 씨는 역한 맛이 나는 약에다 물까지 몇 리터 마시고 구토를 반복해 검사도 하기 전에 탈진을 했다고 너스레를 떨었다. 이대호 씨는 정확한 검사를 위해선 장을 깨끗하게 비우는 게 중요하다며 검사 전에 피해야 할 음식을 줄줄이 읊기도 했다.

"임 관장님은 삼십 대이시니 불편한 게 없다면 대장내시경은 안 받으셔도 됩니다. 혈액검사도 정기적으로 하고 계시니 특별히 더 필요한 건 없어요."

임명진 씨는 한시름 덜었다는 표정을 지었다. 과음한 뒤 종종 생기던 통풍은 반딧불 의원에서 처방받은 약을 꾸준히 먹으며 근래엔 가라앉은 상태였다. 한바탕 무용담으로 왁자지껄했던 분위기가 가라앉자 이대호 씨가 포크로 맥주잔을 두드리며 말했다.

"자, 그래서 오늘 술값은 한 원장님이 내시는 거지요?"

"까짓것, 술 한 잔도 못 마셨지만 제가 내겠습니다. 대신 다들 앞으로 건강검진은 꼭 받으시는 겁니다."

바야흐로 전 국민이 건강검진을 받는 시대이다. 건강보

험공단에서는 나이에 따라 일반검진, 암검진, 영유아검진 등을 제공한다. 최근엔 일반검진 대상연령을 20대 이상으로 확대했다. 초중고에서 자체적으로 주관하는 학생검진까지 포함하면 생애주기의 거의 모든 연령에서 검진을 받을 수 있다. 일반검진만 해도 매년 1,000만 명 이상이다. 이렇게 많은 국민이 국가에서 제공하는 검진을 받고 있지만, 불만도 꾸준히 제기된다. 국가검진은 검사 항목이 적어 부실하다는 것도 그중 하나다. 실제 많은 이들이 국가검진 외에 민간 의료기관에서 따로 종합검진을 받고 있고, 이러한 종합검진에 포함된 검사는 대개 수십, 수백 가지에 이른다. 검사 항목이 많은 건강검진이 반드시 바람직한 것일까?

어떤 검사든 완전무결하게 정확하지는 않으며, 위음성 false negative과 위양성false positive이 생길 수 있다. 여기서 위僞는 거짓이란 의미이다. 위음성이란 질병이 있는데도 발견하지 못하는 경우를, 위양성은 반대로 질병이 없는데도 잘못된 의심소견이 나오는 경우를 말한다. 검사 항목이 많아질수록 위양성 발생 가능성은 커진다. 이 경우 확진을 위해 불필요한 추가 검사를 받아야 하는 문제가 생긴다. 특정 질병이 의심되는 증상이 있어서 검사를 받을 때는 이러한 위양성 문제도 감수해야겠지만, 건강검진은 증상이 없는 건강한 사람이 받는다는 점을 고려해야 한다. 다른 의료행위와는 달리, 건강검진으로 인한 특수한 해harm는 주로 여기서 발생한다.

일찍이 미국에서 전립선암, 폐암, 대장암, 난소암의 검진 효과를 확인하기 위해 대규모로 진행한 PLCOProstate, Lung, Colorectal and Ovarian cancer screening trial 관련 연구 결과는 이런 문제점을 잘 보여준다. 흉부 X선 촬영, 난소암표지자검사✚와 부인과 초음파검사(여성), 전립선암표지자검사(남성), 직장내시경 등을 정기적으로 시행했을 때, 3년에 걸쳐 14번의 검사를 받는 동안 1회 이상 위양성 결과가 나올 확률이 남성이 60%, 여성이 49%에 달했다. 절반이 넘는 이들이 위양성 결과를 받은 것이다. 게다가 4명 중 1명은 조직검사와 같은 침습적✚✚인 추가 검사까지 받은 것으로 나타났다. 불필요한 추가 검사는 그 자체로도 부담이지만, 검사로 인해 합병증이 발생하는 경우 더 큰 문제가 된다. 조직검사로 인한 출혈이나 감염 등이 그러한 합병증의 예다.

이러한 문제를 줄이려면 무조건 많은 검사 항목이 포함된 검진을 받기보다 의료진과 상의해 내 나이와 건강 상태

✚ 악성 종양의 선별, 진단, 예후 평가 등을 위해 쓰이는 혈액검사.
✚✚ 체내 삽입, 질개 등이 요구됨.

에 맞춰 필요한 검사들을 선택하는 것이 바람직하다. 또한, 검사 결과에 대해 충분히 설명을 듣고 그 의미를 정확하게 이해할 필요가 있다. 그러기 위해선 건강검진 결과를 우편으로 통보 받기보다는 의료기관을 직접 방문해 의사의 설명을 듣는 것이 좋다. 정기적으로 진료를 받는 주치의가 있다면 그와 건강검진 결과에 대해 상의할 수도 있다. 건강검진에서 발견된 문제에 대한 지속적인 관리도 꼭 필요하다. 전문가들은 건강검진의 역할은 테스트test가 아니라 경로pathway이므로 일회적인 검사로 끝나선 안 되며 검진 결과 발견된 문제에 대해 사후관리를 강화할 필요가 있다고 지적한다.

우유, 먹어도 되나요?

골다공증, 그리고 우유에 대한 변론

출입문 위에 달린 부엉이 종이 딸랑거렸다. 대기실로 들어오는 환자를 본 김희정 씨의 눈이 동그래졌다. 왼쪽 다리에 깁스를 한 나이 든 여성과 젊은 보호자였다. 김희정 씨의 놀란 얼굴을 본 환자가 목발에 몸을 의지한 채 천천히 접수대로 다가왔다. 발걸음이 조심스러웠다. 눈빛엔 반가움이 담겼지만 통증 때문인지 얼굴은 약간 찌푸린 채였다.

"어쩌다가 다치셨어요."

"화장실에서 넘어졌지 뭐예요. 발목뼈에 금이 갔어요. 집 안에서 다치기나 하고. 나이가 드니까 조심성도 부족해지는 것 같아요."

"이를 어째. 저도 지난달에 집 욕실에서 미끄러져 큰대자로

누웠는걸요. 뼈는 다치지 않았는데 얼마나 무섭던지 그날로 미끄럼방지 매트를 샀어요. 또 넘어지시면 큰일이니, 혹시 욕실 바닥에 매트가 없으면 꼭 까셔야 해요."

양손을 허공에 저으면서 바닥에 드러눕는 시늉을 하는 김희정 씨를 보고 박정숙 씨의 찡그린 표정이 풀리면서 웃음기가 떠올랐다. 박정숙 씨는 그녀가 행여 환자가 민망할까 지레 과장된 행동을 했다는 걸 알고 있었다.

환자를 본 의사 역시 놀란 표정을 지었다.

"선생님, 제 다리가 이런 상태라 진료받으러 오기가 어려웠어요. 남은 약이 좀 있어 먹다가 그마저도 떨어진 지 일주일이 넘었네요. 오늘은 꼭 와야 할 것 같아 바쁜 우리 딸에게 같이 가자고 부탁을 했어요."

옆에 있던 보호자가 가볍게 묵례를 했다. 화장기 없는 얼굴에 굵은 컬을 넣은 긴 머리를 뒤로 묶은 그녀는 갈색 스웨이드 재킷에 검은색 바지 차림이었다. 왼손은 어깨에 멘 가죽 숄더백 끈을, 오른손은 어머니의 팔을 잡은 채였다. 숄더백 밖으로 비죽 튀어나온 클리어 파일이 보였다. 퇴근길에 어머니에게 들렀다는 걸 짐작할 수 있었다. 의사는 언젠가 박정숙 씨에게 결혼하지 않은 딸이 둘 있고, 독립해 따로 살고 있다고 들은 것을 기억해냈다. 반딧불 의원에서 꽤 오랫동안 고지혈증 처방을 받아왔지만 가족과 함께 온 것은 오늘이 처음이었다.

"잘하셨습니다. 발목 문제인 것 같은데 상태는 어떠신가요?"

"골절이에요. 정형외과 선생님이 수술은 안 해도 된다고 하더라구요. 깁스한 지 삼 주쯤 되었나. 기껏해야 잠시인데 얼마나 불편한지, 다리를 잘 못 쓰는 분들 마음을 조금은 알겠더라구요. 며칠 전에 사진을 찍었는데 뼈가 잘 붙고 있다고 해 감사할 따름이에요."

그녀는 기도하듯 두 손을 모으고 눈을 가볍게 감았다.

"어디서 다치신 건가요?"

"욕실에서요. 반신욕을 하고 나오는데 미끄러졌어요. 그날따라 기운이 없었는지… 어디 놀러 간 것도 아니고 집에서 이런 일이 생기니 민망해서 이야기하기도 부끄러워요."

"오랜 시간을 보내는 장소에서 사고가 자주 생기는 건 당연하지요. 낙상사고의 절반 이상이 집에서 생깁니다. 익숙해서 조심을 덜 하니까 사고가 더 생기기도 하구요. 집 안에서도 낙상이 특별히 많이 일어나는 곳이 있는데, 어딘지 아세요?"

전혀 모르겠다는 듯한 표정의 박정숙 씨 대신 옆에 앉아 있던 딸이 냉큼 대답했다. 딱 부러지는 말투였다.

"미끄러운 욕실이나 계단 같은 곳 아닐까요?"

"방 안, 그중에서도 침대입니다. 내려오다가 균형을 잃고 쓰러지기도 하고, 밤에 화장실에 다녀오다가 부딪혀 넘어지기도 하구요. 그렇게 골절이 생겨 수술이나 입원을 하게 되는 경우도 있으니 다들 위험하기 짝이 없는 물건을 방에 두고 사는 셈이지요. 골절 예방을 위해선 먼저 침대부터 없애야 할지도 모르겠습니다."

무표정한 얼굴과 어울리지 않는 농담에 환자와 보호자 모두 씨익 웃었지만 의사의 표정은 여전히 덤덤했다.

"스스로 조심할 필요도 있지만, 집 안 환경도 중요합니다. 낮은 침대를 쓰고, 욕실은 바닥이 미끄럽지 않도록 관리하고 벽에 손잡이를 다는 것도 좋아요."

"장애인화장실에 있는 것 같은 손잡이 말씀이지요. 어째 좀 서글프네요."

"엄마는 서글프긴 뭐가. 선생님 말씀대로 하는 게 좋겠어. 아까 간호사님도 이야기하던데, 욕실에 매트도 없지? 내가 당장 알아볼게요."

딸이 휴대폰으로 욕실매트를 검색하는 동안 박정숙 씨는 깁스 밖으로 가지런히 고개를 내밀고 있는 발가락을 말없이 응시했다. 평소 복용하던 고지혈증약 처방이 끝나자 의사가 생각난 듯 물었다.

"혹시 정형외과에서 골다공증 검사는 해보셨나요?"

"네. 검사했는데 골다공증이 있다고 하더라구요. 약 처방도 받았습니다. 그렇지 않아도 선생님께 상의하려고 결과지를 받아왔어요."

"엄마. 골다공증 생긴 것도 모르고 있었어? 왜 그렇게 둔해. 뼈에 구멍이 숭숭 나는 건데 그냥 두면 큰일 나. 척추뼈가 주저앉기도 한대."

"심하지 않대."

박정숙 씨가 딸을 달래듯 작은 목소리로 이야기하고 손가방을 열었다. 검사 결과지는 쉽게 눈에 띄지 않았다. 분명 여기에 넣어둔 것 같은데. 내 정신 좀 봐. 박정숙 씨는 당황스러운 표정으로 가방 안을 한참 뒤적였다. 딸이 얼굴을 살짝 찌푸렸다.

어릴 적 기억 속 엄마는 항상 당당하고 빛이 났지만 이젠 몸도 기억도 시들어가는, 혼자선 욕실매트 하나 제대로 검색하지 못하는 가련한 여인일 뿐이다. 영문학을 전공한 엄마는 원래 교수가 되고 싶었다고 했다. 하지만 팍팍한 살림에 두 딸을 키우며 꿈을 이루기 위한 노력을 계속할 수 있는 상황은 아니었을 것이다. 엄마의 꿈을 내몬 자리를 야금야금 차지한 존재가 바로 자신임을 그녀는 알고 있었다. 그것이 온전히 엄마의 선택만은 아니었을 것이다. 그녀는 엄마처럼 살지 않을 거라

다짐해왔다. 하지만 언제부턴가 막상 엄마를 볼 때면 그 확신
이 흔들리곤 했다. 미래의 자신을 보는 것 같은 불안감 때문이
었다. 그녀가 집에서 나와 따로 살게 된 이유 중 하나였다.

의사가 검사 결과를 살펴보는 동안 그녀는 다시 휴대폰으로
골다공증에 대한 정보를 검색했다.

"다행히 심하진 않네요. 나아질 수 있을 겁니다. 처방된 약
은 일 년 이상 꾸준히 드셔야 해요."

"네, 그렇게 하려구요. 뼈가 이렇게 약해지고 나서야 치료를
하게 되었으니 저도 참 어리석죠. 몇 년 전부터 무릎이 시리고
아팠는데 나이가 들어서 그러려니 했어요."

"골다공증 때문은 아니었을 겁니다. 골다공증이 생긴 걸 몰
랐던 게 어머님이 둔해서도 아니구요."

검사 결과지를 보던 의사의 시선은 이제 그녀의 딸을 향해
있었다. 그는 딸에게 시선을 고정한 채 말을 이었다. 부드러운
말투였다.

"골다공증은 통증도, 증상도 없거든요. 통증은 관절에 염증
이 있거나 신경이 눌려서 생겨요. 골다공증은 뼈대가 약해지
는 병입니다. 그래서 증상이 없고, 골다공증이 생겨도 검사를
해보기 전엔 알 수가 없죠. 불편한 게 없는데도 치료가 필요한
이유는 골절을 예방하기 위해서예요. 고관절뼈가 부러지는 경

우엔 열 명 중 한두 명은 사망할 수도 있거든요."

박정숙 씨의 딸이 휴대폰을 가방에 넣었다. 그녀는 직업상 건강에 대한 정보를 자주 찾아야 했다. 그건 좋은 욕실매트를 찾는 것과는 전혀 다른 성질의 일이었다. 의료서비스는 높은 전문성과 빠르게 발전하는 지식을 기반으로 한다. 그래서 공급자와 소비자 간 정보의 비대칭성이 가장 큰 상품으로 꼽힌다. 건강정보도 비슷하다. 일반인이 의학정보의 옥석을 가리기는 어렵다. 검색창에 질병 이름만 쓰면 수없이 많은 정보가 홍수처럼 쏟아지지만, 전문지식 없이는 내게 꼭 필요한 답을 찾아내기 어렵다는 걸 그녀 역시 경험으로 알고 있었다.

건강정보 측면에서 본다면 인터넷은 쓰레기로 가득 찬 우주 같은 곳이었다. 제대로인 듯한 정보는 의학교과서처럼 너무 딱딱하고 어려웠고, 반대로 쉽고 친근한 정보는 근거가 부족하기 일쑤였다. 유튜브는 건강기능식품을 팔려는 사이비 전문가로 가득했다. 의사나 약사 같은 번듯한 전문가 중에도 사이비가 있었다. 이들은 전문가의 권위를 조회수와 구독자 사냥용 도구로 사용했다. 거짓말만 하는 사람보다 권위를 바탕으로 사실에 거짓을 살짝 섞어 말하는 사람이 믿을 만해 보인다는 점에서 이들은 사이비 중에서도 고수에 속했다. 인터넷과 유튜브의 검색 결과를 살피다 보면 그녀는 잡음으로 가득한 우주에서 외계생명체의 신호를 찾아 헤매는 영화 속 과학자가 된 듯한 막막한 기분을 느끼곤 했다.

"선생님, 저희 어머니 골다공증이 좋아지려면 뭘 더 먹어야 할까요? 아무래도 약만 가지고는 안심이 안 될 것 같아서요."

"뼈 건강을 위해선 칼슘이 제일 중요해요. 문제는 우리 식단에서 가장 부족한 영양소가 칼슘이란 거죠. 그러니 칼슘이 풍부한 음식을 좀 더 챙겨 먹는 게 좋아요. 매일 우유를 한두 잔씩 먹는 것도 좋습니다."

"우유는 동물성단백질이라 우리 몸을 산성으로 만들어 오히려 뼈의 칼슘을 빠져나가게 한다던데요. 우유 많이 먹는 나라 사람들이 오히려 골다공증이 더 많다고."

순간 의사의 얼굴에 난감함과 호기심이 섞인 표정이 떠올랐다. 어디서 그런 말을 들었을까 궁금한 듯했다. 그녀가 지갑에서 명함을 꺼내 그에게 내밀었다. S방송 영상제작국 작가 한지은. 명함에 적힌 소속과 이름이었다.

"제가 방송 일을 하는데 예전에 기획한 다큐멘터리 시리즈가 식품에 관한 내용이었거든요. 우유도 그중 하나였구요. 제가 몰랐던 사실이 많더라구요."

"과학적 근거로 보자면 우유가 성장이나 뼈 건강에 도움이 된다는 연구가 더 많아요. 그렇지만 반대되는 연구들도 있습니다. 말씀처럼 논란이 있는 것도 사실이에요. 그런데 이런 반대 연구들은 서양 사람들을 기준으로 했다는 것도 생각해야 해요. 한국인은 칼슘을 훨씬 적게 섭취하거든요. 어떤 영양소든 해당하는 원칙이 있습니다. 과하면 해가 될 수 있지만 부족한 걸 채우는 건 건강에 도움이 된다는 거죠."

그의 손가락이 자판을 치듯 책상을 가볍게 두드렸다.

"우유를 먹어서 얻는 이득이 과거에 생각했던 것보다는 적지만, 칼슘 섭취가 적은 보통의 한국인에겐 도움이 될 음식이라 정리해도 크게 무리가 없을 것 같네요. 골다공증의 원인은 워낙 다양해 특정 음식만으로 설명할 수는 없습니다."

"그럼 부족한 칼슘을 영양제로 채우는 건 어떨까요?"

그녀가 몸을 꼿꼿하게 세웠다. 마치 인터뷰를 하는 듯한 말투였다. 의사가 다시 난처한 표정으로 어깨를 으쓱했다.

"물론 칼슘제를 드셔도 됩니다. 하지만 칼슘제도 문제가 없는 건 아니에요. 심혈관질환을 일으킨다는 연구 결과도 있거든요. 그러니까 음식을 통해 부족한 섭취량을 채우는 게 우선입니다."

"우유는 포화지방과 성장인자가 많아서 암 발병 위험도 높인다고 들었어요. 항생제 문제도 있고… 그런 걸 알고 나서부턴 저는 일부러 우유를 피하고 있어요."

"암과의 관련성도 아직은 확실치 않은 주장이에요. 항생제는 지금도 검사해서 걸러내고 있구요. 우유를 먹는 게 걱정된다면 돼지고기나 베이컨처럼 암 발병 위험을 확실히 높이는 음식은 절대 먹지 않아야겠죠. 미국 사람들이 매일 먹는 베이컨을 눈앞에 두고 이렇게 진지하게 고민을 했다면 전체 수명이 조금씩은 늘었을지도 모르겠네요."

베이컨과 스크램블에그는 그녀가 종종 선택하는 메뉴였다. 그녀는 따끈한 식사가 담긴 접시 앞에 일렬로 앉아 심각한 얼굴로 포크를 들지 말지 고민하는 사람들의 모습을 상상하다 자기도 모르게 쿡 웃음을 터뜨렸다. 그녀의 시선이 책상 위 명패로 향했다. 이수현이란 평범한 이름의 이 의사는 농담을 진지하게 생각해보게 하는 재주가 있었다. 엄마에게 밤에 문을 여는 의원 이야기를 처음 들었을 때는 요즘 경기엔 의원 운영도 쉽지 않다더니 영업전략도 가지가지란 생각을 했다. 허름한 건물의 어두운 복도를 지나 이곳에 들어올 때까지도 미덥지 않았던 게 사실이었다. 하지만 이제 엄마가 이 작은 의원에 다니는 이유를 조금은 알 것 같았다. 쓰레기로 가득한 우주에서 외계의 신호를 찾아다니듯 답을 찾아 헤매는 것보단 그냥 엄마처럼 지금 내 앞에 있는 낯선 의사를 믿는 게 나을지도 몰랐다.

"우유가 완전식품은 아니지만 만병의 근원도 아닙니다. 단백질과 칼슘이 많은 여러 식품 중 하나일 뿐이지요. 우유를 피할 필요도, 고집할 필요도 없습니다. 특정 음식 하나가 건강에 지대한 영향을 준다는 건 미신에 가까워요. 칼슘도 여러 음식을 골고루 먹어서 채우는 게 좋습니다."

"선생님 말씀 들으니 저도 굳이 우유를 피할 필요는 없을 것 같네요. 제가 제일 좋아하는 게 우유를 잔뜩 넣은 라떼인데 그것도 한동안 못 마셨지 뭐예요. 이제 조금 더 마음 편하게 마실 수 있겠어요."

두 사람의 대화를 듣고 있던 박정숙 씨가 끼어들었다.

"선생님. 저희 딸이 너무 이것저것 여쭤봤네요. 근데 어쩌죠. 저는 어차피 우유를 마시고 나면 배가 불편하고 설사를 해서 못 마시는데요."

"그럼 굳이 무리하게 드시지 않아도 됩니다. 우유 대신에 칼슘 함량이 높은 치즈를 드셔도 되거든요. 멸치 같은 생선도 좋고, 두부 반 모만 먹어도 우유 한 잔과 비슷한 칼슘을 섭취할 수 있습니다."

진료가 끝나고 의자에서 일어선 딸이 엄마에게 살갑게 말했다.

"엄마, 우리 집에 가는 길에 카페 들러요. 내가 좋아하는 라

떼하고 엄마가 좋아하는 헤이즐넛이 기가 막히게 맛있는 집을 알거든.”

그녀가 박정숙 씨의 팔짱을 끼었다. 박정숙 씨의 얼굴에 소녀 같은 미소가 피어올랐다.

골다공증은 뼈가 구멍 뚫린 스펀지처럼 약해지는 병이다. 예방과 치료를 위해선 빨리 걷기와 같이 뼈에 체중을 싣는 운동, 칼슘과 비타민D 섭취가 중요하다. 비타민D의 필요량은 자외선을 받은 피부에서 대부분 만들어지므로 야외 활동을 늘려 햇볕을 충분히 쐬야 한다. 칼슘은 음식을 통해 섭취할 수 있는데, 한국인의 식단에서 가장 부족한 영양소이므로 대다수 한국인은 좀 더 적극적으로 칼슘을 섭취할 필요가 있다. 국민건강영양조사 결과 한국 성인이 하루에 섭취하는 칼슘은 500mg 정도로 권장 섭취량인 700~800mg에 미치지 못한다.

칼슘이 풍부한 대표적인 음식은 유제품이다. 일반 우유 1컵에는 200mg의 칼슘이 들어 있으므로 일반적인 한국 성인이라면 하루에 우유 1~2잔을 마시는 것만으로 부족한 칼숨을 채울 수 있다. 하지만 국내 우유 섭취량은 줄어드는 추세이다. 과거 우유를 완전식품으로 부르며 소비를 장려하던 시절도 있었지만, 우유가 건강에 해가 될 수 있다는 주장도 꽤 오랫동안 제기되어 왔다.

우유 소비량이 큰 국가에서 골절이 더 많다는 사실은 우유의 해로움을 주장하는 단골 근거로 등장한다. 실제로 우유를 많이 마시는 스웨덴과 같은 나라의 골절 유병률은 한국보다 높다. 하지만 단순한 관련성만으로 인과관계를 판단할 수는 없다. 미국인의 우유 소비량은 1970년대에 비해 40%가 줄었는데, 앞의 주장대로라면 골절도 그만큼 줄어야 하겠지만 실제로는 그렇지 않았다. 현재까지의 과학적 근거를 종합하면, 우유가 골절에 미치는 영향은 어느 쪽으로든 결론을 내리기 어렵다. 우유가 암의 발병 위험을 높인다는 주장도 우유를 피해야 할 이유로 꼽히곤 한다. 실제로 전립선암이나 유방암의 경우 우유와 관련이 있다는 몇몇 연구들이 있지만, 반대로 관련이 없다는 연구들도 많아 이에 관해서는 추가적인 연구가 필요하다.

같은 주제의 연구가 서로 다른 결과를 보이는 것은 흔한 일이며, 한쪽 결과만으로 섣불리 결론을 내려선 안 된다. 이런 차이는 대개 연구 참여자의 특성이 달라서 생긴다. 기존 연구 대부분이 칼슘과 우유 섭취가 많은 서양 사람을 대상으로 이루어졌고, 한국인의 경우 우유를 훨씬 적게 먹는다는 점을 기억할 필요가 있다. 전문가 대부분이 하루 1~2잔의 우유는 해보다 득이 된다는 의견에 동의한다. 참고로 국민건강영양조사 자료를 이용한 국내 연구 결과 우유를 거의 마시지 않는 사람에 비해 하루 1회 이상 우유를 마시는 남성은 골다공증 위험이 65% 적은 것으로 나타난 바 있다.

열정과 냉정 사이

응급피임약 사용법

밤이 깊어지면 반딧불 의원에도 환자가 뜸해진다. 대기실은 한산했다. 접수대 앞에 한참을 서 있던 젊은 남성이 의원을 나간 뒤, 의사가 진료실 문을 열고 나와 크게 기지개를 켜며 하품을 했다.

"이제야 한가해졌네요. 기다리는 환자가 없는 것 같아 허리 좀 펴려고 나왔습니다."

"어떤 때는 한꺼번에 우르르 몰려오고 또 어떤 때는 아예 뜸하네요. 시간을 정해 차례차례 오면 환자들도 좋고 저희도 좋을 텐데."

"저는 맨날 뜸한 게 더 좋은데요."

그의 농담에 김희정 씨가 어이없다는 듯한 표정을 지었다.

"원장님. 지난달 매출이…"

"그만 그만. 제가 괜한 말을 했네요. 이럴 때면 제가 희정 씨에게 월급을 받는 의사가 된 것 같아요. 뭐 그것도 나쁘진 않을 것 같지만. 방금 왔던 남자분은 접수는 안 하고 갔나 봐요."

그가 은근슬쩍 화제를 바꾸었다. 김희정 씨가 장난기 많은 아이를 보는 듯한 눈길을 그에게 보냈다.

"응급피임약을 처방해달라고 해서요. 일요일이잖아요."

그가 쓴웃음을 지었다. 일요일 저녁엔 응급피임약을 처방받기 위해 의원을 방문하는 이들이 종종 있었다. 대부분의 의원이 문을 닫은 시간이라 다른 곳에서 처방을 받으려면 응급실에 가야 할 것이다.

"가방을 멘 차림이 학생 같았는데, 여자친구가 약을 먹어야 한다고 통사정을 하더라구요. 약을 먹을 환자가 직접 와야 한다고 한참 타일러 보냈어요."

"두 사람이 같이 오면 더 좋을 텐데요."

"안 그래도 같이 오라고 했어요."

"열정이 가득한 주말이라. 좋네."

혼잣말한 그가 싱긋 웃으며 다시 늘어지게 기지개를 켰다.

빈손으로 돌아갔던 남자가 여자친구와 함께 진료실로 들어온 것은 한 시간쯤 지난 뒤였다.

"죄송해요, 선생님. 처음부터 제가 와야 했는데, 애가 혼자 가서 받아오겠다고 고집을 부려서…."

진료실 의자에 앉은 여자가 고개를 가로저었다. 검은색 야구모자 아래 쌍꺼풀 없는 눈이 갸름했다. 여자의 차분함과 대비되어 옆에 앉은 남자의 붉어진 얼굴이 더 도드라져 보였다. 회색 체크무늬 남방에 청바지와 운동화 차림인 남자는 무릎 위 베이지색 가방을 부둥켜안고 있었다. 의사는 모니터에서 환자의 나이와 이름을 다시 확인했다. 김윤희. 스물한 살이었다.

"환자가 거동할 수 없는 부득이한 상황이 아니면 대리인이 처방을 받는 건 불법이에요. 가능한 경우라 해도 가족 친지만 처방을 받을 수 있구요. 더군다나 응급피임약은 오남용 우려가 큰 약이라서요."

"본인만 처방을 받을 수 있다는 건 몰랐어요."

"법도 법이지만, 그보다 중요한 이유는 약을 안전하게 쓰기 위해서입니다. 제대로 확인하지 않으면 부작용 위험이 더 커질 수 있어요. 몇 가지 물어볼게요."

진땀이 나는지 양손으로 이마를 훔치던 남자의 얼굴빛이 더 붉어졌다. 그에 비해 여자의 표정은 담담했다.

"관계를 가진 게 언제였나요? 닷새 내에 약을 먹어야 효과가 있거든요."

"어젯밤이요."

"만 하루가 안 되었으니 다행이네요. 복용 하루 이내에는 구십 퍼센트 이상의 효과가 있지만, 사흘째가 되면 절반으로 효과가 떨어집니다. 마지막으로 응급피임약을 사용한 게 언제였나요?"

"이번이 처음이에요. 항상 콘돔을 쓰는데 어제는 그게 빠져버려서…."

그녀가 남자친구를 향해 눈을 흘기자 그의 얼굴빛이 다시 달아올랐다. 그가 더듬거리며 황급히 물었다.

"서… 선생님. 부작용이 생길 수 있다고 하셨는데 어떤 건가요?"

"응급피임약은 일반 경구피임약보다 호르몬 함량이 높아요. 일종의 여성호르몬 폭탄이라 보면 되겠네요. 갑자기 이렇게 많은 양의 호르몬이 들어오면, 신체 호르몬의 균형이 깨져서 수정이 되더라도 자궁 안에 자리를 잡기 어려워져요. 그래서 임신도 막을 수 있는 거죠. 대신 호르몬불균형으로 종종 유방에 통증이 생기거나 생리가 불규칙해집니다. 두통이나 어지럼증이 생기고 구역질, 구토를 할 수도 있어요. 약을 먹고 두세 시간 내에 구토하는 경우 약효가 떨어지니까 새로 다시 먹어야 합니다."

의사의 설명에 남자친구가 그녀를 걱정스러운 눈길로 바라보자 그녀가 한숨을 쉬었다.

"어쩔 수 없지 뭐. 그리고 생리 때도 겪고 있어."

"드물지만 자궁외임신✚ 같은 심각한 부작용도 생길 수 있어요."

가방을 안은 남자가 다시 울 것 같은 표정을 지었다. 누군가 봤다면 환자와 보호자가 바뀌었다고 생각했을 것이다.

"윤희야. 괘… 괜찮을까?"

"괜찮지 않으면, 그냥 약 안 먹고 기다릴까? 선생님. 얘는 신경 쓰지 마시고 처방해주세요."

처방을 끝낸 의사가 다시 주의사항을 덧붙였다.

"약을 먹는다고 백 퍼센트 임신이 안 되는 건 아니에요. 혹시 계속 생리가 없거나 임신이 의심되는 증상이 생기면 꼭 산부인과에 가서 확인해야 합니다."

"네. 그렇게 할게요."

"이 약은 앞으로의 관계에 대해선 효과가 없으니, 피임은 계

✚ 수정된 난자가 자궁 내부가 아닌 다른 장소에 착상하는 것. 일어나는 위치는 난관이 대부분이며 적기에 치료하지 않으면 산모의 생명을 위협할 수 있는 응급 질환 중 하나이다.

속하고 앞으로 더 주의하도록 해요. 이번처럼 여자친구 고생 시키지 말고."

마지막 당부를 하는 의사의 시선이 남자를 향했다. 홀가분한 얼굴로 나가는 환자와 달리 그는 엉거주춤 뒷걸음치며 되풀이해 고개를 숙였다.

의사는 진료실 문간에 기대어 두 사람이 수납을 마치고 나가는 것을 지켜보았다. 그들이 나가고 출입문이 닫히자 김희정 씨가 말했다.

"단단히 주의 주셨죠?"

"네. 다음부턴 더 조심하겠지요."

"그래도 지금은 방법이 있어 다행이에요. 제 동생보다도 한참 어린 친구들인데. 아직 새로운 인생까지 추가로 감당하기엔 이르잖아요."

"준비가 안 되었다면 나이가 많든 적든 마찬가지겠죠. 더군다나 자기 자신도 감당하기 어려운 사람이라면."

그가 짧은 한숨을 쉬었다.

"예전에 지방의 시립의료원에서 잠깐 일을 한 적이 있어요. 밤에 당직을 서는 일이었는데, 당직이라고 해봐야 일은 많지 않았습니다. 병동에서 낮에 주치의가 빠뜨린 처방을 내리거나 간단한 시술을 하고, 가끔 응급실에 일손이 달릴 때 도움을 주는 정도였죠. 제가 해야 할 일은 주로 행려병동에 있었습니다."

"행려요? 노숙인을 말하는 건가요?"

"비슷해요. 환자의 가족과 집을 찾을 수 없으면 그 사람은 행려환자가 되는 거죠. 제 발로 올 때도 있지만 길거리에 쓰러져 있다가 순찰차에 실려 오는 경우가 많아요. 의료원에는 행려환자들을 모은 구역이 따로 있었는데, 거기선 제가 직접 환자들을 맡아야 했습니다. 행려병동은 따로 주치의가 없었거든요."

"원장님이 주치의였던 거네요."

"일반 병동이었다면 잠시 머물다 갈 당직의에게 맡기지 않았겠죠. 그래도 저로서는 다양한 환자를 볼 수 있는 경험이었어요. 환자들과 친해질 수도 있었구요. 운 좋게 가족이 찾아오는 일도 있지만 그런 사람은 드물어요. 대부분은 도착할 때도 혼자, 떠날 때도 혼자인 분들이었죠. 그러다 보니 단골 환자들이 많았습니다. 지난 주말에 퇴원을 시켰던 환자가 다음 주말에 또 실려 오기도 했어요. 퇴원할 때가 되었는데 병원을 나가기 싫다고 떼를 쓰는 분들도 있었구요."

김희정 씨는 서울역 노숙자쉼터에 봉사를 나가던 기억을 떠올렸다. 처음엔 마르타 수녀의 손에 억지로 끌려갔을 뿐이었다. 당시는 가뭄에 시달린 논바닥처럼 마음이 메마르고 가난하던 때였기에 봉사가 사치처럼 느껴졌다. 멀쩡한 사지육체로 노숙을 하는 이들이 곱게 보이지도 않았다. 하지만 한 번, 두 번 쉼터를 방문하면서 김희정 씨의 황폐했던 마음에도 조금씩 변화가 생겼다. 쉼터를 찾는 노숙자들은 생각보다 평범한, 보통 사람들이었다. 실직하거나, 사업에 실패하고 파산하거나, 가족을 잃거나, 큰 병에 걸리는 일은 누구나 겪을 수 있다. 몇 번의 잘못된 선택과 불운이 도미노처럼 이어지다 보면 누군가는 거리로 나앉게 될 수도 있는 것이었다. 김희정 씨는 쉼터에서 봉사하는 자신과 봉사의 대상인 그들의 차이가 어디에서 기인했을지를 생각했다. 그리고 그 차이가 크지 않다는 것, 그리고 차이를 만들어 낸 지점들 역시 특별한 것이 아니라는 것을 깨닫고 이내 몸서리를 치곤 했다. 처음엔 매주 하릴없이 쉼터를 찾아오는 이들을 이해하기가 힘들었지만, 찾아갈 곳과 나를 알아주는 이가 있다는 것이 그들에게 어떤 의미가 되는지를 봉사를 통해 점차 이해할 수 있었다. 아마도 소독약 냄새와 지린내가 섞인 행려병동은 환자들에겐 집과 같은 존재였을 것이다.

"어느 날, 지적장애가 있는 여자 환자가 새로 왔어요. 웃을 때면 빠진 앞니가 훤히 드러나던 게 생각나네요. 밝은 성격에 붙임성도 좋았어요. 나이 드신 분들이 대부분인 병동이라 환자와 간호사들이 금세 정을 많이 줬습니다. 초콜릿을 무척 좋아해서 가끔 사주기도 했어요. 그렇게 입원하고 열흘쯤 되었을까요. 저녁 회진을 하는데 환자가 보이지 않았어요. 가끔 말 없이 병원을 나가 사라지는 환자도 있었지만, 그 환자는 그럴 기미가 없었기에 사고라도 난 건 아닌지 다들 밤새 걱정했습니다. 환자가 돌아온 건 다음 날 새벽이었어요.”

“별다른 일은 없었나요?”

그가 고개를 저었다.

“병원 앞에서 만난 택시기사 아저씨가 초콜릿을 사주면서 좋은 곳에 가서 놀자고 했대요. 택시를 타고 간 곳은 어느 모텔이었던 것 같아요. 거기서 새벽까지 있었답니다. 말을 잘 들으면 다시 병원에 데려다준다고 해서 그렇게 했대요. 지적장애가 있는 걸 이용한 거죠.”

“어떻게 그럴 수가 있죠? 정말 못된 인간이네요.”

김희정 씨의 목소리에 날이 섰다.

“제가 제일 먼저 한 일이 뭐였는지 알아요?”

“경찰에 신고부터 해야죠.”

“그보다 먼저 응급피임약을 처방했어요. 약은 제가 직접 샀습니다. 병원에 약이 없어 바깥의 약국에 가야 했는데, 약국 문을 열기까지 기다렸던 게 생각나네요."

"정말 잘하셨어요."

"그럴까요? 잘 모르겠습니다. 환자는 왜 약을 먹어야 하는 지도 몰랐어요. 그 상황에서 제가 결과를 확신할 수 있는 일을 했을 뿐이에요.

"택시기사는 잡았나요?"

"모르겠어요. 솔직히 그땐 너무 화가 났지만, 기사를 찾는다 고 과연 처벌할 수 있을까, 싶었습니다. 지금은 그런 생각을 한 것도 환자에게 미안하네요."

김희정 씨는 생각했다. 그 환자는 지금 잘살고 있을까. 혹시라 도 비슷한 일이 또 생긴다면 그 기사를 찾아 처벌할 수 있을까. 머리가 복잡해졌다. 그때의 그처럼 지금의 그녀 역시 확신할 수 없었다.

출입문 열리는 소리가 침묵을 깼다. 문을 열고 들어온 것은 막 진료를 받고 나간 환자의 남자친구였다. 손에는 작은 상자 가 들려 있었다.

"치즈케이크인데요, 여자친구가 무지 좋아해서 샀는데 걔 가 간호사님 것도 하나 더 사서 가져다드리라고 해서요. 아까 는 억지를 부려 죄송했습니다."

그가 머리를 긁적이며 다시 꾸벅 인사를 했다. 뒤돌아서는 모습을 보는 두 사람의 얼굴에 미소가 떠올랐다.

국내에서 응급피임약 시판이 시작된 것은 2001년이다. 처음에는 '사후피임약' 또는 'morning after pill'이라고 불렸지만, 사후 어느 때나 쓸 수 있는 약으로 오인될 소지가 있어 '응급피임약'으로 명칭이 변경되었다.

현재 국내에서 시판되고 있는 것은 레보노게스트렐 levonorgestrel 성분(노레보원정, 포스티노 등), 울리프리스탈 아세테이트ulipristal acetate 성분(엘라원정) 두 가지이다. 이들 약은 임신에 필요한 배란을 억제하거나 수정된 배아의 착상을 방해해 임신을 막는다. 이미 착상이 이루어진 후에는 효과가 떨어지므로 성관계 후 노레보원은 72시간(3일) 이내, 엘라원은 120시간(5일) 이내에 복용해야 하며, 일찍 먹을수록 효과가 좋다. 노레보원 기준으로 24시간 이내에 복용했을 때는 피임 성공률이 95% 이상으로 높은 편이지만, 48시간에서 75%, 72시간에서 50% 정도로 성공률이 뚝 떨어진다. 엘라원은 노레보원보다 성공률이 더 높은 것으로 알려져 있다.

응급피임약의 효과는 100% 완벽하지는 않으며 복용했음에도 임신할 수 있으므로, 복용 2주에서 3주 이내에 생리가 없는 경우 임신 여부를 확인해야 한다. 응급피임약은 고농도의 여성호르몬을 포함하고 있어 그에 따른 부작용이 종종 발생한다. 흔한 부작용으로 오심이나 구토, 복통, 두통, 어지럼증 등이 있다. 유방의 통증이나 생리주기의 변화, 질출혈도 생길 수 있다. 반복해서 복용할 경우 부작용의 위험도 그만큼 더 커질 수 있으므로 주의가 필요하다. 가장 안전하고 좋은 피임법은 어떤 방법이든 사전에 준비해 피임하는 것이다. 피임에 대해서만큼은 냉정하고 철저하게 준비할 필요가 있다.

최근에는 경구용 임신중절약으로 해외에서 사용 중인 미페프리스톤mifepristone 성분의 국내 시판을 두고 논란이 일었다. 이 약은 응급피임약과는 달리 자궁의 수축을 일으켜 이미 착상된 수정란을 배출시키는 기전을 가지고 있다. 응급피임약과 기전이 다른 만큼 부작용에 대한 우려도 훨씬 더 크다. 가장 심각한 문제는 수정란의 배출이 제대로 안 되거나 자궁수축에 문제가 생기는 경우 심한 출혈로 인한 응급상황이 생길 수 있다는 점이다. 반면 부작용이 있더라도 임신중절수술에 비해서는 안전하며 여성의 자기결정권 확대에 도움이 될 수 있다는 점을 이유로 시판 허가를 찬성하는 의견도 있다. 해당 약제는 세계보건기구WHO에서 임신중절을 위한 방법으로 공인했고 미국을 비롯해 70여 개 국가에서 사용을 허가했다. 국내에선 2019년 헌법재판소에서 낙태죄 헌법불합치 판결을 내린 이후 2021년에 약제 품목 허가 신청이 이루어졌으나, 1년 이상 식약처 승인이 미루어지면서 신청이 철회된 상태이다.

고통은 지나가고 아름다움은 남는다

류마티스 관절염과 퇴행성 관절염

초저녁부터 내리기 시작한 빗줄기가 밤이 되면서 더 굵어졌다. 이 시간이면 화니프라자 건물도 대부분 불이 꺼진다. 어둠 속에서 1층 편의점의 불빛만이 환하게 거리를 비췄다. 편의점 안에서는 남자 손님 한 명이 간이식탁에 컵라면을 올려놓고 창밖을 바라보고 있었다. 자정이 넘은 시간의 거리는 한산했다. 우산 쓴 행인 몇이 잰걸음으로 건물 앞을 지났다. 택시 몇 대가 지나간 뒤 야식 배달 오토바이의 엔진 소리가 긴 꼬리를 남기고 사라졌다. 누군가 조심스러운 발걸음으로 어두침침한 계단을 내려와 상가 입구 앞에 서서 비가 쏟아지는 바깥 하늘을 올려다보았다. 복도 끝에 있던 경비원 복장의 남자가 다가왔다.

"간호사님. 우산 없어요?"

상가 경비원인 김재식 씨였다.

"네. 챙긴다는 걸 깜빡했나 봐요. 편의점에서 하나 사야 할 것 같아요."

"잠시 기다려 봐요."

경비실로 들어갔다 나온 그의 손에 검은색 장우산 하나가 들려 있었다.

"순찰을 돌다 보면 사람들이 놓고 가는 우산이 많아요. 며칠 간 두어도 찾아가는 이가 없으면 내가 챙겨두지요. 이렇게 갑자기 비가 올 때 쓸 만해요."

"감사합니다. 내일 출근할 때 드릴게요."

"천천히 주셔도 됩니다. 비가 한 번 오고 나면 주인 없는 우산은 또 생기거든요. 허허."

너털웃음을 지은 그가 고개를 들어 하늘을 보았다. 김희정 씨도 그의 시선을 따라 빗방울이 떨어지는 하늘을 올려다봤다.

"일기예보엔 초저녁에만 온다고 해서 퇴근 무렵엔 멈추겠거니 했는데."

"요즘 일기예보 믿을 수가 있나요. 그보단 내 관절염이 훨씬 정확하지. 오늘은 종일 쑤시는 게 한바탕 쏟아질 것 같았어요."

"관절이 많이 불편하신가 봐요."

"나이 들면 으레 그러려니 하죠. 그런데 요즘은 손가락이 아
파서 연필을 잡기가 불편하네요."

그가 양쪽 손을 쥐었다 폈다 했다. 김재식 씨는 자그마한 체
구에 마른 편이었지만 손가락만은 살집이 오른 것처럼 두툼해
보였다. 김희정 씨는 그의 관절이 부어서 그렇게 보인다는 걸
알아챘다.

이틀 뒤 그녀가 경비실 문을 두드렸다. 수첩에 무언가를 쓰
고 있던 김재식 씨가 반가운 얼굴로 맞았다.

"우산 가져다드리려고 들렀어요. 그리고 이것도."

그녀가 우산과 함께 캔커피 두 개를 내밀었다.

"빌려드린 값으로 이 정도면 쏠쏠하네요. 앞으로도 필요하
면 언제든 말씀하세요. 허허."

김희정 씨는 경비실 내부를 훑어보았다. 한 평 남짓한 방 안
에 작은 책상과 의자가 있었고, 한 사람 겨우 누울 만한 너비의
침대에 장판이 깔려 있었다. 책상 위에는 돋보기안경과 손전
등과 수첩이, 한쪽 벽엔 연필꽂이와 책 몇 권이 가지런히 세워
져 있었다. 살금하게 정돈된 모습이 그의 성격을 짐작하게 했
다. 책상 밑 작은 서랍장 위에 놓인 두꺼운 스케치북과 팔레트

가 유독 눈에 띄었다.

"그림을 그리시나 봐요. 한 번 보여주세요."

"아이구. 그냥 소일거리로 하는 거예요. 그림을 그리다 보면 심심하지도 않고 마음이 편해지거든요."

손사래를 치면서도 싫지 않은 표정이었다. 그가 펼친 스케치북에는 도시 변두리의 풍경이 담겨 있었다. 채색된 그림도 있었고 스케치 작품도 많았다. 일부는 김희정 씨에게도 익숙한 풍경이었다. 출퇴근길에 만나는 골목과 화니프라자 앞길 그림은 사진을 보는 것 같았다. 미술을 잘 모르는 그녀도 그저 아마추어 수준의 그림이 아니란 건 느낄 수 있었다. 스케치북을 넘길 때마다 탄성을 지르는 그녀를 김재식 씨가 흐뭇한 표정으로 바라보았다.

"그림이 정말 멋져요. 전시하셔도 될 것 같아요."

"아이구, 칭찬이 과하세요."

"상가에 오신 지 서너 달 되셨을 텐데 그동안에도 많이 그리셨나 봐요."

"정확하게 아시네. 사 개월 조금 넘었습니다. 삼십 년을 공직에 있으면서 아침에 정시 출근하고 저녁에 퇴근하는 생활을 하다가 퇴직했어요. 처음엔 교대 근무가 좀 힘들었는데 지금은 익숙해져서 할 만합니다. 밤에 경비실에 있다 보면 젊었을 때 군대에서 초소 지키던 생각도 나고 그래요. 퇴직하고 방구석에서 노는 친구들도 많은데, 관절은 성치 않아도 큰 병은 없는 덕에나마 일할 수 있으니 감사해야죠. 허허."

"병원엔 가보셨어요?"

"진료는 몇 번 받았지요. 이 나이가 되면 관절염이야 달고 사는 건데 뾰족한 수가 있으려나요. 아플 땐 약 먹고, 그럼 또 좀 나아지고 그렇습니다."

"지난번에 보니 관절에 붓기도 있으신 것 같던데, 이따가 저희 병원에 오셔서 진료 한 번 꼭 받아보세요. 오래 일하시려면 건강 잘 챙기셔야죠."

김희정 씨의 조곤조곤한 말투에 그가 고개를 끄덕였다.

그가 반딧불 의원 진료실을 찾은 건 몇 시간 뒤였다.

"관절이 아픈지는 꽤 오래된 것 같습니다. 나이가 들었으니 당연하다고 생각했지요. 그런데 요즘은 더 심해졌어요."

"어느 관절이 가장 많이 아프신가요?"

"여기저기 돌아가며 아픕니다. 얼마 전엔 손목하고 무릎이 아팠고… 요즘은 손가락이 제일 불편해요. 잠을 자고 일어나면 손가락이 뻣뻣해서 주먹이 잘 안 쥐어지네요."

"뻣뻣함이 한 시간 이상 오래가나요?"

"그럼요. 어떤 때는 오전 내내 불편하기도 한데요."

의사는 그의 손가락을 유심히 관찰하고 관절을 주물러가며 통증이 있는지 확인했다. 그가 아픈 관절을 누를 때마다 김재식 씨가 인상을 찌푸렸다.

"관절이 아픈 것 말고 다른 증상은 없으세요? 피로가 심해졌다거나, 미열이나 안구건조증, 입마름＋이 생겼을 수도 있습니다."

"피곤한 건 있는데, 익숙지 않은 경비 일을 새로 하다 보니 그런가 했지요. 체중이 좀 줄긴 했습니다. 이삼 킬로 정도? 입마름은 특별히 없는데, 맞다. 원래 안구건조가 있었는데 부쩍 심해졌어요. 인공눈물을 달고 삽니다. 짬짬이 그림을 그리는데 그래서 심해졌나 싶기도 하고, 손가락도 아파서 당분간 그림 그리는 것도 그만두려고 생각했지요."

"손가락 관절엔 지금도 염증이 있는 상태입니다. 혈액검사 몇 가지와 X선 촬영을 해보는 게 좋겠어요. 검사 결과가 나올 때까지 드실 수 있는 약을 처방할게요. 통증을 가라앉히는 데 도움이 될 겁니다."

일주일 뒤 김재식 씨가 다시 진료실을 찾았다. 검사 결과를

＋ 구강건조증.

확인하던 의사가 진료실로 들어오는 그를 보고 살갑게 인사를 했다.

"검사 결과를 살펴보았습니다. 류마티스 관절염으로 보입니다."

"류⋯ 마티스요?"

당황한 듯 의아한 표정을 짓는 그에게 의사가 차근차근 설명을 시작했다.

"관절염에는 크게 두 가지 종류가 있습니다. 퇴행성 관절염과 류마티스 관절염인데요. 퇴행성 관절염은 나이가 들면서 관절을 많이 쓴 까닭에 연골이 닳아 생깁니다. 그래서 주로 체중이 실리는 무릎 관절에 많이 생기죠. 하지만 류마티스 관절염은 다릅니다. 우리 몸의 면역체계가 고장이 나서 멀쩡한 관절을 공격해 염증을 일으키는 것이지요. 그러다 보니 많이 쓰는 한두 관절이 아니라 여러 관절이 한꺼번에 아픕니다. 특히 손가락 관절에 많이 생기구요. 치료를 안 하고 오래 두면 관절이 망가지고 변형도 생기게 됩니다."

김재식 씨가 얼떨떨한 얼굴로 의사를 바라보았다. 의사의 설명에 따르면 그가 본래 알고 있던 관절염은 관절에 생기는 문제의 일부일 뿐이었다. 류마티스란 생소한 이름의 병은 한꺼번에 여러 관절을 망가뜨린다니 더 못된 병임이 틀림없다.

면역이란 놈은 무슨 문제가 있길래 괜히 멀쩡한 관절을 망가뜨린단 말인가.

"류마티스 관절염은 전신질환이라, 관절 문제 외에 피로나 안구건조증 같은 증상이 함께 생길 수 있어요. 치료 받으시면 이런 증상도 나아질 수 있습니다."

"거참 희한한 병이네요. 그럼 소염진통제 같은 약은 도움이 안 되는 겁니까."

"물론 염증과 통증을 가라앉히는 데에는 도움이 됩니다. 그렇지만 류마티스 관절염에선 면역을 조절하는 약을 쓰는 게 더 중요해요. 함께 처방해드리겠습니다."

"면역이 문제라니… 면역력에 좋은 식품이나 영양제 같은 건 없습니까? 방송에선 많이 나오던데요."

의사가 쓴웃음을 지었다.

"그런 건 없습니다. 면역력을 강화한다는 상품들은 많지만, 과장이고 장삿속이에요. 설사 진짜 그런 효과가 있다고 해도, 면역기능이 과하게 작동해 관절을 공격하는 게 류마티스 관절염인데 거기에 면역력을 더 세지게 하는 걸 먹으면 불 난 데 기름을 붓는 거죠. 면역력이란 체력과 같다고 보시면 됩니다. 골고루 잘 드시고 운동도 하셔서 평소 관리를 잘하시는 게 중요합니다."

그가 얕은 한숨을 쉬었다.

"태생이 가만히 쉬지를 못합니다. 공무원으로 삼십 년을 일하는 동안 결근 한 번이 없었어요. 퇴직하고 집에 있기가 힘들어 경비 일도 시작했지요. 그런데 이제는 병이 발목을 잡네요. 앞으로 제가 일을 계속할 수 있을까요."

"완치가 어려운 병이지만 꾸준히 약을 드시고 관리하면 건강에 큰 문제 없이 지낼 수 있습니다. 일도 하실 수 있구요."

"말씀을 들으니 조금은 기운이 납니다. 감사합니다."

기운이 난다고 했으나 그의 말투엔 힘이 없었다. 의사가 약 처방을 하는 동안 김재식 씨는 무릎 위에 놓은 자신의 손가락을 응시했다. 그가 양손을 조심스럽게 몇 번 쥐었다 폈다. 그의 손에 의사의 시선이 머물렀다.

"그림을 그린다고 하셨지요? 화가인 르누아르도 류마티스 관절염으로 고생을 했다고 합니다. 그래도 일흔이 넘어서까지 그림을 그렸지요."

"저도 좋아하는 화가입니다. 몇 년 전에 전시회도 보러 갔었지요. 전시회장에 나이 먹은 남자는 저밖에 없어 민망했던 게 기억나네요."

그때의 일을 떠올리는지 그가 빙긋 미소를 지었다. 주름진 눈매에 소년의 눈빛과 같은 밝은 빛이 순간 떠오르는 것을 지켜보며 의사가 덧붙였다.

"관절염을 견디면서도 붓을 놓지 않았던 그가 이렇게 말했다고 하죠. 고통은 지나가지만 아름다움은 남는다."

"멋진 말이네요."

김재식 씨가 잠깐 눈을 감고 무언가를 생각했다. 다음 진료 날짜를 상의하고 진료실을 나서던 그가 말했다. 한결 기운찬 말투였다.

"다음번에 제 그림을 한 점 가져오겠습니다. 누군가에게 선물한 적은 없는데 선생님과 간호사님께는 꼭 드리고 싶네요. 젊었을 땐 미대를 갈까 고민도 했었지요. 취미로 그리는 수준이지만 곧잘 칭찬도 듣고 하니 보기 민망할 정도는 아닐 겁니다. 허허."

풍성하고 반짝이는 색채로 일상의 아름다움을 그려낸 대표적 인상주의 화가 르누아르는 색채의 마술사, 행복을 그리는 화가로 불린다. 그는 50대부터 류마티스 관절염을 앓았는데, 정확한 진료기록은 없지만 남아 있는 사진이나 편지 등을 통해 병의 진행경과를 짐작할 수 있다. 말년에는 관절염이 심해져 휠체어에 앉아 손가락에 붓을 묶어서야 그림을 그릴 수 있었으나 작품 활동은 멈추지 않았다.

일시적인 관절의 통증은 관절을 무리하게 사용하면 누구나 겪을 수 있다. 하지만 6주 이상 지속되는 만성적인 관절통의 경우엔 원인 확인이 필요하다. 흔한 원인으로는 퇴행성 관절염과 류마티스 관절염이 꼽히는데 두 질환은 원인과 치료 방법이 전혀 다르다. 퇴행성 관절염은 골관절염이라고도 불리며, 뼈를 둘러싸고 있는 연골이 닳아 염증과 통증이 생긴 것이다. 대개 50대 이상에서 시작해 나이가 들수록 발병률이 증가한다. 반면 류마티스 관절염은 면역체계에 이상이 생겨 정상적인 관절을 공격하는 자가면역질환이고, 젊은 연령을 포함한 모든 연령에서 생길 수 있다.

두 관절염 모두 손가락과 같은 작은 관절에도 생길 수 있다. 하지만 류마티스 관절염은 주로 손목 또는 손바닥과 손가락 사이 관절에서 발생하고, 퇴행성 관절염은 손가락 끝마디 관절에 잘 생긴다. 덧붙여 퇴행성 관절염은 무릎, 어깨, 고관절 등 큰 관절에 더 흔하게 생긴다. 류마티스 관절염은 여러 관절을 침범하고 양쪽 관절에서 대칭적으로 나타나는데 반해, 퇴행성 관절염은 한쪽 손이나 한쪽 무릎에서 증상이 나타나는 것도 특징적이다. 두 질환 모두 아침에 일어나면 주먹이 잘 안 쥐어지고 뻣뻣한 증상이 생기지만, 퇴행성 관절염은 보통 30분 이내에 풀어지고 류마티스 관절염은 1시간 이상 오래가는 것 역시 중요한 차이이다. 류마티스 관절염은 전신질환이므로 관절의 통증 외에 피로감, 식욕저하, 체중감소, 미열, 안구건조, 입마름 등의 증상을 흔히 동반한다. 진단에는 류마티스인자와 같은 자가면역 관련 혈액 검사가 필요하다.

두 질환은 치료법에도 차이가 있다. 류마티스 관절염은 면역과 관련된 항류마티스 약물을 포함한 먹는 약으로 치료하는 반면, 퇴행성 관절염은 통증 조절과 함께 관절을 무리하게 쓰지 않는 생활습관 관리가 중요하다. 류마티스 관절염의 완치는 어렵다. 하지만 꾸준한 약물치료를 통해 증상을 줄이고 질병의 진행을 더디게 하면서 삶의 질을 높일 수 있다. 초기에 치료를 시작하면 효과가 좋으므로 일찍 발견하는 것이 중요하다. 발병 1년에서 2년 내에 관절조직의 파괴가 일어나는 것도 이른 진단이 필요한 이유이다. 그러나 류마티스 관절염을 초기에 진단하기는 쉽지 않다. 노년에 생긴 만성관절통을 퇴행성 관절염으로 생각해 대중치료[+]만 하다 증상이 심해진 뒤 류마티스 관절염 진단을 받는 경우

[+]   병의 근본 원인을 해결하는 것이 아니라 증상을 줄이기 위한 치료.

가 많기 때문이다. 대한류마티스학회의 조사에 따르면 류마티스 관절염을 앓는 환자들이 자신의 병명을 알기까지는 평균 23개월이 걸렸으며, 10명 중 3명이 진단에 1년 이상 소요되는 것으로 나타났다.

말년의 르누아르. 사진에서 손가락 관절의 부종과 변형을 확인할 수 있다. (ⓒ프랑스국립전자도서관)

당신의 손길이 내게 닿았을 때

HIV 감염인을 대하는 법

"간호사님, 이 친구 좀 얼른 봐주세요."

대기실 출입문이 열리자마자 걸걸한 목소리가 울려 퍼졌다. 목소리의 주인은 곱슬머리가 살짝 벗겨지기 시작한 중년 남성이었다. 그와 함께 들어온 이는 이십 대로 보이는 마른 체형의 청년이었다. 곱슬머리 중년 남자가 성큼성큼 접수대로 다가섰다.

"사장님 안녕하세요. 무슨 일인가요?"

"우리 가게에서 일하는 친구인데, 설거지하다가 잔이 깨졌나 봅니다. 손을 베었어요."

곱슬머리 남자는 같은 건물 1층에 있는 다정호프의 사장이었다. 김희정 씨의 시선이 뒤편에 선 청년을 향했다. 검은색 긴

앞치마를 두른 청년의 왼손에 흰색 수건이 감겨 있었다.

"상처가 큰가요?"

"몰라요. 피가 철철 나는데, 이 친구는 수건으로 꽁꽁 싸매고 보여주지도 않으니. 피는 멎은 것 같은데 아무래도 그냥 두면 안 될 것 같아서 데리고 왔어요. 괜찮다고 하는데 그건 아니지."

"저 정말 괜찮아요, 사장님."

청년이 벌게진 얼굴로 고개를 푹 숙인 채 기어들어가는 목소리로 말했다.

"괜찮을지는 봐야 알겠죠. 우선 상처부터 확인할게요."

처치실로 안내하는 김희정 씨를 청년이 마지못한 표정으로 뒤따랐다. 다정호프 사장이 혀를 끌끌 차는 소리가 들렸다.

"허예진 얼굴로 그 상황에도 피 묻은 바닥을 청소하고 있더라구요. 물걸레로 박박 닦는데. 본인 몸이 더 중요하지."

처치실 의자에 앉은 청년이 조심스럽게 손에 감긴 수건을 풀자 상처가 드러났다. 엄지와 검지 사이에 손가락 두 마디 정도 크기의 상처가 있었다. 벌어진 상처에서 붉은 피가 배어 나왔다.

"상처가 꽤 깊네요. 출혈은 거의 멎었지만 봉합은 필요하겠어요. 원장님께서 보셔야 하니 조금 기다리세요."

오래 지나지 않아 가운을 입은 의사와 김희정 씨가 함께 처치실로 돌아왔다. 의사가 상처를 살펴보는 동안 김희정 씨는 숙련된 손길로 장갑과 봉합도구 세트를 준비했다. 세트를 펼치자 소독된 방포[+]와 포셉[++], 가위가 모습을 드러냈다. 청년이 불안한 표정으로 물었다.

"상처를 꼭 꿰매야 하나요?"

"봉합하지 않으면 상처가 낫질 않고 이차감염이 생길 수도 있어요. 다행히 신경은 다치지 않았으니 봉합하고 상처 관리 잘하면 문제없을 겁니다."

의사가 대답했다. 청년의 눈빛에 복잡한 감정의 동요가 떠올랐다.

"치료 전에 말씀드릴 게 있는데요. 제가 가지고 있는 병이 있습니다."

그는 곧바로 말을 잇지 않았다. 망설이던 그가 다시 입을 열었다.

"에이치아이브이HIV요."

짧은 침묵이 흘렀다. 놀란 얼굴의 김희정 씨와 달리 의사의 표정은 담담했다. 청년과 의사의 시선이 마주쳤다. 청년이 시

[+]　수술 부위 또는 수술 도구 등을 싸는 면綿.

[++]　Forceps, 겸자鉗子 또는 수술용 집게.

선을 낮춘 뒤에도 의사의 시선은 그의 얼굴에 머물렀다.

"치료는 받고 있어요?"

"대학병원에 다닌 지 이 년 정도 되었습니다. 약도 매일 먹고 있구요. 최근 일 년간은 씨디포 수치CD4$^+$도 정상이었어요. 한 달 전 검사는 천이 넘었습니다. 담당 선생님께서 건강한 사람보다 더 높은 수치라고 하더군요."

"약을 잘 드시고 있다니 다행이네요. 상처도 봉합만 잘하면 문제없이 나을 겁니다."

그가 의아한 표정으로 의사를 바라보았다.

"치료를… 해주실 건가요?"

의사는 대답 대신 양손에 장갑을 끼었다. 간이침대 위에 누운 환자의 손 위에 소독된 방포가 덮이고 흰 조명이 핏기 없는 손을 비추었다. 의사가 상처부위를 소독한 뒤 주사기를 들었다.

"마취주사예요. 잠깐 뻐근하고 나면 감각이 없어질 겁니다."

그가 국소마취제를 주사하고 봉합을 시작했다. 한동안 침묵이 이어졌다. 니들홀더$^{++}$ 손잡이가 부딪치는 소리만이 규칙적으로 들렸다. 침묵을 먼저 깬 건 환자의 갈라진 목소리였다.

+   혈액 내 CD4+ 림프구 수.
++   봉합 시 수술용 바늘을 잡는데 사용되는 수술기구.

"작년에 교통사고로 집에서 가까운 응급실에 갔어요. 응급실 담당의사가 먹고 있는 약이 있는지 묻길래 사실대로 대답했죠. 한 시간이 넘게 침대에 누워만 있다가 치료도 못 받고 그냥 나왔어요. 감염환자를 볼 수 있는 의사와 장비가 없어 치료할 수 없다고, 제가 다니는 종합병원으로 가라고 하더라구요. 감염과 교통사고가 무슨 관련이 있는지 모르겠지만요. 나오기 전에 간호사들끼리 하는 이야기를 들었습니다. 응급실 소독과 청소를 다시 해야 하는 것 아니냐고 상의를 하더군요."

"마음이 많이 안 좋았겠네요."

가위로 봉합매듭을 자르던 김희정 씨가 가라앉은 말투로 말했다. 청년이 그녀를 보고 쓴웃음을 지었다. 두 사람의 눈이 마주쳤다. '맑은 눈빛이네.' 그녀가 생각했다.

"슬펐죠. 모멸감이 들기도 하고. 하지만 결국 항의도 못 하고 나왔어요. 침대에 누워 있으니 이런저런 생각이 들더라구요. 치료를 시작한 이후로는 한동안 죽음을 떠올리지 않았는데, 그때 다시 생각했던 것 같아요. 이럴 거면 그냥 죽는 게 낫지 않을까. 아니, 어차피 사고라도 나면 치료도 못 받고 그냥 죽게 되겠지. 그런데 저만 그런 일을 당한 건 아니었어요. 환자 모임에서 듣기론 수술하려고 입원했다가 감염 사실을 알린 뒤 그냥 퇴원을 당한 분도 있었으니까요. 제 경우는 양반인 셈이죠. 몸이 아픈 것보다 그런 상황에서 느끼는 고통이 훨씬 더 큰 것 같아요. 저 같은 감염자는 치과치료는 생각지도 못해요."

"화가 나진 않아요?"

"날 때도 있죠. 그런데 한편으론 이해가 되기도 해요. 저는 집에서도 밥을 혼자 먹어요. 식구들과 같이 먹으면 엄마가 제가 먹을 음식은 모두 따로 담아주시고 설거지도 따로 하시거든요. 그러다 보니 제가 오히려 불편해서 따로 먹게 되더라구요. 함께 생활하거나 음식을 먹는다고 옮는 병이 아니라는 걸 엄마도 아시는데요. 그래도 만에 하나, 혹시나 하는 막연한 불안감은 어쩔 수 없는 거죠. 그건 이성으로 완전히 해결이 안 되는 것 같아요. 가족도 그런데 병원에서야 오죽하겠어요."

봉합이 끝나가고 있었다. 흉하게 벌어졌던 상처가 얌전히 입을 다문 뒤 거즈와 붕대 아래로 사라졌다. 붕대를 감는 의사에게 청년이 인사를 건넸다.

"감사합니다, 이수현 선생님."

의사의 손길이 잠깐 멈췄다. 처치 도중에 환자에게 이름이 불리는 건 익숙한 일은 아니었다.

"가운의 성함을 봤어요. 사실 작년 교통사고 이후론 처음이에요. 제가 다니는 대학병원이 아닌 다른 병원에서 진료를 받은 건."

"영광이네요. 이틀 뒤에 소독하러 다시 와요. 상처에 물 닿지 않게 조심하구요."

장갑을 벗은 그가 환자의 어깨를 두드린 뒤 처치실을 나갔다. 몇 분 뒤 김희정 씨가 진료실 문을 노크했다.

"환자는 갔지요? 수고하셨어요. 희정 씨."

"다정호프 사장님이 감사하다고 몇 번씩 인사를 하고 가셨어요. 수고는 원장님이 하셨는데 인사는 제가 더 받았네요. 그런데 따로 처치대 소독을 하거나 청소를 할 필요는 없을까요?"

조심스러운 말투였다.

"아뇨. HIV 환자라고 감염관리 원칙이 특별히 다르진 않아요. 더군다나 치료를 잘 받는 환자라면. 평소대로 닦고 정리해 주시면 됩니다."

"그렇군요…. 저도 잘 모르고 있었어요. 그러고 보면 저희 같은 의료인들부터 좀 더 배워야 할 것 같아요."

"예전 제가 수련을 받던 시절에는 HIV 양성 환자의 차트**+**에는 빨간 딱지가 붙어 있었어요. 빨간 딱지를 침대나 식판에 달기도 했구요. 나아지긴 했지만 지금도 비슷한 일이 없진 않

+　　진료기록부.

을 거예요."

"눈에 보이지 않는 딱지가 남아 있는 거네요. 병에 대해 정확한 지식이 있다면 저 환자도 괜한 상처를 받지 않았을 텐데요."

우리 주변엔 얼마나 많은 붉은 딱지가 있는 걸까. 김희정 씨는 생각했다. 장애를 가진 환자도, 조현병과 같은 정신질환을 가진 환자도 비슷한 딱지를 붙이고 살아간다. 감염병 환자가 그 대상이 되는 일 또한 흔한 일이다. 그들은 잘못된 처신으로 다른 사람을 오염시키는 존재로 여겨지고, 그 때문에 괜한 비난을 받기도 한다. 우리 곁에 남아 있는 딱지들은 앞으로도 쉽게 없어지지 않을 것이다. 그녀는 얼마 전 읽은 신문기사를 떠올렸다. 메르스와 코로나에 걸렸다가 무사히 나았으나 사람들의 손가락질과 편견 때문에 우울증을 겪었던 이들에 관한 내용이었다.

"지식은 중요하죠. 하지만… 그것만으로 문제가 다 해결될 순 없을 거예요."

오후 내내 흐렸던 하늘은 이제 빗줄기를 흩뿌리기 시작했다. 비가 내리면서 어둠도 일찍 내려앉았다. 빗방울이 맺히는 유리창을 응시하던 이수현 원장이 갑작스레 질문을 던졌다.

"제가 아프리카에서 왜 돌아왔는지 아세요?"

김희정 씨는 그에게 받은 마지막 메일을 기억하고 있었다. 몇 개월 정도일 것으로 생각했던 그의 부재는 일 년 가까이 이어졌다. 그는 종종 메일을 보냈다. 그가 있는 곳은 한동안은 남수단이었고 언제부턴가 콩고였다. 어떤 메일에선 일주일 내내 비가 내렸고, 어떤 메일에선 사십 도가 넘는 폭염과 가뭄이 계속되었다. 그녀는 다음 소식이 올 때까지 이전에 받은 메일을 반복해 읽으며 그가 건강히 돌아오게 해달라고 기도했고 그가 돌아오는 날을 자주 상상했다. 그러나 마지막 메일을 받기 전까지 그렇게 돌연한 귀국은 생각하지 못했다. 귀국하게 되었다는 짧은 소식만 담긴 마지막 메일에는 그 이유에 관한 내용은 없었다.

"마지막으로 일했던 곳은 에스와티니였어요. 아프리카 대륙 남쪽의 조그만 나라죠. 일 년에 두세 달을 빼고는 더위와 흙먼지로 가득한 곳이에요. HIV 감염률이 가장 높은 나라이기도 합니다. 국민 네 명 중 한 명이 감염자일 정도였죠. 제가 머물렀던 마을은 그중에서도 심각했고, 아이들의 감염률이 어른보다 높았어요. 감염과 영양실조가 겹쳐서 돌도 되기 전에 죽는 아이들이 부지기수였습니다. 진료소 근처 마을에서 가끔 마주치던 아이가 있었어요. 일곱 살이었지만 너무 작고 말라서 기껏해야 네댓 살 정도밖에 안 되어 보이던 아이였는데, 태어날 때 HIV에 감염되었고 죽을 고비도 몇 번 넘겼다고 하더군요. 진료도 종종 받았고 의료진을 잘 따르기도 해서 직원들이 예뻐했죠."

빗줄기가 강해졌다. 소나기인 듯했다. 반쯤 열린 창틈으로 흙먼지 냄새가 풍겼다.

"어느 날 저녁 강가에 산책 간 때였어요. 한바탕 반가운 비가 온 뒤라 날씨가 서늘했습니다. 오랜만의 선선한 바람, 풀 냄새와 습기를 머금은 공기, 강에서 멱을 감는 아이들의 소리, 모든 게 귀한 선물처럼 느껴지는 평화로운 순간이었죠. 한참 생각에 빠져 있었나 봐요. 아이들 몇몇이 가까이 다가온 줄도 몰랐습니다. 갑자기 누군가가 제 다리를 끌어안았는데, 그 아이였어요."

그의 가늘고 긴 손가락이 가볍게 무릎을 두들겼다. 긴장했을 때 떨리는 손가락을 진정시키기 위해 시작된 오랜 습관임을 그녀는 알고 있었다.

"깜짝 놀라 아이 손을 세게 뿌리치고 아이를 밀쳤어요. 무의식적인 행동이었습니다. 그 후엔 제가 더 당황했던 것 같아요. 제 손길에 넘어진 아이는 놀라지도, 울지도 않았어요. 그저 저를 바라보기만 했죠. 마치 제가 왜 그런 행동을 했는지 다 알고 있는 것 같았어요. 뭐라 설명을 하고 싶었지만 그럴 수 없었어요. 제가 그 나라 말을 알았다 해도 마찬가지였을 겁니다."

목소리가 메말라 있었다. 그가 지그시 아랫입술을 물었다.

"진료실에선 HIV 감염자라 해도 특별히 달리 대하진 않았어요. 지식은 충분했습니다. 그런 식으로 전염되지 않는다는 사실도 잘 알고 있었어요. 그 순간 깨달았습니다. 제가 그들을 두려워하고 있었다는 걸요. 그걸 감추고 있던 이성은 제가 만들어 둔 적당한 거리 안에서만 작동하는 유약하고 위태로운 것이었어요. 갑자기 아이의 손길이 제게 닿았을 때, 그래서 그 거리가 무너졌을 때 제 밑바닥에 감춰져 있던 것들이 드러났던 거죠. 그날 밤 숙소에서 잠을 이루지 못했습니다. 한국으로 돌아오는 비행기를 탄 건 한 달 뒤였어요."

이야기가 끝난 뒤에도 두 사람은 한동안 말이 없었다. 바람을 타고 들어온 빗줄기가 바닥을 적셨다. 김희정 씨가 창문을 닫았다.

"처치실 창문도 닫아야겠어요."

그가 고개를 끄덕였다. 그녀는 생각했다. 우리는 각자의 불완전함을 인정하는 일부터 시작해야 한다고. 그래야 손을 내밀고 다른 이의 손을 잡을 수도 있을 테니까. 우리는 모두 유약하고 위태로운 존재이다. 그러나 우리는 타인과 서로 맞닿을 수 있기에 삶을 견딜 수도 있다. 감염병과 싸우며 어두침침한

터널을 지나온 지금이야말로 진정 그래야 할 때가 아닐까.

　김희정 씨가 진료실을 나올 때까지 그는 어둠이 짙게 깔린 창밖을 응시하고 있었다. 그녀는 그가 오래도록 그렇게 서 있을 것임을 알고 있었다.

　HIV 감염인과 에이즈AIDS환자는 다르다. 감염인은 HIV에 감염되어 체내에 바이러스를 가지고 있는 사람을, 에이즈(후천성면역결핍증후군)환자는 HIV 감염인 중 CD4＋T 세포의 수치⁺가 혈액 내 마이크로리터당 약 200개 세포 미만으로 감소했거나 기회감염증⁺⁺ 등 에이즈 관련 증상이 나타난 사람을 의미한다. 2000년대 이전에는 HIV 감염이 곧 에이즈로 사망할 것이란 선고와 같이 여겨졌다. 그러나 치료법이 발전하면서 꾸준히 항바이러스제를 복용 중인 HIV 감염인의 경우 비감염인과 비슷한 기대여명을 보이는 시대가 되었다. 불치병으로 여겨지던 에이즈가 고혈압이나 당

✚　103쪽 '씨디포 수치' 참고.
✚✚　건강한 사람에게는 감염 증상을 일으키지 않는 원인균이 극도로 쇠약하거나 면역 기능이 감소된 사람에게 감염 증상을 일으키는 것.

뇨병처럼 치료하고 관리할 수 있는 만성질환의 하나가 된 것이다.

HIV의 전파경로는 성관계, 오염된 주사기의 공동사용, 오염된 혈액제제 수혈, 모자감염+ 등이다. 국내에서 가장 주된 경로는 성관계이나, 1회의 성관계로 전염이 될 확률은 0.1% 미만이다. 예방을 위해서는 역시 콘돔의 사용이 중요하다. 항레트로바이러스제를 이용한 치료는 바이러스의 전염을 차단하는 예방효과도 있다. 2017년 발표된 대규모 임상연구 결과, 꾸준한 치료로 혈액에서 바이러스가 검출되지 않으면 콘돔을 사용하지 않고 성관계를 해도 타인에게 바이러스를 전염시키지 않는다는 사실도 밝혀졌다. 이를 근거로 유엔에이즈계획UNAIDS에서는 약을 잘 복용하여 바이러스가 검출되지 않는 HIV 감염인은 성접촉을 통한 감염력이 없다고 선언하였고, 미국과 영국 등 많은 국가에서 해당 선언문을 채택하고 있다.

1985년 첫 국내 HIV 감염인이 확인된 이후 현재 대략 13,000명이 HIV 감염인으로 살아가고 있다. 30년이 넘는 세월이 흐르며 HIV 감염에 대한 인식에도 많은 변화가 있었다. 함께 음식을 먹거나 일상생활을 하는 것만으론 전염

✚   태아기 또는 출산 전후의 시기에 태아가 모체로부터 직접 감염되는 일.

되지 않는다는 사실은 어느 정도 알려져 있다. 침, 땀, 눈물 등의 체액이 묻는 것, 함께 수영하거나 목욕을 하는 것 역시 문제없다. 그런데도 우리의 HIV 인식에는 아직 부족함이 많으며 감염인 차별 문제 역시 깊게 뿌리를 내리고 있다. 의학적 지식에 근거한 판단이 아니라 무지에서 나온 편견이 대부분이지만, 정확한 지식을 바탕으로 진료를 제공해야 할 의료기관에서의 차별 사례도 드물지 않다. 입원이나 수술을 거부하거나, 치료 시 감염예방을 이유로 별도의 기구나 공간을 사용하는 경우가 흔한 예이다. 2020년에는 HIV 감염인이 공장에서 일하다 손가락이 잘려 병원을 찾았으나 수술을 받을 수 있는 병원을 찾지 못해 12시간을 헤매는 사건이 있었다.

질병관리청에서 발간한 〈HIV 감염인 진료를 위한 의료기관 길라잡이〉에서는 모든 의료환경에서 특정 질병을 기준으로 감염관리를 달리 적용할 필요는 없으며, 환자의 감염상태와 상관없이 '표준주의원칙'을 준수하도록 권고한다. 표준주의원칙이란 혈액매개질환의 노출 예방을 위한 일반적인 감염관리 원칙을 말한다. HIV 감염인이라 해도 대부분 이러한 원칙 외에 다른 특별한 조치는 불필요하다는 것이다. 국가인권위원회에서는 비의료진까지 HIV 감염인을 인식할 수 있는 표식을 붙이거나, 의료기기를 개별 지급하고 식판의 색깔을 구분하는 등의 사례는 의학적 근거가 없는 차별이라고 판단하였다. 참고로 의료행위 중 HIV 감염인으로부터 의료인에게 전파가 일어난 사례는 국내에서 발견되지 않았다.

편견과 차별은 HIV 감염인의 사회적 관계를 단절시키고 경제활동에도 제약을 가해 감염인이 일상생활을 영위하는 데에 어려움을 불러일으킨다. 이로 인해 HIV 감염인의 우울감, 자살사고나 자살시도의 비율은 비감염 인구 집단과 비교해 훨씬 높다. HIV 관련 지식이 부족할수록 에이즈에 대해 부정적인 태도를 보이게 되므로, 올바른 지식을 전파하기 위한 지속적인 노력이 필요하다. 하지만 HIV 감염을 도덕적 타락의 결과로 보는 시각도 여전히 존재한다. 작가이자 사회운동가인 수전 손택은《은유로서의 질병》에서 에이즈를 둘러싼 편견의 기원에 대해 다음과 같이 이야기했다.

'역병'은 에이즈의 유행을 이해하는 데 사용되는 주요 은유이다. (…) 역병은 사람들을 두려움에 떨게 만드는 수많은 질병을 지칭하는 일반적인 명칭이었을 뿐만 아니라 집단적 재앙, 악, 천벌을 나타내는 최고의 본보기로서 오랫동안 은유적으로 사용되어왔다. (…) 질병을 일종의 천벌로 생각하는 이런 사고방식은 질병의 원인을 설명하는 가장 오래된 생각이며, 모든 질병은 의학이라는 고귀한 이름의 친절을 받아야 한다는 생각에 반대되는 생각이다.

혈액순환이 안 돼요

손저림의 원인에 대하여

출근 시간 강변북로는 언제나 그렇듯 차량으로 가득했다. 줄지어 늘어선 자동차는 가다 서다를 반복했다.

역시 지하철을 탔어야 했다. 그랬다면 지금쯤 사무실 책상에 앉아 느긋하게 모닝커피를 마시고 있을 것이다. 지하철 출근의 가장 큰 장점은 지각할 일이 없다는 것이고, 단점은 몸싸움을 견디는 정신력과 체력이 필요하다는 것이다. 출퇴근 시간 2호선은 발 디딜 틈이 없다. 신촌역 즈음에서 자리가 날 때도 있지만 그런 운 좋은 날은 드물다. 역에 도착해 문이 열릴 때마다 김밥 옆구리에서 밥알 터지듯 몰려나가는 인파에 떠밀리지 않도록 전신에 힘을 단단히 주어야 한다. 매번 쏟아져 나간 숫자 이상이 탑승한다는 것이 놀랍다. 차량이 탑승객 수에 따라 풍선처럼 늘어나지도 않을 텐데 꾸역꾸역 승객을 싣는 모양이 신기할 따름이다. 국가대표 축구팀 수비수들의 프리킥 벽보다 촘촘하게 들어찬 사람들 사이 빈틈에 파고들어 몸을 구겨 넣는 신공에 감탄만 해선 안 된다. 정신을 바짝 차리지 않으면 겹겹이 쌓인 사람 벽을 뚫지 못해 내려야 할 역을 지나치는 사고가 생기기 때문이다. 그렇게 시달리며 회사에 도착하면 막상 일을 시작하기도 전에 피로가 밀려올 때도 있다. 하지만 오늘처럼 꽉 막힌 도로 때문에 지각을 하는 것보단 나을 것이다.

정우영 씨는 손가락을 꼼지락거리며 한숨을 쉬었다. 운전대를 잡은 오른손이 저렸다. 가끔 오늘은 길이 덜 막히지 않을까 밑도 끝도 없이 막연한 기대로 자가용 출근을 선택하는 날이 있다. 대부분 오늘처럼 꽉 막힌 강변북로 위에서 몇 분 전의 잘못된 선택을 한탄하게 되곤 하지만. 오늘 아침 같은 선택을 한 것은 마파두부 때문이었다.

현관을 막 나서려는데 배가 사르르 아팠다. 어제저녁 방문한 중국집에서 먹은 마파두부가 문제였음이 틀림없다. 매운 고추를 잔뜩 넣은 특유의 맛으로 유명한 곳이었다. 나이가 들어 위장기능이 떨어진 건지 매운 음식을 먹으면 탈이 난다. 의사는 장이 예민해진 탓이라 했다. 얼마 전 눈이 침침해 들렀던 안과에선 노안이 시작되었다나. 겨우 사십 대 중반에 노안이라니. 하여간 시력이든 청력이든, 다른 감각은 다 예전만 못하고 둔해지건만 왜 장이란 녀석만 예민해지는지 모를 노릇이다. 현관에 서서 화장실에 갈까 말까 몇 초간 고민을 했다. 십 분 차이에도 지하철 차량의 인구밀도는 달라진다. 화장실에 들렀다 가면 지하철이 가장 붐빌 시간일 것이다. 망설이는 찰나 배꼽 아래에서 큰 꾸르륵 소리가 울렸다. 그는 식은땀을 흘리며 화장실로 뛰어 들어갔다.

마감 직전의 사무실 공기처럼 날뛰던 장이 평온을 되찾으면서 변기에 앉아 있던 정우영 씨의 마음도 덩달아 느긋해졌다. 그 느긋해진 마음 때문이었을까. 오늘은 도로 교통상황이 괜찮을지도 모른다는 막연한 기대가 또 스멀스멀 피어오른 것이다. 그러나 기적은 일어나지 않았다.

"전반적으로 올림픽대로보다 강변북로가 더 시간이 걸리는 편입니다. 더군다나 동부간선도로 성동교 아래 사고까지 나면서 평소보다 정체가 심합니다. 강변북로 이촌동 부근에서 성수 방향까지 시속 삼십 킬로미터 이하로 서행 중입니다. 행주대교 북단에서 뚝섬까지 한 시간 반 정도 예상되니 이곳 지나는 운전자께서는 참고하시기 바랍니다."

교통상황을 전하는 아나운서의 멘트에는 정체, 서행과 같은 단어가 가득했다. 신호등도 없는 자동차 전용도로의 교통정체에 대해 많은 학자들이 연구했지만 정확한 원인을 밝히지 못했다는 기사를 본 적이 있다. 참 쓸데없는 연구를 한다고 생각했다. 너무 많은 사람들이 차를 끌고 나와 좁은 도로를 북적이게 만드는 게 이유겠지. 나 말고도 누군가는 지하철을 탈까 차를 몰고 나올까 고민을 하다 헛된 기대를 품었을 것이다. 그는 주변 차량을 두리번거렸다. 멀리 도로 왼쪽에 설치된 대형 광고판의 문구가 그의 시야에 들어왔다.

　　꽉 막힌 도로, 답답하시죠?
　　꽉 막힌 혈관엔, 〈XX 혈관튼튼〉

　　픽 하고 웃음이 나왔다. 상황에 딱 맞는 문구였다. 만약 새벽이나 한밤이라면, 그래서 제한속도를 훌쩍 넘겨 달리는 상황이라면 이런 문구여야 할 것이다. '시원하게 뚫린 도로처럼 / 혈관도 시원하게, 〈XX 혈관튼튼〉'. 마케팅 부서에서 잔뼈가 굵은 정우영 씨는 카피의 중요성을 잘 알고 있었다. 카피란 누구를 대상으로 하느냐가 핵심이고, 타깃이 누구냐에 따라 내용이 달라져야 한다. 때와 장소를 가리지 않는다는 모 통신회사의 오래된 광고문구는 다른 회사의 휴대폰이 터지지 않을 때 더 돋보였다. 그러니 광고 카피야말로 때와 장소를 가려서 만들어야 하는 법이다.

그는 한 번 더 시간을 확인했다. 오늘은 지각을 피할 수 없을 것 같다. 운전대를 잡은 오른손이 다시 저렸다. 요즘 손저림이 잦아졌다. 아무래도 혈액순환에 문제가 있는 게 아닐까. 고혈압 때문일지도 모른다. 작년부터 고혈압약을 먹기 시작했다. 고혈압은 노인에게나 생기는 병인 줄 알았다. 건강검진에서 고혈압 판정을 받은 지는 꽤 되었지만 나이 오십도 안 되어 매일 약을 먹는 게 싫어 병원 방문을 차일피일 미뤘다. 감기몸살로 회사 근처 야간진료 의원에 가지 않았다면 지금도 약을 먹지 않고 있을지 모른다. 혈압수치를 보고 이것저것 묻던 의사는 그를 빤히 쳐다보며 지나가듯 무심하게 말했다. 뇌졸중이 생길 수도 있습니다만. 덜컥 겁이 나서 순순히 약 처방을 받았다. 고혈압을 앓던 아버지가 두 번째 뇌졸중을 겪은 지 얼마 지나지 않은 때였다.

처음 아버지의 뇌혈관이 막혔을 때는 오른쪽 다리에 마비가 생겼다. 주말이면 등산을 즐기던 분이었다. 그랬던 아버지께서 하루아침에 반신불수가 되어 지팡이를 짚고 힘겹게 걷는 모습에 익숙해지긴 어려웠다. 의사는 일찍 치료를 시작했다면 예방할 수 있었을 거라 했다. 꾸준히 재활치료를 받고 시간이 지나며 지팡이 없이도 걸을 수 있게 되었지만, 아버지의 걸음은 지금도 부자연스럽다. 작년에 찾아온 두 번째 뇌졸중은 아버지의 얼굴 반쪽을 마비시켰다. 팔다리가 마비되는 것보다는 차라리 나으리라는 판단은 오산이었다. 멀쩡한 반쪽 얼굴은 밀랍인형처럼 고정된 나머지 반쪽과 대비되어 어떤 표정을 짓더라도 기괴하게 보였다. 눈꺼풀이 감기지 않아 염증이 반복되는 한쪽 눈은 항상 충혈된 상태였고, 굳어버린 입꼬리 사이로는 침이 흘러나왔다. 밥을 제대로 삼키지 못해 번번이 흘리거나 사레들기 일쑤였다.

정우영 씨는 저릿저릿한 오른손을 털어낸 뒤 주먹을 몇 번 쥐었다 폈다. 오전에 있는 회의 시간엔 맞출 수 있을 것이다. 혈관튼튼이라고 했던가. 그는 회의가 끝나면 혈액순환개선제 이름을 검색해봐야겠다고 생각했다.

"혈압수치는 아주 좋네요. 약이 잘 맞는 것 같습니다. 같은 약으로 처방해드리겠습니다."

의사가 정우영 씨에게 말했다. 언제나처럼 빗질이 덜 된 듯한 머리였다. 흰 가운은 깨끗했지만 오래된 얼룩과 잉크 자국이 희미하게 남아 있었다.

"약을 드셔서 정상혈압을 유지하는 상태니 앞으로도 계속 드셔야 합니다."

설명을 마친 의사가 그를 빤히 바라보았다. 약을 그만 먹어도 된다는 허락이 떨어지기를 내심 기대한 머릿속 생각을 들킨 것 같았다. 이 의사는 늘 이런 식이다. 수다스럽지는 않지만 하는 말마다 먼저 타이밍을 뺏는다. 스피드는 평범해도 변화구로 스트라이크존 구석구석을 찌르는 노련한 투수 같다고나 할까. 정우영 씨는 약간 풀이 죽어 고개를 주억거렸다.

"요즘 혈액순환이 안 되는 것 같아요."

"왜 그렇게 생각하시나요?"

"손이 자주 저려서요. 혈액순환이 안 되면 그렇다고 하던데요."

항상 오른손이 말썽이었다. 최근엔 밤이면 더 심해져 자다가 손이 저려 깬 적도 있었다. 가끔은 팔과 어깨까지 저렸다.

"아버지가 뇌졸중에 걸렸을 때도 오른쪽에 마비가 있으셨어요. 저도 고혈압이 있고… 이러다 아버지처럼 뇌혈관이 막히지 않을까 불안합니다."

의사는 정우영 씨의 손목 안쪽 힘줄을 톡톡 두드렸다. 그리고 양쪽 손등을 마주 보게 붙이고 지그시 누르도록 했다. 의사가 시키는 대로 손등을 모으자 오래지 않아 오른손이 저렸다. 그가 손에 붙은 해충을 털어내듯 손을 흔들었다.

"며칠 전부턴 혈관을 튼튼하게 한다는 혈액순환개선제를 먹고 있어요. 마그네슘하고 은행잎 성분이 좋다고 들었습니다. 아직 큰 차도는 없긴 한데 조금이라도 도움이 될 것 같아서요. 도로가 막히면 기껏해야 회사에 지각할 뿐이지만, 혈관이 막히면 생명에 지장을 줄 수도 있으니까요."

그의 손을 꼼꼼히 살펴본 의사가 말했다.

"정우영 씨의 손저림은 혈액순환 때문이 아닙니다. 혈관보다는 신경이 문제예요."

"신경이요?"

"손목터널증후군이라고 합니다. 손바닥으로 내려가는 신경이 터널처럼 생긴 손목인대 밑에서 눌리는 건데, 그럼 그 아래로 신경이 지나는 길을 따라 손바닥 감각에 이상이 생깁니다."

"그럼 어떻게 하면 될까요?"

"손목을 쉬게 하는 게 치료입니다. 손목을 과하게 쓰는 게 원인이기든요. 컴퓨터를 많이 쓰시나요?"

"제가 하는 일이 주로 컴퓨터 앞에 앉아 있는 거라서요. 최근에 중요한 프로젝트 때문에 일이 좀 많긴 했습니다. 컴퓨터를 안 쓸 수는 없는데 난감하네요. 마우스를 바꾸거나 손목 밑에 대는 패드를 쓰면 도움이 될까요?"

"사용해보셔도 되지만 큰 효과는 없을 겁니다. 그것보다 손목을 고정하는 부목 기능이 있는 보호대가 더 도움이 될 수 있습니다."

같은 사무실에도 손목 피로를 덜어준다는 마우스나 패드를 쓰는 직원들이 있었다. 의사가 권하는 보호대는 손바닥 쪽에 딱딱한 부목이 들어간 제품이었다. 일하는 데 좀 불편하겠지만 어쩔 수 없을 것 같다.

"그럼 혈액순환개선제도 도움이 안 되겠네요."

"혈액순환이 원인이 아닌데 도움이 될 리가요. 성분도 제각각이에요. 은행잎추출물, 마그네슘, 오메가3, 토코페롤, 홍삼. 손발저림은 물론이고 수족냉증이나 만성피로, 기억력저하에까지 효과가 있다고들 합니다만…"

정우영 씨의 눈이 동그랗게 커졌다. 그런 그를 보고 의사가 히죽 웃었다.

"그저 광고예요. 역시나 혈액순환이 안 되어서 생기는 문제들이 아니고, 그런 제품이 도움도 안 됩니다."

"저도 많이 들어본 내용이네요. 듣고 보니 만병통치약 같기도 하고. 매우 흥행에 성공한 마케팅의 승리라 볼 수 있겠군요."

그는 오른손을 만지작거렸다. 집에 돌아가 부목 보호대를 검색해 봐야겠다는 생각이 들었다. 의사는 당분간 약을 먹으며 경과를 지켜본 다음 증세가 나아지지 않으면 주사치료를 하자고 했다. 의자에서 일어서던 그가 생각난 듯 다시 물었다.

"그럼 제 혈관엔 문제가 없는 거죠?"

"고혈압약을 잘 드시지 않으면 정말 문제가 생길 수도 있습니다."

스트라이크아웃. 또 이런 식이다. 괜한 걸 물었다는 생각이 들었다. 의사가 다시 한번 싱긋 웃음을 지었다.

손발저림은 흔한 증상이다. 또한 손발이 저리면 혈액순환이 안 된다고 생각하는 경우가 많으나 이는 잘못된 상식이다.

혈관에는 동맥과 정맥이 있다. 동맥의 경우 동맥경화로 인해 혈관이 좁아지면 혈류에 장애가 생기고, 이때 나타나는 증상은 주로 통증이다. 해당 부위에 혈액이 많이 필요한 상황에서 동맥이 충분한 혈액을 공급하지 못하는 것이 통증의 원인이다. 평소엔 괜찮다가 일정 거리 이상을 걸을 때 종아리에 통증이 생긴다면 하지의 동맥 문제를, 숨찬 운동을 할 때 명치 부위에 통증이 생긴다면 심장근육에 피를 공급하는 관상동맥이 좁아졌음을 의심할 수 있다.

큰 혈관이 아닌 손가락이나 발가락의 말초동맥의 경우 주로 추운 날씨와 같은 특정 상황에서 과도하게 수축해 통증을 발생시킨다. 추울 때 혈관이 수축하는 것은 정상적인 반응이지만, 피부가 창백해지거나 통증을 느낄 정도로 심하면 이를 '레이노 현상Raynaud's phenomenon'이라고 부른다. 찬물에 손을 담갔을 때 손가락의 혈색이 사라지면서 통증이 생기는 것으로 진단할 수 있다. 증상이 심하면 류마티스 질환이 원인일 수 있으므로 확인이 필요하다. 단순히 손발이 찬 정도라면 추운 날씨에 피부의 노출을 피하고 모자, 장갑, 따뜻한 양말 등을 사용해 몸을 따뜻하게 유지하는 습관만으로도 증상을 줄일 수 있다. 반신욕이나 족욕도 도움이 된다.

정맥의 경우 혈관이 좁아지는 게 아니라 혈관벽과 판막이 약해지는 것이 혈류장애의 원인이다. 중력을 거슬러 심장으로 혈액을 되돌려 보내려면 혈관벽의 탄력, 그리고 역류를 방지하는 판막의 역할이 중요한데 그 부분에 문제가 생기는 것이다. 증상은 주로 부종으로 나타난다. 가장 흔히 증상이 나타나는 다리의 경우, 증세가 심하면 혈관이 튀어나오는 정맥류로 발전할 수 있다.

통증이나 부종과 같은 혈류장애의 주된 증상 없이 손발

저림만 있다면 혈관보다는 말초신경의 이상이 원인일 가능성이 크다. 오랫동안 바닥에 앉아 있었거나 엎드려 잠들었을 때 손발이 저리는 것은 말초신경이 체중에 눌리면서 생기는 증상이다. 자세를 바꿔 신경에 가해지는 압력을 줄여주면 금세 나아진다. 하지만 만성적으로 신경이 눌리는 상황이라면 저림증상이 사라지지 않고 반복해서 나타난다.

손발로 내려가는 말초신경의 뿌리는 척추에 있다. 척추의 뿌리에서 시작한 신경줄기는 팔, 다리를 거쳐 잔가지로 갈라지고 가지의 끝은 손가락과 발가락까지 닿는다. 신경의 뿌리와 줄기, 가지 어디든 눌릴 수 있다. 척추관협착증**+**이나 추간판(디스크)탈출증**++**이 신경뿌리가 눌리는 대표적인 질환이다. 경추(목)에서 발생하면 팔과 손이, 요추(허리)에서 발생하면 다리와 발이 저리게 된다.

손저림의 가장 흔한 원인은 신경가지가 손목에서 눌리는 것으로, 손목터널증후군이라고 부른다. 손목터널증후군은 손바닥과 손끝이 저리고 밤에 저림증상이 심해진다. 손을 많이 쓰는 경우 흔히 발생한다. 주부, 미용사, 피부관리사

+ 척수가 통괴히는 공간인 척수관이 골관절염 등의 원인에 의해 좁아지면서 내부를 지나가는 척수나 신경을 눌러 통증이 발생하는 질환.
++ 척추뼈와 척추뼈 사이에 존재하는 추간판이 손상되면서 내부의 젤리 같은 수핵이 외부로 탈출해 인접해 있는 척추신경을 압박하는 질병.

등에게 많이 생기는 이유이다. 스마트폰이나 컴퓨터를 많이 사용하는 것도 원인이 된다. 임신 중엔 몸이 붓고 손목터널이 좁아지므로 더 잘 생긴다.

이렇게 말초신경이 눌려서 생기는 저림증상은 대개 한쪽에만 생긴다. 만약 양쪽 손과 발이 동시에 저리다면 여러 신경을 함께 침범하는 전신질환을 먼저 의심한다. 당뇨병성 신경병증이 가장 흔한 원인이다. 손발저림이 뇌졸중(중풍)의 전조증상이라 생각해 불안해하는 경우도 많다. 그러나 뇌졸중 때문에 저림증상만 생기는 경우는 극히 드물다. 뇌졸중은 갑자기 발생하는 급성질환이며 오랫동안 손발이 저리다가 발병하지는 않는다.

손목터널증후군의 치료는 증세에 따라 다르다. 심하지 않다면 부목 기능이 있어 손목을 고정하는 보호대를 쓰게 하고 약물치료를 한다. 손목에 스테로이드 주사치료를 할 수도 있다. 이러한 치료의 효과가 충분하지 않거나 손바닥 근육이 약해질 정도로 증세가 심하면 손목의 인대를 절제하는 수술치료를 한다. 적절한 치료를 하면 대부분 나아질 수 있지만, 증세가 오랫동안 진행될수록 치료의 효과는 덜하다. 그러므로 반복적인 손저림이 있다면 혈액순환을 좋게 한다는 은행잎 성분이나 마그네슘 따위를 먹으며 나아지길 기대하기보다 서둘러 진료를 받는 것이 바람직하다.

붉은 소변의 비밀

운동과 횡문근융해증

"하! 하! 하! 하! 오른발! 오른발!"

레깅스를 입은 강사가 박자에 맞춰 힘차게 페달을 밟으며 소리쳤다. 번쩍이는 조명 아래 십여 명의 사람들이 사이클 위에서 격렬하게 몸을 흔들었다. 베이스 음역을 잔뜩 키운 댄스 음악이 공간을 가득 메웠다.

신수지 씨는 박자를 따라가기 위해 안간힘을 쓰며 숨을 몰아쉬었다. 땀이 흘러 들어갔는지 눈이 따가웠다.

8주 몸짱 프로젝트!

올여름 남들처럼 당당해지기 위한 속성 운동!

광고지의 문구를 보고 처음 체육관을 찾았을 때 매니저는 스피닝을 권했다. 소모하는 열량이 많아 단기간에 살을 빼는 데는 이만한 운동이 없다고 했다. 단체 수업이 열린 지 얼마 안 되었고 스피닝 수업은 새로 강사를 채용해 최근 시작했다고 한다. 이번 달엔 딱 한 자리가 비었는데 인기가 많아 그 자리도 금세 찰 거라고 했다. 그녀는 안내에 따라 실내를 둘러보았다. 유리 벽으로 둘러싸인 방 안의 사람들이 사이클 페달을 돌리고 있었다. 신수지 씨와 나이가 비슷하거나 많아 보이는 그들은 댄스음악에 맞춰 강사의 손짓에 따라 머리를 흔들거나 어깨를 들썩였다. 흥겹고 재미있어 보였다. 회원들의 투박한 동작과 달리 강사의 몸짓은 리드미컬하고 우아했다. 머리와 어깨를 이용해 웨이브를 넣을 때는 사이클 위에서 춤을 추는 것처럼 보였다. 그녀는 그날로 스피닝을 등록했다.

"첫날이니 앉아서 리듬만 살살 따라오시면 돼요."

쭈뼛거리며 스피닝룸 구석에 선 신수지 씨에게 다가온 강사가 활짝 웃으며 말했다. 주변의 회원들은 몸에 달라붙는 날렵한 운동복이나 긴 다리가 훤히 드러나는 짧은 반바지를 입고 있었다. 집에서 잠옷 대용으로 사용하던 운동복을 입은 자신이 부끄러웠다.

어려서부터 자전거를 탔고 대학 때는 친구들과 한강 자전거

도로를 달리기도 했다. 그래서 처음 안장에 오를 때는 제자리에서 자전거 좀 타는 게 얼마나 큰 운동이 될지 생각했던 게 사실이다. 하지만 음악이 시작되고 얼마 지나지 않아 큰 착각이었음을 깨달을 수 있었다.

마이크헤드셋을 쓴 강사는 쉴 새 없이 구령을 넣고 회원들을 독려했다. 강사의 구령과 음악을 따라가는 건 쉽지 않았다. 실외에서 자전거를 탈 때보다 훨씬 빠르게 다리를 굴려야 했다. 사십 분 내내 쉬지 않고 페달을 밟으며 안무까지 하는 강사가 사람 같지 않았다. 연습이라고 생각하고 가만히 앉아 비트에 맞춰 페달만 돌렸는데도 허벅지가 뻐근했다. 다음 날에도 뻐근함은 남아 있었고 그녀는 오랜만에 제대로 운동을 했다는 뿌듯함을 느꼈다. 얼마 전 인스타그램에서 본 동료 직원의 바디프로필 사진이 생각났다. 사무실에선 말이 없고 눈에 띄지 않는 직원이었는데, 사진 속 이미지는 너무나 당당하고 멋져 보였다. 이번엔 반드시 살을 빼서 내친김에 그 직원처럼 바디프로필 촬영에도 도전해보면 어떨까 하는 생각이 들었다.

오늘은 세 번째 날이었다. 주말에 친구와 과음을 한 터라 오전까지 속이 좋지 않았다. 땀을 빼고 나면 몸이 가벼워지지 않을까. 인터넷 쇼핑몰에서 하루 만에 배송된 운동복은 상체를 조여 숨쉬기가 불편했지만 몇 번 세탁하면 나아질 것 같았다.

강사는 오늘은 일어서서 리듬을 따라오되 할 수 있는 만큼만 하라고 했다. 하지만 이왕 시작한 운동 다른 사람만큼은 해야 효과도 빨리 볼 수 있지 않겠는가. 어제 쌓인 칼로리를 불태우려면 오늘은 더 열심히 페달을 굴려야 했다. 처음부터 끝까지 놓치지 않고 따라가기로 마음먹고 자전거 안장에 올라 페달을 가볍게 몇 번 굴렸다.

오른쪽 대각선, 헐렁한 회색 면티와 반바지를 입은 남성이 주위를 두리번거리다 신수지 씨와 눈이 마주쳤다. 처진 눈과 다크서클에 얼굴도 몸집도 둥글고 거대해 언젠가 동물원에서 본 판다를 연상시키는, 운동이라곤 생전 해보지 않았을 외모였다. 눈치를 보니 그녀처럼 갓 등록한 신입회원인 게 분명했다.

쿵쿵거리는 음악이 시작되었다. 강사의 구령에 맞춰 페달을 밟은 지 십 분도 안 되어 땀이 비 오듯 흐르기 시작했다. 땀이 들어가 따가운 눈꼬리를 손으로 훔쳐내며 다음 수업을 받기 전에 헤어밴드를 사야겠다고 생각했다. 세 곡을 따라하고 나니 다리에 힘이 풀리는 느낌이 들었다. 그래도 중간에 그만둘 수는 없었다. 오른쪽의 회색 면티 남성이 어깨를 들썩였다. 땀에 젖은 널찍한 등판만 보아도 힘겹게 숨을 몰아쉬는 것이 느껴졌다. 그래도 자전거라면 꽤 탔고 체력이 떨어진다고 생각해본 적은 없다. 판다에겐 뒤질 수 없지. 그녀는 다리에 힘을 주며 어금니를 악물었다.

"지난주부터 소변이 붉다고 온 환자가 벌써 세 명이에요."

진료실 문을 열고 나온 의사에게 김희정 씨가 고개를 갸웃거리며 말했다. 젊은 남자 환자가 소변검사를 하고 막 병원을 나간 뒤였다. 밤늦은 시간이라 반딧불 의원의 대기실은 비어 있었다. 그녀가 다시 물었다.

"갑자기 피가 섞인 소변을 보게 하는 바이러스라도 퍼진 걸까요?"

의사가 난처한 웃음을 지었다.

"콩팥이나 방광의 감염이 혈뇨를 일으킬 수 있지만, 전염이 되진 않아요. 혈뇨를 일으킬 정도의 감염병이라면 다른 증상이 먼저 있겠죠."

"그렇네요. 방금 나간 환자도 열이나 기침은 없었던 것 같아요. 소변볼 때 불편한 증상도 없구요. 다른 환자들은 어떻다고 했나요?"

"이틀 전에 왔던 여자 환자는 메스꺼움과 구토증상이 있었죠. 붉은 소변 외의 증상은 조금씩 차이가 있지만… 환자들 사이에는 공통점이 있어요."

김희정 씨가 호기심 가득한 눈길로 의사를 바라보자 그가 멋쩍은 표정으로 헛기침을 몇 번 했다.

"셋 다 젊은 환자였고, 근육통이 심했어요. 그리고 모두 최근에 운동을 시작했다고 합니다."

"운동 후 근육통이 생기는 건 당연한 것 아닌가요? 탈수가 심하면 소변 색이 진해지기도 하고… 그렇다고 소변에 피가 섞이진 않을 것 같은데요."

"맞아요. 운동을 한다고 혈뇨가 생기진 않죠. 그리고 소변 색깔이 붉다고 다 혈뇨도 아닙니다."

김희정 씨는 영문을 모르겠다는 표정이었다. 의사가 혼잣말하듯 중얼거렸다.

"젊은 친구들은 체력에 자신이 있으니 운동도 처음부터 격하게 하기 마련이죠. 제가 궁금한 건 이 환자들이 어디서 무슨 운동을 했을까 입니다."

"갑자기 탐정이 된 기분이네요. 역학조사라도 필요하다는 말씀인가요?"

"드라마에선 진실은 저 너머에 있다고 하지만 진료실에선 대부분 환자 가까이에 있거든요."

그녀는 그가 자신이 즐겨보던 드라마 대사를 인용했다는 걸 깨달았다. 첫 시즌 첫 편이었을 것이다. 수사관들이 의문사한 시체에서 붉은 반점을 발견하는데, 비슷하게 사망한 다른 젊은이들이 있어 조사를 해보니 외계인의 소행이었다는 황당한 결말이었다. 진료실 문을 열고 들어가던 의사가 막 생각난 듯 덧붙였다.

"참, 방금 나간 환자는 스피닝을 했다고 하더군요."

회색 판다와 사이클 경주를 한 다음 날 아침, 신수지 씨의 다리 통증이 더 심해졌다. 후들거리는 다리를 끌고 집에 돌아오면서도 자고 나면 나아지리라 생각했다. 섣부른 판단이었다. 느릿느릿 출근 준비를 하고 집에서 나와 어기적거리며 지하철 계단을 내려갔다. 회사에선 의자에 앉아 일어설 때 다리에 힘을 줄 수가 없어 팔로 버티며 몸을 움직여야 했다. 오랫동안 헬스를 했다는 사무실 남자 동료는 운동으로 펌핑이 되어 다리가 부은 것이라고 했다. 그의 권유대로 앉아 있는 동안 다리를 주무르고 두들기기도 하니 조금 나아지는 느낌이었다. 집에 돌아와선 유튜브 영상을 보며 스트레칭을 했다. 다리를 펴고 접을 때마다 이를 악물어야 했지만.

다음 날은 오전에 반차를 냈다. 일찍 잠에서 깼지만 도저히 일어날 엄두가 나질 않아 늦게까지 침대에 누워 있었다. 다리 상태엔 큰 변화가 없었다. 점심때가 다 되어 천천히 침대에서 몸을 일으켰다. 다리에 힘을 조금만 주어도 통증이 생겨 침대에서 내려올 때는 끙끙 신음이 절로 나왔다. 입맛이 없었지만 출근을 하려면 무언가를 먹어야 했다. 냉장고에 있던 식빵을 꺼내고 가스레인지에 프라이팬을 올렸다. 그리고 밀폐용기에서 버터 한 조각을 꺼내 달궈진 프라이팬 위에 놓았다. 신수지 씨는 버터를 좋아해서 다른 식료품은 몰라도 버터만큼은 고급 제품을 샀다. 몸이 아플 때도 버터 냄새를 맡으면 도망갔던 식욕이 돌아오곤 했다. 노란 버터가 눈 깜짝할 사이에 부글거리는 거품을 내며 녹기 시작했다. 고소한 냄새가 작은 원룸을 가득 채웠다.

억지로 토스트를 먹고 거울 앞에 서서 잠옷을 내려보니 양쪽 다리가 눈에 띄게 부어 있었다. 허벅지는 단단한 통나무 같았고 부어서인지 감각도 떨어진 느낌이었다. 화장실에 가서 소변을 보고 힘겹게 일어나 물을 내리려던 그녀는 두 눈을 의심했다. 변기의 소변이 검붉은색이었다. 단순한 근육통이 아니라는 생각이 들었다. 그녀는 휴대폰으로 저녁에 문을 여는 병원을 검색하기 시작했다.

"횡문근융해증이라고 들어보셨나요?"

신수지 씨는 당혹스런 얼굴로 눈을 깜빡였다. 처음 들어보는 생소한 병명이었다.

저녁에 갈 수 있는 병원은 응급실뿐이라 생각했다. 하지만 작년에 심한 열감기로 응급실에 갔다가 진료도 제대로 받지 못하고 돌아왔던 경험을 생각하면 다시 가고 싶지 않았다. 검색을 통해 그날 저녁 진료를 받을 수 있는 가까운 의원을 발견했을 때 그곳이 그녀에겐 구세주처럼 느껴졌다. 저녁에만, 그리고 자정이 넘어서까지 문을 여는 의원이 있을 줄은 몰랐다. 근무를 겨우 마치고 지도 앱이 가리킨 곳에 도착했을 때는 주위가 어둑해진 다음이었다. 오래된 종합상가였다. 보습학원과 기원, 과일가게와 태권도장, 모양도 크기도 제각각인 간판이 무질서하게 늘어서 있었다. 건물 외관을 보고 잠시 망설였으나 지금은 선택의 여지가 없었다.

작고 허름한 의원이었지만 접수를 받는 간호조무사는 무척 친절했다. 반면 까칠한 인상의 의사는 며칠 잠을 못 잔 사람처럼 피로한 표정이었다. 좀 이상하다는 생각도 들었는데, 의원을 찾은 이유를 이야기했을 때 간호조무사와 의사 둘 다 흥미롭다는 표정을 숨기지 못했기 때문이다. 그녀가 지난 일주일간의 일을 설명하는 동안 의사는 골똘히 무언가를 생각했다. 스피닝 수업에 관한 이야기를 듣고는 호기심 어린 표정으로 체육관의 이름을 묻기도 했다. 다른 증상은 없는지, 소변은 잘

보는지 등도 확인했다. 소변을 보는 데는 문제가 없었다. 몇 달을 건너뛴 뒤 처음 나오는 생리혈처럼 거무튀튀한 색깔만 아니라면 말이다. 수액을 맞아서인지 의사의 권고대로 집에 돌아와 물을 많이 마셔서인지 그날 밤 소변을 봤을 때는 다행히 평소처럼 맑은 색으로 돌아와 있었다. 검붉은 소변의 원인이 된 병명을 들은 것은 다음날 다시 의사를 만났을 때였다.

"횡문근… 용해증요? 그런 이름의 병도 있나요?"

"횡문근은 팔다리 근육처럼 뼈와 관절을 움직이는 근육을 말해요. 횡문근융해증은 그런 근육이 손상을 받아 생기는데, 근육 안에 있어야 할 물질이 혈관으로 쏟아져 들어가서 콩팥을 거쳐 소변을 붉게 만듭니다. 혈액검사 결과 신수지 씨는 근육효소의 수치가 정상의 열 배 이상으로 높았습니다. 근육세포가 많이 깨졌다는 뜻이죠."

융해증이든 용해증이든, 무언가 녹는다는 뜻인 건 알 것 같았다. 그 순간 왜 프라이팬 위에서 거품을 내며 녹아내리는 버터가 떠올랐는지 모르겠다. 버터처럼 흐물거리며 곤죽이 되는 근육이라니. 그녀는 자신도 모르게 인상을 썼다.

"소변 색만 달라지면 괜찮은데, 한꺼번에 너무 많은 독성물질이 생겨서 콩팥이 걸러내지 못하고 망가져버리는 경우도 있어요. 급성신부전이 생기면 투석이 필요할 수도 있습니다. 다행히 신수지 씨는 증상이 심하진 않은 편이었지만 더 심했다면 어제 바로 종합병원 응급실로 보냈을 겁니다."

"운동 좀 했다고 그렇게까지 될 수 있나요?"

"근육이 크게 다치는 사고를 당할 때 주로 생기지만 심한 운동도 원인이 될 수 있습니다. 본래 꾸준히 운동을 하셨나요?"

"취업하고 몇 년 동안은 못 했는데 그전엔 자전거를 많이 탔어요. 한강 자전거도로를 백 킬로씩 달리기도 한걸요."

고작 사이클 한 시간 탔다고 근육이 녹아내릴 줄은 누가 상상이나 했을까. 그녀는 고개를 가로저었다.

"횡문근융해증은 그리 흔한 병은 아닙니다. 그런데 최근에 비슷한 환자들이 여럿 있었어요. 다들 신수지 씨처럼 젊은 나이이고 심한 운동 이후에 붉은 소변을 보았다는 공통점이 있었습니다. 흥미로운 것은 그분들이 신수지 씨와 같은 운동을 시작했다는 점입니다."

"스피닝요?"

신수지 씨의 눈이 휘둥그레졌다.

"스피닝 운동은 짧은 시간에 많은 칼로리를 소모할 수 있어서 체중감량 효과도 큽니다. 혼자서는 힘들고 지루한 운동도 음악에 맞춰 여러 사람과 함께 하면 좀 더 수월하게 할 수 있구요. 하지만 효과가 크다면 부작용도 있는 법입니다. 음악에 맞춰 정신없이 몸을 움직이다 보면 마치 집단최면에 빠진 것과 같은 상태가 되는데, 그래서 자신의 체력보다 과도한 운동을 하는 경우도 많아요."

처음 스피닝룸을 구경했을 때의 기억이 떠올랐다. 빠르게 쿵쿵거리는 음악에 맞춰 추임새와 구령을 넣는 강사는 무녀, 단체로 춤을 추듯 몸을 들썩이는 사람들은 신내림을 받는 이들처럼 보이기도 했다. 어떻게 보면 집단최면이란 표현이 어울린다고 그녀는 생각했다.

"어디서든 가성비나 효율을 따지고 빨리 성과를 내야 인정받는 세상이잖아요. 하지만 누구나 한두 달 만에 몸짱이 될 수 있다고 하는 건 과장입니다. 오히려 건강을 해칠 수도 있습니다. 특히나 운동을 오랫동안 쉬었다가 새로 시작할 때는 낮은 강도부터 서서히 높여야 합니다. 강속구를 던지는 프로야구 투수도 새 시즌을 준비할 때는 짧은 거리에서 가벼운 캐치볼부터 시작합니다. 아마추어 선수가 어느 날 갑자기 시속 백오십 킬로미터를 던지겠다고 무리하게 팔을 휘두르면 어깨를 다치기 마련이죠."

순간 동료의 바디프로필 사진을 보고 부러워하던 속마음을 들킨 것 같아 얼굴이 달아올랐다. 8주 완성이니 속성 운동이니 하던 광고문구도 떠올랐다. 그 광고지를 받는 게 아니었는데.

"당분간 매일 수액치료를 받아야 합니다. 물도 많이 마셔야 해요. 운동은 몸이 다 나아진 뒤에 서서히 시작하도록 하세요. 살을 빼고 몸을 만드는 것도 좋지만 무엇보다 운동은 내가 더 건강해지기 위해 한다는 걸 명심해야 합니다."

바야흐로 운동 열풍이다. 건강관리를 위해 운동을 하는 사람들은 언제나 있었지만, 최근에는 자기 자신을 가꾸는 운동에 관한 관심이 부쩍 늘었다. 20대와 30대 사이에선 바디프로필을 찍어 SNS에 올리는 것이 유행이 된 지 오래다. 개인교습이나 필라테스의 인기, 최근 늘어난 퍼스널트레이닝 전문 스튜디오 등은 이러한 변화를 반영한다. 팬데믹과 사회적 거리두기로 인해 기존의 체육관이나 그룹운동 시설의 이용은 줄었지만 대신 홈트레이닝에 대한 관심이 높아지면서 관련 사업이 번창하고 있다.

보기 좋은 몸을 만들고 싶은 욕구는 긍정적인 운동 동기가 될 수 있다. 문제는 보기 좋은 몸을 건강보다 우선순위에 두면서 생긴다. 몇 달 만에 몸짱이 될 수 있다는 광고나 유튜브 콘텐츠를 쉽게 접할 수 있는데, 짧은 기간에 큰 효과를 보고자 서두르는 마음에 준비가 안 된 상태에서 심한 운동을 하면 오히려 부작용으로 건강을 해치는 경우도 종종 생긴다. 무리한 운동으로 관절이나 인대를 다치는 것이 흔한 예이다.

횡문근융해증과 같이 드물지만 심각한 부작용도 있다. 횡문근은 팔이나 다리 등 골격근과 관절에 붙은 가로무늬 근육이다. 오랜 시간 고강도 운동을 하면 근육이 필요로 하는 에너지가 부족해지고, 이러한 상황에서 계속 근육을 움직이면 결국 근육세포가 손상되면서 근육세포 안에 있어야 할 물질이 밖으로 새어나와 문제를 일으킨다. 근육의 심한 통증이 대표적인 증상이다.

혈액 속으로 방출된 근육 속 물질(마이오글로빈, 칼륨 등)은 다른 장기를 망가뜨리기도 한다. 가장 위중한 합병증은 급성신부전과 부정맥이다. 마이오글로빈이 신장을 통해 빠져나가면서 검붉은 소변을 보게 되는데, 다량의 마이오글로빈이 신장의 세뇨관[+]을 막으면 신장기능이 급격하게 떨어지는 급성신부전이 생긴다. 이 경우 소변이 나오지 않아 체내에 노폐물이 쌓여 혈액투석을 해야 하는 상황에 이를 수도 있다. 혈액 내 칼륨의 수치가 지나치게 높아지면 심장에

[+] 혈액 속 노폐물을 소변으로 걸러 내는 신장 속의 작은 관.

부담을 주어 치명적인 부정맥까지 생길 수 있다. 두 가지 다 사망에까지 이르게 할 수 있는 위중한 합병증이므로 이런 증상이 발생한다면 즉시 병원을 방문해 치료를 받아야 한다. 합병증이 동반된 경우 입원치료가 필요하며, 체내에 과도하게 퍼진 근육 속 물질들이 소변을 통해 빨리 배출될 수 있도록 하는 수액치료가 가장 중요하다.

횡문근융해증은 누구에게나 생길 수 있지만, 평소 운동을 하지 않았는데 갑자기 고강도 운동을 하거나 더운 날씨에 충분한 수분보충 없이 과도한 활동을 한 경우에 더 흔하게 생긴다. 운동으로 인한 횡문근융해증의 특징을 분석한 국내 연구에 따르면, 무더운 여름철에 가장 많은 환자가 발생한 것으로 나타났다. 스피닝, 크로스핏과 같은 고강도 유산소운동을 장시간 지속하거나, 고중량의 근육운동을 휴식 없이 반복해서 할 경우에도 발생 위험이 커진다. 예방을 위해서는 우선 자신의 체력 수준을 알고 운동 시간과 종류를 선택할 필요가 있다. 운동의 강도는 서서히 높여야 하며, 평소 운동을 하지 않았거나 오랜만에 운동하는 사람이라면 더 주의를 기울일 필요가 있다. 고온과 탈수는 횡문근융해증의 촉매 역할을 하므로 더운 날씨에 오랜 시간 운동하는 것은 피하고 중간중간 물을 자주 마셔야 한다.

길잡이, 또는 코치

길 잃은 의료전달체계

"다른 나라의 예를 볼까요. 영국이나 캐나다 국민은 주치의가 정해져 있고, 주치의를 거쳐야 상급병원에 갈 수 있다는 건 아실 거예요. 상급병원에서 내가 원하는 분야 전문의 진료를 마음대로 받기 어렵고 몇 달씩 기다려야 한다는 불만도 있지만, 이러한 시스템을 통해 한정된 의료자원을 효율적으로 쓸 수 있다는 장점도 있죠. 영국인의 기대수명은 OECD 평균보다 높습니다. 그런데 영국 국민은 평균적으로 일 년에 외래진료를 다섯 번 받습니다. 한국은? 열일곱 번입니다. 영국의 세 배가 넘고, OECD 국가 중 가장 높습니다. 영국인이 한국인보다 세 배나 건강해서 병원을 덜 가는 걸까요? 한국은 세 배나 진료를 많이 받을 수 있음에 기뻐해야 하는 걸까요?"

한지은 씨는 재생 프로그램의 정지버튼을 눌렀다. 인터뷰 대상은 L교수였다. D대학 의료관리학 교실의 그는 의료정책 분야 전문가였다. 이번 프로그램을 준비하면서 추천받은 인물이기도 했다.

한지은 씨는 S방송사의 다큐멘터리 작가로 최근엔 건강 관련 프로그램에 참여해왔다. 그가 작가를 맡고 있는 〈다큐포커스〉에서는 팬데믹 시대를 맞아 의료시스템의 문제점을 짚어보는 특집 삼부작을 제작 중이다. 그녀의 시선이 모니터 옆에 올려둔 기획안으로 향했다.

〔일부. 길 잃은 의료전달체계〕
거듭되는 감염병의 유행은 우리의 의료환경을 다시 돌아보게하는 계기가 되었다. 한국 의료기관과 의료인의 질은 선진국 수준이며, 특히 의료접근성은 세계 최고수준이라 해도 지나치지 않다. K-방역이라 일컬어지는 우리의 감염병 관리 시스템은 이러한 인프라가 있었기에 가능했을 것이다. 국민 누구든 큰 비용을 들이지 않고 전문의 진료를 받을 수 있어서일까. 한국인이 병원을 찾아 진료를 받는 횟수는 세계 최고이다. 그 이면엔 과잉진료와 '3분 진료'로 대표되는 문제점도 존재한다. 고령화로 의료수요가 커지는 상황에서 이러한 문제가 더 커질 것이란 우려도 있다. 장점을 살리고 문제점을 개선하는 방안을 모색해 보자.

한지은 씨는 눈썹을 살짝 찌푸렸다. K-팝, K-드라마는 그렇다 치고 K-방역이라니. 기획안을 볼 때마다 자화자찬에 가까운 이 단어에 속이 불편해지곤 했다. 그녀는 한숨을 한번 쉬고 다시 인터뷰 영상을 재생했다.

"좋은 의료서비스란 뭘까요. 최신장비로 내가 원하는 검사와 치료를 바로 받을 수 있는 것을 좋은 의료서비스라고 한다면 이건 대학병원에서만 가능하겠죠. 하지만 모두가 항상 대학병원을 찾을 수는 없고 그럴 필요도 없습니다. 그런데도 우리 의료시스템은 지금 흘러가는 상황을 조절할 방법이 없습니다."

뛰어난 의사와 좋은 병원을 찾아가고 싶은 건 누구나 당연할 것이다. 원하는 진료를 받고자 하는 개인의 선택권과 자유는 최대한 지켜져야 하는 것 아닌가? L교수의 이야기는 계속되었다.

"선택권도 중요하죠. 하지만 의료서비스는 무한하지 않습니다. 모든 국민이 최대한 건강하게 살기 위해 한정된 자원을 어떻게 분배해야 하느냐에 대한 고민이 필요해요. 영국과 캐나다를 예로 들었지만, 다른 나라에도 의료이용을 조절하기 위한 전달체계가 있습니다. 그런데 우리나라는 의료전달체계가 사실상 없어요."

자신만만하게 시작한 기획이었다. 건강이나 의료 관련 주제는 많이 다뤄본 편이었다. 의료제도는 처음이었지만 연관된 내용이니 그리 다르지 않을 것이라 짐작했다. 관련 전문가를 몇 명 만나 이야기해보면 대략 방향을 잡게 될 것이다. 그녀가 병원 진료를 받으며 느꼈던 문제들을 꼬집어 줄 수도 있겠구나 하는 기대도 내심 있었다. 하지만 자신이 한국의 의료체계에 무지했음을 오래지 않아 깨닫게 되었다. 그녀는 다음 파일을 재생했다. 의사협회 정책연구소 P연구원의 인터뷰였다.

"건강보험에서는 의료기관을 1차를 의원, 2차로 병원이나 종합병원, 3차 상급종합병원, 이렇게 세 단계로 나눕니다. 바람직한 의료전달체계란 환자의 필요와 중증도에 따라 적절한 의료서비스를 받도록 하는 것이죠. 가벼운 질환은 의원에서, 그보다 더 중한 질환은 병원이나 종합병원에서, 고도의 치료가 필요한 질환은 더 상급인 대학병원에서 치료를 담당하고, 환자들은 자신에게 맞는 서비스를 신속하게 제공받으면 됩니다. 간단하죠. 하지만 현장에선 몹시 어려운 문제예요. 공급자와 수요자의 관점이 다르기 때문입니다. 내 병이 의원에 갈 문제인지 대학병원에 갈 문제인지 모르는 환자 입장에서는 큰 병원을 선호하게 됩니다."

직장동료 중에는 큰 병원보단 집이나 직장 근처 의원을 이용하는 이들이 많았다. 그녀도 감기에 걸렸을 땐 아파트 상가의 내과의원에 간다. 얼마 전 결막염이 생겼을 때도 방송국 주변의 안과의원을 검색해 가장 나아보이는 곳을 선택했다. 하지만 동네의원이 미덥지 못하다는 동료들도 많았다. 자신도 결막염이 며칠 만에 좋아지지 않았더라면 그 의원을 계속 다니진 않았을 것이다.

"큰 병원으로 환자가 집중되는 현상을 막기 위해 의료전달체계가 있습니다. 원칙적으로는 1차, 2차 의료기관을 거쳐 3차 병원으로 가게 되어있어요. 하지만 현실에서는 1차, 2차 의료기관이 단순히 의뢰서를 발급하는 역할만 하는 경우도 많아요. 환자가 의뢰서를 요구하면 거절하기 힘들죠. 일단 3차 의료기관으로 간 환자가 1차, 2차 의료기관으로 돌아오는 비율도 극히 낮습니다. 대형병원으로 환자가 쏠릴 수밖에 없는 구조예요. 3차 병원의 진료비가 더 비싸지만, 이 정도 차이로 해결할 수 없는 문제입니다."

얼마 전 난소암으로 입원한 고모를 찾아뵌 기억이 떠올랐다. 다행히 수술과 항암치료를 하면 나을 수 있는 단계라고 했다. 평소 대학병원에 대한 고모의 신뢰는 굳건했고, 병을 일찍 발견한 것도 대학병원에 다닌 덕분이라고 믿고 있었다. 고모는 바싹 마른 손으로 그녀의 손을 잡고 말했다. 지은아, 무조건 큰 병원을 가야 해.

그녀는 다른 인터뷰 파일을 클릭했다. 보건복지부의 M과장이었다.

"지금은 1차, 2차, 3차 병원이 함께 경쟁하는 구도예요. 굉장히 비효율적이죠. 고혈압과 감기 환자를 두고 대학병원과 경쟁을 해야 하는 동네 병의원에서는 고민이 많을 겁니다. 몇 억씩 하는 최신 기계를 들여놓을까. 시설을 조금이라도 쾌적하게 고쳐야 할까. 동네의원이 만성질환관리의 주축이 되어야 하는데, 현실은 영양주사나 비만치료와 같은 비급여 진료+에 치중하게 되기도 합니다. 대학병원은 좋기만 할까요? 밀려드는 경증 환자를 보느라 진료실은 북새통이고 3분 진료가 일상이 됩니다. 교수들도 본연의 업무인 중증 환자에 대한 심도 있는 진료가 어려워지고, 이를 제대로 보려면 따로 시간을 더 내야 하는 상황입니다. 교육이나 연구 역시 소홀해질 수밖에

+ 건강보험을 적용하지 않아 환자가 진료비용을 전액 부담하는 진료.

없죠."

그녀는 얼마 전 집 근처에 생긴 대학병원 분원을 떠올렸다. 당장 이용할 일은 없었지만 가까이에 큰 병원이 생기니 내심 든든했다. 주민들 사이에선 아파트값이 오르는 데 도움이 될 거라 기대하는 분위기도 있었다. 그 이면에 이런 문제가 있으리라곤 생각하지 못했었다. 문득 자신이 다니던 아파트 상가 의원은 괜찮을까 슬그머니 걱정되었다.

"환자 입장에서도 최선의 진료를 받지 못하니 손해죠. 만성질환 환자는 의사를 자주 만나 생활습관을 확인하고 약을 잘 먹는지도 확인해야 합니다. 하지만 대학병원에선 환자가 너무 많아 진료 간격을 육 개월까지도 늘려요. 우리나라는 만성질환이 악화해 입원으로 이어지는 비율이 OECD 평균과 비교할 때 상당히 높습니다. 의료수준에 비해 만성질환관리가 기대에 못 미치는 실정이거든요. 결국 의사와 환자 모두를 위해 제대로 된 의료전달체계가 필요한 겁니다."

정지버튼을 클릭했다. 그녀가 코를 몇 번 훌쩍거렸다. 신경을 많이 쓰면 비염증상이 심해진다. 머리가 지끈거렸다. 커피라도 마셔야 할 것 같았다. 판도라의 상자를 건드린 느낌이었다. 과거로 돌아갈 수 있다면 기획에 동의했던 자신을 찾아 뜯어말릴 것이다. 시사고발 프로그램이 아닌 이상 문제만 잔뜩 늘어놓고 끝낼 수는 없었다. 잔뜩 엉킨 실타래를 깔끔하게 풀 수 없다면 은근슬쩍 화두라도 던져야 했다.

그녀는 커피믹스 두 봉지를 한 번에 털어넣고 휘휘 저었다. 진한 커피를 마시니 머릿속 뿌연 안개가 잠시나마 걷혔다. 티슈를 꺼내 코를 세게 풀었다. 다음 인터뷰의 주인공은 그녀에게도 익숙한 인물이었다.

"동네의원 운영은 쉽지 않습니다. 그래도 동네의사로 환자를 만나는 데는 좋은 점이 많습니다. 문턱이 낮다 보니 어떤 환자든 쉽게 올 수 있고, 큰 병원에서보다 이야기도 편하게 할 수 있거든요. 같은 질병이라도 환자마다 발병 원인도 나빠지는 이유도 다릅니다. 그래서 환자 개개인의 사정을 상세히 파악하는 것은 치료에 큰 도움이 되지요. 환자가 몰린 병원에선 그렇게 하기가 어려울 거예요. 물론 환자가 대학병원만큼 많은 의원도 있겠습니다만 저희 의원은 한가한 편이라, 환자의 이야기를 많이 들을 수 있어 좋습니다."

방송에 출연할 의사를 찾는 건 어렵지 않다. 하지만 이번엔 방송에 익숙한 의사를 피하고 싶었다. 반딧불 의원에서 이수현 원장을 만났을 때, 그녀는 적임자를 찾았다고 생각했다. 인터뷰를 고사하는 그를 설득해 카메라 앞에 앉힌 것도 그녀였다.

"의과대학에선 병력청취가 무엇보다 중요하다고 배웁니다. 환자의 이야기를 듣는 거죠. 하지만 현실은 그게 어렵습니다. 대학병원에서 15분 진료를 하는 시범사업을 하기도 했어요. 그런데 외래환자 수가 병원 수입과 직결되는 상황에서 이를 확대하고 계속할 수 있을까요? 저는 어렵다고 봐요. 결국은 시스템이 바뀌어야 하는 문제입니다. 경증 환자를 대학병원이 아닌 동네의원으로 유도하는 제도를 만든다고 들었어요. 일단 환영할 일인데, 잘 될지는 모르겠네요."

그는 인터뷰를 진행하는 동안 여러차례 고개를 갸웃거렸다. 의료현실에 관해 이야기할 때는 마치 더 이상 손쓸 방도가 없는 말기 환자의 예후를 설명하는 것처럼 보였다. 그럼에도 그가 진료실에 머무는 이유가 궁금했다. 그녀는 '인터뷰_환자_1'이라 제목이 붙은 파일을 클릭했다.

"제가 당뇨병이 있는데요. 예전엔 혈당이 널을 뛰었는데 지금은 관리가 잘 되고 있어요. 여기서 계속 진료를 받으니까요. 우리 원장님이 잔소리가 좀 심합니다. 제 얼굴을 볼 때마다 담배를 끊으라고 잔소리를 하세요. 솔직히 짜증이 날 때도 있어요. 제 와이프보다 더 심하거든요. 그래도 원장님 잔소리가 없었다면 그동안 끊으려는 시도도 안 했을 겁니다. 끊고 피우기를 반복하고 있지만 한 번 더 도전해보려고 해요. 작년엔 불면증이 심했는데 원장님 말씀대로 커피도 끊고 운동도 하면서 좋아졌습니다. 제 몸 상태는 어떤 의사보다 원장님이 제일 잘 아시니 앞으로도 계속 여기 다녀야죠."

환자는 같은 건물 1층의 편의점 사장이었다. 인터뷰를 위해 반딧불 의원을 찾아갔을 때, 진료를 시작하기 전인데도 대기실에서 수다를 떨고 있는 환자들이 있었다. 알고 보니 그들은 같은 상가 입주민이기도 했는데, 방송의 취지를 설명하자 서로 자신이 인터뷰 적임자라고 언성을 높였다. 다음 인터뷰는 수학학원의 원장이었다.

"우리 상가 사람들 대부분 여기 반딧불 의원에 다닐 겁니다. 저도 오픈할 때부터 다녔으니 벌써 몇 년 되었네요. 가족 전부 여기로만 다녀요. 진료 시간이 저녁인 것도 편하고, 원장님을 믿을 수 있거든요. 불필요한 검사나 치료가 없기도 하구요. 얼마 전 기사를 보니 동네의원 진료에 만족하는 환자 비율이 열명 중 세 명 밖에 안된다고 하더군요. 의사와 환자 간 신뢰가 점점 줄어드는 것 같아 안타깝습니다."

지나치게 진지한 말투에 그녀는 미소를 머금었다. 얼른 검색이라도 한 걸까. 갑작스러운 인터뷰임에도 통계치를 인용하는 걸 보니 꼼꼼한 성격이 틀림없었다.

그녀는 다시 의사의 영상을 재생했다.

"제 진료실에선 다양한 문제를 만납니다. 직접 해결하기도 하고, 대학병원에 보내기도 하죠. 어느 곳으로 가야할지 환자 혼자 판단하긴 어려울 거예요. 그런 점에서 동네의원은 환자를 돕는 길잡이 역할을 할 수 있다고 생각합니다. 그리고 일단 내 진료를 받는 환자라면, 병을 잘 관리해서 위중한 문제로 발전하지 않도록 돕는 것도 중요한 역할이겠죠. 저는 환자가 그 길을 잘 따라올 수 있도록 때론 잔소리도 하고 칭찬도 하는 코치가 되려고 합니다. 동네의원도, 대학병원도, 각자의 역할을 할 수 있다면 좋겠어요. 그렇게 될 수 있는 룰이 만들어지길 바랍니다."

그녀는 L교수의 인터뷰를 떠올렸다.

"우리가 앓는 질병 대부분은 사실 대학병원까지 갈 필요 없어요. 의료시스템이 나무라면 동네의원은 뿌리와 같은 역할일 겁니다. 뿌리가 튼튼하지 않은 나무는 결국 죽게 마련이죠."

각자의 역할을 다할 수 있도록 하는 룰. 언뜻 실타래 끝이 보이는 것 같았다. 일단 여기서부터 시작해 볼 것이다. 조만간 반딧불 의원에 한번 더 가야겠다는 생각이 들었다. 그녀가 키보드를 두드리기 시작했다.

일주일 뒤 한지은 씨가 다시 반딧불 의원 진료실을 찾았다.

진료 시작을 앞둔 오후였다. 그녀를 기다리던 의사가 일어서서 미소로 맞았다. 엄마의 보호자로 처음 방문했을 때보다 진료실 풍경이 익숙했다. 진찰대 옆 인체해부모형도 처음에는 그로테스크했지만 지금은 친근함이 있었다. 자리에 앉은 그녀가 몇 번 재채기를 한 뒤 코를 훌쩍였다.

"날씨가 추워지니 또 비염이 도졌어요. 지난번에 처방해주신 약 먹고 좀 나았는데 다시 심해지네요."

"알레르기 증상은 대개 겨울에 심해져요. 기온 탓도 있겠지만 공기가 건조해서 더 그럴 수도 있습니다. 물 많이 드시고 환기 자주 하셔야 해요. 가시기 전에 다시 처방해드리겠습니다."

"감사합니다. 오늘은 진료받으러 온 건 아닌데 처방부터 받네요."

그녀가 노트북을 꺼내 가편집을 끝낸 영상을 재생했다. 메일로 보낼 수도 있었지만 굳이 직접 온 것은 자문을 구하기 위함이었다. 개업의사의 입장에서 전체적인 내용과 주제의식을 어떻게 느끼는지 궁금했다. 그의 의견이 남은 편집에 도움이 될 수도 있을 것이다.

"동네의원과 1차 의료기관의 역할을 강조해주신 건 적절한 방향이라고 봅니다. 하지만 동네의원을 너무 이상적으로 그리진 않으셨으면 합니다. 동네의원과 대학병원은 어느 한쪽을 꼭 선택해야 하는 대상은 아니거든요. 인터뷰에서 말씀드렸듯이 각자의 역할이 있을 뿐이죠."

"네, 저희도 이해하고 있습니다."

"그나저나 고민을 많이 하신 것 같네요. 애쓰셨습니다."

"대본을 쓰면서 괜한 아이템을 시작했다고 후회가 많았어요. 원장님 도움이 없었다면 더 힘들었을 거예요."

그가 빙그레 웃었다. 두 사람은 반딧불 의원에서 촬영한 영상 몇 개를 재생하면서 의견을 교환하고 자막으로 들어갈 내용도 다시 확인했다. 자문이 끝나고 그녀가 노트북을 접어 가방에 넣은 뒤 물었다.

"저희 프로그램과 상관없는 질문을 하나 드려도 될까요?"

"그럼요."

"D대학병원을 그만두신 이유를 여쭤보고 싶었어요."

그가 의아한 표정으로 그녀를 바라보았다.

"인터뷰 대상에 대한 조사는 기본이죠. 이번엔 조금 더 확인해 보기도 했구요. 원장님이 병원에 계속 머물렀다면 동기 중 가장 먼저 교수가 되셨을 거라고 하더군요."

"L교수가 그러던가요?"

이수현 원장에 대해 이야기해준 사람은 인터뷰에 참여했던 D대학병원 L교수였다. 두 사람은 대학 동기였다. L교수는 이수현 원장이 누구나 인정하는 수재였다고 했다. 그가 내과 수련을 마치고 임상강사가 되었을 때는 모두 조만간 퇴임을 앞둔 노교수님의 뒤를 그가 이으리라고 생각했다. 그래서 그가 그만두었을 때 그 이유에 대해 이런저런 말들이 많았다고 한다. 집안에 빚이 많아 돈을 벌어야 했다거나, 외국으로 유학을 갔다거나 하는 소문도 있었다고 했다.

"대학병원 외래진료실엔 항상 환자가 많았어요. 진료 마감을 한두 시간 넘기는 건 예사였지요. 일은 쌓여 있고, 복도에 가득한 환자를 보면 마음이 갑갑해지죠. 그런 상황에선 환자와의 대화를 줄이고 빨리 진료를 끝내는 방법이 생존기술이 됩니다. 어떻게 하면 되는지 아세요?"

한지은 씨가 의아한 표정을 지었다.

"눈을 마주치지 않으면 됩니다. 사실 모니터의 기록만 보기에도 바빠요. 대화는 꼭 필요한 설명만 빠르게. 그럼 환자도 알아채고 더 이야기하길 포기하거든요."

"대학병원 진료실에선 다들 모니터만 보시던데 이유가 있었군요."

"그러다 어느 환자를 만나게 되었습니다. 예순 살쯤 된 유방암환자였어요. 재발한 암이 전이되었고 항암치료를 스무 번쯤 했는데 효과가 좋지 않았어요. 심장과 폐도 망가진 상태라 시간이 얼마 남지 않았다고 생각되는 환자였습니다. 여느 때처럼 검사 결과를 빠르게 설명하고 진료를 끝내려다 문득 눈이 마주쳤는데, 빈 껍질만 남은 듯 생기 없던 환자의 눈빛에서 원망과 분노, 회한이 섞인 것 같은 감정이 느껴졌어요. 그때 환자가 말했습니다. 선생님은 저를 전혀 모르시네요, 라고요."

"당황스러우셨겠네요."

"그랬죠. 순간 발끈하는 마음도 들었구요. 당시의 저는 그 환자에 대해서 잘 안다고 생각했으니까요. 증상과 병세에 대해서, 그리고 환자가 얼마나 더 살 수 있을지도 알고 있었지요."

그가 쓴웃음을 지었다.

"하지만 환자가 어떤 사람인지는 몰랐어요. 그날 이후 환자의 말이 맞다는 생각이 머리를 떠나지 않았습니다. 얼마 뒤 그 환자는 입원 중 사망했어요. 중학교 선생님이셨다고 하더군요. 저희 어머니도 선생님이었고 유방암으로 돌아가셨습니다. 돌아가신 어머니와 비슷한 연배의 환자라 유달리 느꼈는지도 모르겠어요. 환자의 눈빛을 잊을 수 없었습니다. 마찬가지로 다른 환자들에 대해서도 잘 알지 못했음을 깨달았구요."

"그게 병원을 나오신 계기인가요?"

"글쎄요. 꼭 그것만은 아니에요. 지쳐 있기도 했고…. 그냥 좀 다르게 일해보고 싶었다고 해두죠."

겨울 오후 해는 빨리 저문다. 진료실 창이 주홍빛으로 물들었다. 한지은 씨가 가방을 메고 일어섰다.

"지금은 모든 환자와 눈을 맞추고 이야기할 수 있지요. 여기선 어렵지 않아요. 야간진료를 결심한 것도 비슷한 이유였습니다. 밤엔 마음이 편해지고 상대방 이야기를 더 듣고 싶어지거든요. 가끔은 제가 전생에 야행성동물이었나 하는 생각도 들어요."

두 사람이 눈을 맞추고 웃었다. 문밖 대기실에서 두런두런 말소리가 들렸다. 오늘의 첫 환자가 온 모양이었다. 진료를 시작할 시간이었다.

의료전달체계는 국가의 한정된 의료자원을 효율적으로 활용하기 위한 제도이다. 환자가 적절한 의료기관에서, 필요한 시기에, 적합한 의료인에게, 적절한 서비스를 받도록 하는 것을 목표로 한다. 나라 별로 다양한 의료전달체계를 갖고 있지만, 공급 측면에서는 의료기관의 기능과 역할을 구분하고 수요 측면에서는 의료기관 선택의 자유를 일정 부분 제한하는 공통적인 속성이 있다.

우리나라의 경우 1989년 전국민의료보험 도입과 함께 전국을 행정구역과 생활권에 따라 구분한 진료권을 설정하고 지역별 의료기관을 1차, 2차, 3차로 나누어 기관 간의 기능분담을 시도했다. 그러나 1998년 규제개혁 차원에서 위 진료권 개념이 폐지되면서 지역별 의료기관 분류를 통한 의료전달체계는 실질적인 기능을 상실했다. 현재는 지역제한 없이 1단계(의원, 병원, 종합병원 등), 2단계(상급종합병원)로 구분한 것이 전부다. 2단계 의료기관을 이용하려면 1단계 기관에서 발행한 진료의뢰서가 필요하다. 하지만 진료의뢰서가 의학적 판단이 아닌 환자의 요구에 따라 발급되는 경우도 많아 실효성 측면에서 문제가 되고 있다.

건강보험은 진찰료, 검사료, 입원료 등 개별 진료행위마다 비용이 정해지는 행위별수가제를 기반으로 한다. 많은 환자를 볼수록 의료기관의 수입이 늘어나는 구조이다. 가장 보편적인 지불제도이나, 환자의 의료기관 선택을 조정할 수 없는 현재와 같은 상황에선 환자를 유치하기 위한 과잉, 중복 투자가 일어날 가능성도 커진다.

의료법은 기관별 주요 진료 대상을 의원은 외래, 병원은 입원, 상급종합병원은 중증질환으로 구분하도록 권하나 현실에선 동네의원부터 상급종합병원까지 같은 환자를 두고 경쟁하고 있다. 그로 인한 대도시 대형병원으로의 의료자원과 환자 쏠림현상은 어제오늘의 일이 아니다. 현재도 다수의 대학병원이 수도권 분원 설립을 추진하고 있으며 2020년대 후반이면 수도권에만 6천 병상 이상이 늘어날 것으로 예상한다. 전문가들은 지역사회에서 의료전달체계의 뿌리가 되는 동네의원과 허리를 담당하는 중소병원의 위축을 우려한다. 이는 결국 국민의 의료접근성을 침해하는 부작용을 낳을 수 있기 때문이다.

지난 10여 년간 의료전달체계 개선을 위한 노력이 있었으나 논의는 아직도 진행형이다. 과거 일차의료[+]와 동네의원의 기능을 강화하기 위해 주치의등록제와 단골의사제를 추진했지만 실제로는 시행하지 못했다. 2012년 시작된 만성질환관리제는 고혈압, 당뇨병환자가 동네의원을 지정해 진료를 받으면 환자는 진료비를 할인받고 동네의원은 인센티브를 받는 제도이다. 만성질환관리제는 진료의 지속성[++]을 유효하게 높이고 비용 대비 효과가 크다는 연구 결과가 있다. 현재는 기존의 만성질환 관련 시범사업들을 통합해 동네의원 중심의 '일차의료 만성질환관리 시범사업'을 진

[+]   긴강을 위하여 가장 먼서 대하는 보건의료. 환자의 가족과 지역사회를 잘 알고 있는 주치의가 환자-의사 관계를 지속하면서 흔한 건강 문제들을 해결하는 분야. 최초 접촉, 포괄성, 관계의 지속성, 조정 기능을 핵심 속성으로 함.

[++] 환자에게 초점이 맞춰진, 장기적이고 연속하는 시간에 걸쳐 발생하는 진료.

행 중이다.

　최근 응급환자가 치료 가능한 응급실을 찾아 헤매다 사망하는 사건이 여러 건 발생했다. 이 역시 부실한 의료전달체계를 주된 원인 중 하나로 볼 수 있다. 종합병원 응급실에 경증 환자가 과도하게 몰리는 현실이 그 배경에 있기 때문이다. 최근 정부는 다시 한번 의료전달체계 개선을 추진하고 있다. 상급종합병원의 경증 환자 진료를 제한하고 진료의뢰 기준을 엄격하게 적용해, 대형병원으로의 환자 쏠림을 개선하고 의료기관 간의 역할을 재정립하는 것이 목적이다. 구체적인 과제로는 상급종합병원이 중증 환자 위주로 진료할 수 있도록 의료기관 평가와 보상 체계를 개선하는 것, 환자가 적정 의료기관에서 진료받을 수 있도록 의뢰를 내실화하는 것, 급성기[+] 치료 이후 환자를 지역 병의원으로 되돌려 보내도록 장려하는 것, 환자의 적정 의료 이용을 유도하는 것, 지역 병의원의 역량을 높이고 신뢰 기반을 구축하는 것 등이 꼽혔다.

　✦　병의 경과가 갑작스럽게 악화되어 빠른 치료가 필요한 시기.

안 쓸수록 좋다구요?

항생제 내성 바로 알기

제목: 항생제 내성이 걱정됩니다.

작성자: 마법전사쿠루미 '2023.7.1. 8:15 PM (152.248.***.36)

두 살 딸아이가 중이염에 걸렸습니다. 아이가 며칠째 밥을 잘 안 먹고 기운이 없었는데 귀가 아파서 그랬나 봅니다. 가까운 소아과에서 처방받은 항생제를 사흘 동안 먹였는데 쉬이 낫지 않았고 바꾼 항생제 두 종류를 닷새 더 복용했습니다. 그런데 이틀 전 저녁에 열이 났어요. 다니던 소아과가 문을 닫아서 다른 이비인후과에 가서 급히 진료를 받았는데 중이염은 거의 다 나았고 편도가 부어서 열이 난다고 했습니다.

해열제를 받아먹고 열은 내렸습니다만, 원래 다니던 소아과에 방문하니 마찬가지로 편도가 부었다는 진단을 받았고 항생제를 바꾸어 처방해주셨습니다. 그런데 새로 받은 항생제는 먹이지 않았어요. 처방이 두 번이나 바뀌어 찜찜하기도 하고, 항생제의 종류를 자주 바꾸면 내성이 생길 것 같아서요. 항생제를 일주일 넘게 먹었는데 편도염이 나을 때까지 또 먹으면 너무 오래 먹는 것도 같구요. 다행히 오늘은 아이 컨디션도 나쁘지 않고 식욕도 괜찮습니다.

그런데 항생제를 제대로 먹지 않아도 내성이 생긴다고 해서 걱정입니다… 지금 상태에서 어제 처방받은 항생제를 먹어야 할까요?

15개의 댓글이 있습니다.

동그랑땡 '23.7.1. 8:31 PM (182.28.***.161)

목에 염증이 생겨서 삼 주 동안 항생제를 먹었는데 첨엔 삼십 분 만에 반응이 오더니 요즘엔 뭘 먹었냐는 듯이 아무 차도가 없네요. 약에 내성이 생긴다는 건 미신이 아니라 과학입니다.

베리베리 '23.7.1. 8:35 PM (106.24.***.33)

항생제는 최대한 피하라고들 하던데, 저는 방광염이 너무 자주 와서 그때마다 항생제를 먹어야 해요. 스트레스를 받거나 과로를 하면 바로 방광염이 생기고, 제때 치료받지 않으면 너무 힘들어서 이제는 참지 않고 바로 병원에 가요. 항생제를 처방받아 먹으면 깨끗하게 나았구요. 그런데 항생제가 왜 나쁜지 궁금해요. 이쪽으로는 전혀 지식이 없어서요.

라면두봉지 '23.7.1. 8:44 PM (144.33.***.122)

나쁜 게 아니라 먹을수록 내성이 생겨서 나중에는 약이 안 들어요. 정말 큰 병에 걸렸을 때 항생제가 안 들면 죽는 거죠.

쿠쿠하세요 '23.7.1. 8:49 PM (122.38.*.224)**

많이 먹으면 내성이 생겨서 균이 잘 안 죽어요. 더 많이 먹어야 같은 효과가 있고… 그러면 그 약으로는 효과가 없게되고… 다른 더 강력한 항생제를 먹게되고… 그러다가 몸은 더 망가지고…

바람같은삶 '23.7.1. 8:53 PM (219.31.*.66)**

나쁜 균만 없애는 게 아니라 몸에 필요한 좋은 균도 죽이니까요. 그래서 항생제 먹고 설사하는 사람이 많죠.

서운맘 '23.7.1. 8:56 PM (230.28.*.155)**

저희 애들은 항생제를 써본 적이 거의 없어요. 기존에 쌓아놓은 좋은 면역력까지 싸그리 없애버리는 게 항생제니까 가능하면 안 먹는 게 좋다고 하더군요.

베리베리 '23.7.1. 9:01 PM (106.24.*.33)**

약에 대한 내성이 문제군요. 잘 알겠습니다. 병을 고치려면 약을 점점 더 많이 먹어야 하고 그럴수록 몸이 더 망가진다니 큰 문제네요. 그것 말고는 별다른 방법이 없으니 슬프네요. 감사합니다.

서운맘 '23.7.1. 9:21 PM (230.28.*.155)**

감기에 걸려도 목 아프고 열이 나면 대부분 항생제를 처방받는 것 같아요. 처방전 꼭 확인하세요. 물론 항생제를 먹고 이틀이면 나을 걸 일주일 앓아야 할 수도 있지요. 그래도 항생제 없이 면역을 키우는 게 낫잖아요.

베리베리 '23.7.1. 9:27 PM (106.24.***.33)

면역력을 높이는 게 근본적인 방법인데 쉽지 않은 것 같아요. 면역력에 도움이 된다고 해서 비타민D랑 프로폴리스 먹고 있어요. 유산균도 한 달 십 만 원짜리로 먹습니다. 정말 할 수 있는 일은 다 하네요.

시골의사 '23.7.1. 9:35 PM (122.45.***.221)

항생제가 무조건 나쁜 게 아닙니다. 항생제를 쓰든 안 쓰든 세균에 감염되면 면역은 생기게 되구요. 방광염이 자주 재발하면 의사와 상의해 유로박솜[+] 처방받아서 꾸준히 드셔보는 것도 괜찮습니다. 요로감염을 일으키는 균에 대한 면역을 키워서 재발을 줄이는 효과가 있습니다. 크랜베리주스를 드시는 것도 좋구요. 말씀하신 비타민이나 프로폴리스, 유산균은 큰 효과가 없습니다.

베리베리 '23.7.1. 9:40 PM (106.24.***.33)

감사합니다!

마음하늘 '23.7.1. 9:45 PM (70.79.***.153)

"항생제를 자주 먹으면 약발이 떨어져서 나중에 효과가 없어진다"는 이야기를 자주 듣습니다. 잘못된 속설이에요. 제가 이해하고 있는 바로는, 항생제를 먹는다고 내 몸이 항생제가 듣지 않는 몹쓸 몸이 되는 게 아니라 항생제를 오남용하면 항생제가 듣지 않는 몹쓸 세균이 우리 주변에 생긴다는 게 맞습니다.

[+]   면역증강제이자 만성요로감염치료제.

166

오후두시반 '23.7.1. 9:46 PM (115.143.*.140)**

필요할 때 먹는 건 문제 없죠. 균을 확실히 잡도록 의사가 중단하라고 할 때까지 약을 먹어야 해요. 나은 듯해서 중간에 멈추면 균이 살아남아서 또 재발할 수 있습니다.

스판덱스맨 '23.7.1. 9:59 PM (211.245.*.15)**

항생제가 아니라 오남용이 나쁜 거라고 들었습니다. 항생제가 없다는 건 상상만 해도 끔찍하네요. 페니실린이 없었다면 인구 절반은 사라졌을 듯… 처방에 맞춰서 용량과 기간(매우 중요, 함부로 줄이면 안 돼요) 지켜서 드세요. 평소 열심히 운동해서 체력 키우는 것도 중요하구요. 체력이 곧 면역력이잖아요.

마법전사쿠루미 '23.7.1. 10:25 PM (152.248.*.36)**

댓글 주신 분들 모두 감사드립니다. 내일 소아과에 가서 의사 선생님과 다시 상의해보려고 합니다. 어설프게 괜한 걱정만 하는 것보다 나을 것 같아요.

　　모니터 아래쪽의 메신저창이 깜빡였다. 다음 환자가 있다는 알림이었다. 메신저를 확인한 의사가 웹브라우저를 닫고 전자차트를 열었다. 인후통 때문에 왔다는 젊은 남자 환자였다.

　　"목이 아픈지는 사흘 정도 되었습니다. 병원에 올 시간이 없어 약국에서 파는 종합감기약을 먹었는데 차도가 없네요. 어제부터는 두통이랑 몸살 기운도 있구요."

의사가 환자의 입을 벌리게 하고 목 안쪽을 살폈다.

"편도염입니다. 편도 주위에 염증이 심해요. 많이 불편하셨겠네요."

"사실 오늘은 음식을 먹는 것도 힘들었습니다. 약을 좀 세게 처방해주실 수 있을까요? 중요한 프로젝트가 있어서 오늘도 야근을 하고 왔는데 당분간 병원에 올 여유가 없을 것 같습니다."

의사가 측은한 눈빛으로 그를 바라보았다. 환자의 눈이 엷게 충혈되어 있었다.

"항생제와 소염진통제를 처방할게요. 일단 사흘분 처방할 테니 다 드시고 다시 오세요. 총 열흘 정도 드셔야 할 겁니다."

"열흘이나요? 그렇게까지 오래…"

잠시 머뭇거리던 그가 말을 이었다.

"항생제를 꼭 먹어야 하나요? 사실 제가 모낭염이 있어서 항생제를 자주 먹거든요. 얼마 전에도 재발했습니다. 아무래도 면역력이 떨어진 것 같아요. 항생제를 자주 먹으면 내성이 생기니 되도록 안 먹는 게 좋다고 들었는데요."

"편도염은 흔한 병이지만 대수롭지 않게 여겨서도 안 됩니다. 편도의 붓기가 심하고 체온도 좀 높아요. 염증이 더 심해져서 고름주머니가 생기면 수술을 해야할 수도 있습니다. 이런 경우는 항생제가 필요해요."

부드럽지만 단호한 말투였다. 환자가 얕은 한숨을 내쉬었다. 처방을 입력한 의사가 한 번 더 당부했다.

"꼭 필요한 경우에 쓴다면 항생제보다 좋은 약은 없습니다. 지금이 그런 경우이구요. 내성을 걱정해 약을 불충분하게 쓰고 중단하는 것이 오히려 내성균을 키울 수도 있으니 꼭 처방대로 꾸준히 복용하셔야 합니다."

환자가 진료실을 나간 뒤 의사는 잠시 생각에 잠겼다. 밤이 깊어 환자가 뜸해질 시간이었고 대기 환자 명단은 비어있었다. 그가 웹브라우저를 다시 연 뒤 자판을 두드리기 시작했다.

Firefly '23.7.1. 10:55 PM (110.53.***.44)

항생제를 자주 먹는다고 내 몸에 내성이 생기는 게 아닙니다. 항생제에 대한 내성은 내 몸이 아니라 세균에 생기는 거예요. 이전에 듣던 항생제가 안 듣는다면 그건 이전과 다른 종류의 세균에 감염된 겁니다. 같은 병이라도 병을 일으키는 세균은 다양해서 이 항생제는 효과가 있지만 저 항생제는 듣지 않을 수 있습니다. 그래서 위중한 환자의 경우엔 원인균을 확인해 어떤 항생제가 잘 듣는지 알 수 있는 항생제감수성검사를 하기도 합니다.

항생제는 필요한 경우에만 써야 하지만, 일단 항생제를 썼다면 원칙에 맞게 충분한 기간 복용해야 합니다. 과도한 사용과 불충분한 사용 모두 항생제에 맷집이 세진 돌연변이 세균을 키울 수 있습니다. 이렇게 생긴 항생제 내성균은 사람들 사이를 떠돌다 적당한 조건을 찾으면 감염을 시키고 병이 나게 합니다. 항생제를 올바르게 쓰는 것은 나 자신뿐만 아니라 노약자를 비롯해 감염에 취약한 환자들과 사회 전체를 지키기 위해서입니다.

　신종 감염병의 연이은 유행으로 감염병에 대한 관심이 높아졌다. 최근의 신종 감염병은 세균이 아닌 바이러스로 인한 질환이 대부분이라 세균을 치료하는 항생제와는 직접적인 관련이 없다. 하지만 감염병의 치료와 예방을 이야기할 때 항생제를 빼놓을 수는 없을 것이다.

　항생제의 개발은 현대의학의 가장 위대한 업적 중 하나이다. 1940년대에 알렉산더 플레밍이 푸른곰팡이를 이용한 페니실린을 개발했을 때만 해도 많은 이들이 언젠가 인류가 감염병을 완전히 정복하리라는 기대를 품었다. 하지만 세균은 내성을 통해 항생제에 대응하는 법을 빠르게 터득했다. 이후 감염병 치료의 역사는 항생제 내성균과의 전투기록에 가까워진다. 기존 항생제 내성균을 퇴치하는 새로운 항생제를 개발하면 수년 내에 새 항생제에 대한 또다른 내성균이 출현한다. 새로운 항생제의 개발속도에 비해 세균이 내성을 획득하는 속도가 더 빨라지면서 항생제 내성균은 전 세계적으로 가장 중요하고 심각한 보건문제로 여겨지고 있다. 가장 강력한 항생제 중 하나인 반코마이신에 대한 내성균은 국내에서도 빠르게 증가하는 추세이다.

항생제 내성균 출현의 주요 원인으로는 항생제 오남용이 꼽힌다. '오용'은 잘못 사용하는 것, '남용'은 지나치게 많이 사용하는 것을 뜻한다. 국내 항생제 사용량은 OECD 국가 중 최상위권에 속하며, 2021년 발표된 국가 항생제 내성 관리대책에서는 항생제 사용량을 5년 내 20% 줄이는 것을 목표로 하고 있다. 항생제 남용을 줄이는 것 못지않게 오용을 피하고 정확히 사용하는 것도 중요하다. 항생제를 처방대로 복용하지 않고 불충분하게 먹는 것이 오용의 대표적 예이다. 항생제 오남용을 줄이기 위해선 항생제 내성에 대한 올바른 이해가 필요하다.

내성은 견딜 내耐, 성품 성性으로 적는다. 표준국어대사전의 뜻풀이는 다음과 같다.

1. 약물의 반복 복용에 의해 약효가 저하하는 현상
2. 『생명』 세균 따위의 병원체가 화학요법제나 항생물질의 계속 사용에 대하여 나타내는 저항성
3. 『생명』 환경조건의 변화에 견딜 수 있는 생물의 성질. 내열성耐熱性, 내한성耐寒性 따위가 있다.

많은 이들이 이중 첫 번째와 두 번째 개념을 혼동한다. 첫 번째는 사람의 몸이 변하는 것이고, 두 번째는 세균 자체가 변하는 것이다. 항생제 내성은 두 번째 개념, 즉 세균에 생기는 변화이다. 항생제를 반복해 쓰면 내 몸에 약이 쌓여 약효가 줄어든다는 믿음 때문에 복용을 꺼리는 경우가 있지만 내 몸이 변하는 것이 아니라는 것이다. 그럼에도 많은 이들이 부작용과 내성을 걱정해 항생제를 부적절하게 복용한다. 충분한 기간 복용하지 않고 조기에 중단하면 당장의 병은 낫더라도 살아남은 균이 내성을 획득해 다른 사람을 감염시킬 수 있다. 2017년과 2019년 질병관리청이 시행한 일반인 대상 조사에서 응답자의 절반 이상이 '증상이 나아지면 항생제 복용을 중단해도 된다.'고 답해 인식 개선의 시급함이 드러났다.

소아청소년과 전문의이자 번역가인 강병철 작가는 이러한 현상은 부정확한 개념어가 일으킨 촌극이며, 잘못된 인식을 줄이기 위해 내성이란 용어보다 '(항생제)저항성'이란 용어를 쓰는 것이 더 적절하다고 말한다. 영어의 예를 보자면 위의 첫 번째 개념에 대한 단어는 'tolerance[+]', 두 번째 개념에 대한 단어는 'resistance[++]'로 전혀 다르다.

[+] 일정량의 약물의 지속적인 사용에 대해서 효과의 감소를 나타내는 능력.

[++] 세균 따위의 병원체가 화학 요법제나 항생 물질의 계속 사용에 대하여 효과의 감소를 나타내는 능력.

아픈 만큼 성숙해지고

마음의 감기, 우울증에 대하여

강변북로는 밤늦은 시간까지 정체가 심했다. 라디오에서는 디제이와 초대 손님의 대화가 흘러나왔다. 청취자가 보낸 고민을 소개하고 도움이 되는 노래를 들려주는 코너였다. 이런 코너가 으레 그렇듯 어디선가 들어본 것만 같은 익숙한 사연이 이어졌다. 엄격한 아버지의 통금 시간이 너무 빨라 불만이라는 대학생, 자격증 시험을 준비하며 불확실한 미래에 불안을 느끼는 취업준비생, 상사와의 갈등이 고민이라는 직장인, 그리고 출산 후 우울증을 겪는 청취자의 사연이 소개되었다.

"요즘 우울증을 호소하는 분들이 정말 많은 것 같아요."

"사실 주변을 보면 우울한 일이 많잖아요. 우울증을 겪지 않고 살기 어려운 세상인 것 같아요. 저도 자주 기분이 가라앉는

편인데요. 그럴 때면 저는 일단 밖으로 나가요. 집에 혼자 있는 것보다 낫더라구요."

"요즘 날씨가 참 좋은데요. 산책하시는 것도 좋을 것 같아요. 햇볕을 쬐며 걷는 게 기분 전환에도 도움이 된다고 하네요."

"네. 친구도 만나고, 맛집에 가서 좋아하는 음식도 먹구요. 그런 일상생활을 유지하는 게 중요하다는 생각이 들어요."

"때로는 마음먹기에 따라서 달라지기도 하거든요. 이럴 때일수록 나약해지면 안 되겠죠. 귀여운 아기를 생각해서라도 기운내셨으면 좋겠어요."

"너무 힘들면 병원에서 상담을 받아보시는 것도 좋을 것 같아요. 저희가 들려드리는 음악도 위로가 되면 좋겠습니다."

활기찬 전주가 갑자기 끊겼다. 택시기사가 라디오를 끈 것이다. 김유진 씨는 안도의 한숨을 내쉬었다. 택시 안에서 원하지도 않는 수다나 음악을 들어야 하는 건 고문에 가깝다. 문득 궁금해졌다. 지금 라디오 스튜디오에서 이야기하는 사람들은 우울증을 겪어본 적이 있을까. 마음먹기에 따라 달라질 수 있다면 그렇게 하지 못하는 내겐 무슨 문제가 있는걸까.

정체가 풀리는 듯 하더니 분기점 길목에서 택시가 다시 멈췄다. 도로를 빠져나가려는 차들이 꼬리를 물고 늘어섰다. 옆

차선 승용차의 내부가 눈에 들어왔다. 운전석에 앉은 여자가 보조석의 남자 어깨에 손을 올리고 웃고 있었다. 저들은 괜찮은 하루를 보냈을 것이고, 내일을 기다리며 잠들 것이다.

멀리 한강다리가 보였다. 다리에서 뛰어내리는 건 어떨까 생각해 본 적도 있었다. 하지만 차디찬 강물이 몸에 닿는 건 싫었다. 그녀는 유독 추위를 많이 탔다. 어차피 죽을 것인데 방법을 가리는 게 우습게 느껴지기도 했지만, 컴컴한 강물 속은 너무 춥고 무서울 것 같았다. 눈물이 나왔다.

백미러로 뒷좌석을 물끄러미 바라보던 택시기사가 오디오 스위치를 만지작거렸다. 이번엔 라디오가 아니었다. 경건하고 고요한 음악이 흐르기 시작했다. 아베 마리아였다. 김유진 씨도 들어본 적이 있는 음악이었지만 처음부터 끝까지 들은 것은 오랜만이었다. 수도원에서 들리는 듯한 평화로운 합창에 마음이 조금은 편안해지는 것 같았다. 음악이 끝나자 택시기사가 헛기침을 몇 번 했다. 그제야 그녀는 흐르는 눈물을 닦지도 않았다는 걸 깨달았다. 분기점을 빠져나온 택시가 교차로를 몇 번 지나고 정지신호에 멈춰 서자 그녀가 말했다.

"기사님, 그냥 여기 세워주세요."

집까진 좀 남았지만 걷고 싶었다. 막상 택시에서 내리고 보니 괜한 짓을 했나 후회가 들었다. 인생은 선택의 연속이라지만 내가 하는 선택은 항상 후회를 부를 뿐이다. 앞으로도 그럴 것이다. 거리의 사람들은 모두 정해진 목적지를 향해 바쁘게 걷고 있는데 자신만 길을 잃었다는 생각이 밀려왔다.

멀리 건너편 건물에 편의점이 보였다. 커피라도 마시면 기분이 나아질 것 같았다. 건널목 앞에 멈춰선 그녀의 시선이 편의점이 있는 건물로 향했다. 2층과 3층은 모두 불이 꺼져 있었는데, 3층 구석에 유독 환하게 밝혀진 창이 보였다.

"제가 하고 싶었던 일이었어요. 그래서 회사에 들어갔을 때 정말 기뻤고, 누구보다 더 열심히 했다고 생각해요. 일이 좋아 시간 가는 줄 모르고 매달린 적도 있었고, 성취감도 많이 느꼈어요. 동기들 중에 가장 먼저 대리로 진급했어요. 그런데… 요즘은 의욕이 나질 않아요."

"특별한 계기가 있나요?"

"삼 개월 전에 부서가 바뀌었어요. 원래 마케팅을 담당했는데 지금은 대리점을 관리하는 일이 주 업무가 되었어요. 이전 부서에선 제가 생각해 낸 아이디어가 가장 중요한 결과였는데 지금은 관리하는 대리점의 판매실적이 중요하죠. 모든 게 수치로 표시돼요. 저랑 맞지 않는 것 같아요. 스트레스도 많구요."

의사는 계속 들었다.

"제 성격도 문제인 것 같아요. 어려서부터 다른 사람에게 뒤처지는 걸 싫어했어요. 남들보다 잘해야 해. 완벽해야 해. 그런 생각을 많이 했죠. 그런데 지금은 아무리 노력해도 결과가 좋지 않으면 좋은 평가를 받을 수 없는 걸요."

"그런 성격 덕분에 지금 그 자리에 있는 것 아닌가요? 들어가고 싶었던 회사에 갔고, 일을 잘 해냈고, 인정받아 진급까지 하게 된 거잖아요."

그녀가 살풋 웃었지만 위로가 된 것 같진 않았다.

"요즘은 어떤 기분이 들어요?"

그녀가 조금 생각하고 답했다.

"방에 갇힌 느낌 있죠? 창문도 없고 출구도 없는 방. 그런 곳에 갇힌 느낌이 들어요. 상황이 나아질 것 같지 않거든요. 갈수록 나빠질 거란 생각만 들고 답답하고 짜증이 나요. 애초에 이 회사를 선택한 것부터 잘못된 것 같아요."

"어떤 게 제일 힘든지 말씀해주실 수 있을까요."

"하루가 너무 길어요. 아침에 일어나면 하루를 또 어떻게 보내야 하나. 해는 언제 지나 그런 생각부터 들어요. 저녁에도 비슷해요. 겨우겨우 하루를 멍하니 버티다가 그냥 자는 거예요."

"잠은 잘 자나요?"

"잠이라도 잘 자면 나을 것 같아요. 피곤해도 불을 끄고 누우면 잠이 달아나요. 침대에서 뒤척거리는 것도 너무 괴로워서 요즘은 그냥 소파에 앉아서 케이블티비로 아무 영화나 봐요. 원래 영화를 좋아했어요. 근데 요즘은 슬픈 영화를 봐도 눈물이 안 나더라구요."

"이전에 좋아하던 것들에 흥미를 잃어버리는 건 우울증의 대표적인 증상입니다."

"제가… 우울증인가요?"

"그렇게 보이네요."

그녀는 한동안 말이 없었다.

"환자분께 문제가 있어서 그런 게 아니에요. 부서가 바뀌고 좋아하지 않는 일을 해야 하는 상황이 우울증을 불러온 거죠. 우울증을 마음의 감기라고도 해요. 그만큼 흔하고, 누구에게나 올 수 있습니다."

"사실 우울증에 걸린 게 아닌가 생각도 했었는데요. 다들 겪는 직장 스트레스로 나만 너무 유난을 떠는 것 같아서 병원에 올 생각까진 못 했어요. 선생님 말씀을 들으니 마음이 좀 홀가분해지네요. 그럼 제가 정신과에 가야 하나요?"

그녀의 표정은 오히려 편안해 보였다.

"그건 경과를 보고 다시 상의해보지요. 일단 치료는 시작할 수 있어요. 그런데 오늘은 어떻게 병원에 올 생각을 했어요?"

"음악 때문인 것 같아요. 아베 마리아를 들었어요. 택시 안에 있는데 꽉 막힌 길이 꼭 제 처지 같은 거예요. 게다가 다른 사람들은 이 길만 지나면 갈 곳이 있는데 나는 혼자라는 생각이 들어서 눈물이 났어요. 그때 아베 마리아를 들었어요. 아마 택시기사님이 제가 우는 걸 보셨나 봐요. 우습게 들릴 수도 있지만 그 음악이 마치 저를 위한 기도처럼 들렸어요."

이 주일 뒤 김유진 씨가 반딧불 의원 진료실을 다시 찾았다. 세 번째 방문이었다.

"오늘은 기분이 어때요?"

"우울해요. 설마, 보름 만에 우울증이 완치되어 기분이 날아가야 하는 건 아니죠?"

그녀가 불안한 말투로 물었다.

"물론 아니죠. 그보단 시간이 더 걸려요. 하지만 작은 변화 정도는 생길 수도 있을 거예요."

"부서이동은 흔한 일인데 저만 적응을 못 해서 괴로웠어요. 저 자신이 한심하고 바보처럼 느껴지는데 종일 그 생각만 반복하는 거예요. 그게 제일 괴로웠어요. 그런데."

의사는 그녀의 이야기가 다시 시작되기를 기다렸다. 그녀가 차분히 말을 이었다.

"어제 식당에 갔어요. 예전엔 자주 가던 곳인데 몇 개월 만에 간 거죠. 즐겨 먹던 메뉴를 시켰는데, 몇 달 만에 처음으로 음식을 먹으면서 기분이 좋아지는 걸 느꼈어요. 음식을 먹는 게 이렇게 즐거울 일인지 새삼스러웠어요."

의사가 고개를 크게 끄덕였다.

"잘됐네요. 의지가 약해서, 성격에 문제가 있어서 우울증이 생기는 게 아니에요. 우울증을 마음의 감기라고 부르는 건 누구에게나 찾아줄 수 있기 때문입니다. 그렇다고 너무 쉽게 봐선 안 돼요. 감기는 혼자서도 이길 수 있지만 우울증은 반드시 치료가 필요하니까요."

"사람들이 쉽게 말하지 않았으면 좋겠어요. 여기 처음 오던 날, 라디오에서 우울증은 마음먹기 나름이라고, 그러니 나약해지면 안 된다고 하더라구요. 그 말을 들으니 저는 의지가 약해서 힘들어하는 것 같고, 그래서 더 우울해졌거든요. 당장 아픈 사람에게 그런 말을 하는 건 도움이 안 되는 것 같아요. 왜 흔히 그런 말 하잖아요. 아픈 만큼 성숙해진다고."

"아프니까 청춘이라거나."

그녀가 웃기 시작했다. 웃음소리에 맞춰 주변의 공기도 잠시 들썩였다. 그녀가 숨을 고르며 말했다.

"맞아요. 병은 당연한 것도, 참아야 할 것도 아니잖아요. 아프면 의사를 찾아 상담을 받거나 약을 먹어야죠."

이번엔 의사가 피식하고 멋쩍은 웃음을 흘렸다.

"지난번에 회사에서 작은 거라도 새로운 일 한 가지를 해보라고 하셨잖아요. 제가 관리하는 대리점에 아이디어를 하나 드렸어요. 예전부터 제품 진열방식을 조금 바꾸면 훨씬 좋을 것 같다고 생각했는데 그동안 잊고 있었거든요. 대리점 사장님이 미처 생각지 못했던 부분이라고 좋아하시더라구요."

"특기를 발휘하신 거네요. 새 부서에서도 차츰차츰 잘 해나가실 수 있겠어요. 다행입니다."

진료가 끝나고 일어선 그녀가 머뭇거렸다. 의사가 말없이 기다렸다. 망설이던 그녀가 천천히 입을 열었다.

"죽을 만큼 힘든데 이유를 모르니 그저 제가 문제라고 생각했어요. 진단을 받고 나서는 치료받고 나아질 수 있다는 생각에 희망이 생겼어요. 선생님을 뵙지 않았다면 지금도 창문 없는 방에 갇힌 느낌으로 살고 있었을 것 같아요. 감사합니다."

"난 속에서부터 고장 났다. 천천히 날 갉아먹던 우울은 결국 날 집어삼켰고 난 그걸 이길 수 없었다."

2017년 자살로 생을 마감해 충격을 주었던 아이돌 샤이니 종현의 유서는 이렇게 시작된다. 이후에도 몇 번의 안타까운 죽음이 있었다. 모두 우울증을 앓고 있었던 것으로 알려졌다.

우울증의 국내 평생 유병률은 약 5%로, 우리나라 국민 100명 중 5명이 살면서 한 번은 우울증을 앓을 정도로 흔하다. 매일 35명이 자살로 사망하며, 우울증이 있는 경우 자살로 사망할 위험이 4배까지 높아진다. 코로나19 팬데믹 기간에는 우울감을 호소하는 이들이 급격히 늘어 사회문제가 되기도 했다. OECD 발표에 따르면 팬데믹 이후 전 세계적으로 우울 증상을 겪는 사람의 수가 2배 늘었으며, 한국의 경우 가장 높은 수치를 보였다.

'우울감'과 '우울증'은 다르다. 일시적으로 우울한 감정은 누구나 겪을 수 있다. 하지만 2주 이상, 거의 매일, 하루 중 대부분 시간을 우울해하고, 일상생활에 지장이 있다면 우울증을 의심할 수 있다. 우울증은 우울한 감정 외에 부정적 사고, 의욕상실, 집중력 저하, 불면증, 식욕변화 등을 흔히 동반한다.

우울증의 원인은 정확히 밝혀지지 않았으나 신경전달물질 또는 그 수용체의 변화와 관련이 있는 것으로 알려져 있다. 신체의 질병과 마찬가지로 생리적 이상이 원인으로 작용하는 것이다. 신경전달물질에 작용하는 약물치료는 우울증의 주된 처방이다. 약물치료와 심리치료를 병행하면 대부분 좋은 효과를 거둘 수 있지만, 우울증에 대한 잘못된 인식 때문에 치료받기를 꺼리는 경우도 많다. 마음을 고쳐먹으면 해결할 수 있다거나, 의지가 약하거나 성격에 문제가 있는 사람에게 우울증이 생긴다는 인식이 대표적인 예이다. 이와 같은 편견을 줄이기 위해 '마음의 감기'라는 비유가 등장했고 치료에 대한 장벽을 낮추는 긍정적인 효과를 가져오기도 했다. 그러나 우울증은 감기와는 달리 치료 여하에 따라 가슴 아픈 결과로 연결될 수 있다는 점을 꼭 기억해야 한다.

우울증을 치료한 환자는 종종 병을 앓기 전보다 성숙해졌다고 느낀다. 치료 과정에서 가족의 소중함이나 일상의 즐거움을 새로이 느끼기도 하고, 삶을 돌아보고 인생의 가치를 찾는 계기를 얻기도 한다. 하지만 이것은 치료 후 나타나는 결과이다. 앓고 있는 상태의 환자에게 섣부른 조언을 하는 것은 오히려 상처를 줄 수 있다. 전문가들은 우울증환자에게 긍정적 사고를 강요하거나 막연한 희망을 불어넣기보다 공감하며 들어주는 것, 곁에 함께 있어 주는 것이 더 큰 도움이 된다고 말한다.

* 에피소드 내용은 이소영의 책 《별것 아닌 선의》에 실린 〈별것 아닌 것 같지만 도움이 되는〉에서 모티브를 얻었음.

당신의 잘못이 아니에요

내 가족이 암에 걸렸을 때

"진료비가 이렇게 많이 나오는 게 말이 됩니까? 나이 드신 분이 잘 모른다고 바가지 씌우는 거 아닌가요?"

날카로운 음성이 대기실을 울렸다. 언성을 높이는 이는 젊은 남성이었다. 부드러운 인상이지만 지금은 얼굴이 벌겋게 상기되어 있었다. 김희정 씨가 차분한 목소리로 그를 달랬다.

"어머님이 초음파검사와 주사치료를 받으셔서 그래요. 초음파는 보험 적용이 안 되거든요."

"그러니까, 노인네 무릎 아픈 거야 흔한 일인데 뭘 그런 검사까지 하냐는 거죠. 이것도 과잉진료 아닙니까? 어머니야 검사받으라면 그런가보다 하겠죠. 어리숙한 환자들 등쳐먹는 병원이 있으니 이렇게 모시고 다니는 것 아닙니까."

작은 체구의 노인이 뒤에서 그의 팔을 붙잡고 말했다.

"원장님 그럴 분 아니다. 이유가 있어서 검사를 했겠지."

하지만 남자는 아랑곳하지 않았다. 김희정 씨가 눈살을 살짝 찌푸렸다. 진료비 실랑이야 종종 있는 일이었다. 오늘처럼 보호자와 다툼이 벌어지는 경우가 더 골치 아팠다. 같은 설명을 몇 번째 했지만, 반복될수록 남자의 말투엔 더 가시가 돋았다. 그때 의사가 진료실에서 나와 냉랭한 목소리로 말했다.

"아드님도 아까 어머님 무릎을 보셨지요. 관절에 염증과 부기가 심했습니다. 통증으로 요 며칠 걷기도 힘드셨을 거예요. 그런데도 집안일을 계속하셨다더군요. 물론 어머님을 극진히 생각하는 아드님이시니 잘 알고 계셨겠죠."

당황한 남자가 진료실 앞의 의사와 어머니를 번갈아보았다. 다시 입을 뗐을 때는 말투가 다소 누그러져 있었다.

"그, 그렇게 심하면 검사도 보험이 되어야 하는 거 아닌가요? 요즘은 초음파도 보험이 된다던데."

"보험 적용이 안 된다고 검사 전에도 제가 말씀드렸습니다. 암환자의 경우엔 가능한 경우도 있지만 이 경우는 아닙니다."

"아니 그럼 제 어머니야말로 적용을 받아야죠. 당장 내달에 대장암 수술 날짜 받아놓은 환자 아닙니까."

"암환자라고 모든 검사에 보험 적용을 받을 수 있는건 아닙니다. 암과 직접 관련된 초음파는 가능하지만 무릎관절염은 그게 아니라서요."

"뭐 이따위 경우가. 나라에서 생색은 다 내더니만 막상 필요할 때 혜택은 못 받는다고?"

그가 투덜거렸다. 이젠 풀이 죽은 얼굴이었다.

"염증을 가라앉히는 주사치료를 했으니 아픈 건 덜하실 겁니다. 당분간 조심하셔야해요. 통증이 나아졌다고 이전처럼 오래 서 있거나 쪼그린 자세로 집안일을 하시면 안 됩니다. 물론 앞으로는 그런 일이 없도록 아드님이 잘 돌봐주시겠지요?"

수납을 끝낸 환자와 보호자가 나가자 김희정 씨가 말했다.

"그렇게까지 말하지 않으셔도 되는데. 좀 심하셨어요."

"또 삐딱한 성격이 나온 거죠. 개업의사는 희정 씨 같은 너그러운 성격이어야 하는데 말이죠."

출입문의 부엉이 종이 다시 딸랑거렸다. 오른 다리를 절뚝이며 들어온 이는 방금 아들과 나간 환자였다.

"원장님께 사과를 드려야할 것 같아서요. 아들은 잠깐 화장실에 갔어요. 쟤가 원래는 착한 아들이에요. 어려서부터 싸움한 번 해본 적 없는 순한 성격인데 오늘따라 왜 그런지 모르겠어요."

"괜찮습니다. 어머님께서 사과하실 일이 아니에요."

"아들이 요즘 잠도 못 자고 좀 예민해졌어요. 제가 암에 걸린 게 다 자기 때문인 것 같다고 그래요. 그래선지 이제 병원에 올 일이 있으면 꼭 보호자 노릇을 해요. 오늘도 혼자 오려고 했는데 지가 꼭 같이 가야 한다고 고집을 부려서…."

"효자시네요. 그런데 왜 어머님 병이 본인 때문이란 그런 생각을 하실까요."

김희정 씨가 다독이자 환자가 안타까운 한숨을 쉬었다.

"취직 준비를 조금 오래 했거든요…. 자기 때문에 엄마가 고생했다는 거죠. 마음고생은 지가 제일 심했을 텐데. 용돈 받기 미안하다고 아르바이트하면서 공부하고 자격증 준비한 아이예요. 그래도 다행히 올해 바라던 회사에 들어갔어요. 첫 출근날 어찌나 좋아하던지. 이제 엄마 잘 모시겠다고 하길래 그 말만도 고마웠는데, 이제 제가 아들한테 짐이 되어 버렸네요."

노인이 손수건을 꺼내 눈가를 문질렀다. 김희정 씨가 노인의 등에 지그시 손을 얹었다. 환자가 나간 뒤 두 사람은 한동안 말이 없었다. 대기실의 공기가 무거웠다.

"어머니가 암에 걸렸으니, 아드님이 예민하게 구는 것도 이해할 수 있을 것 같아요."

"죄책감이 생기게 마련이죠. 내가 잘못하고 부족했던 것 때문에 어른께 암이 생긴 것 같거든요."

그녀가 동의한다는 듯 고개를 끄덕였다.

"예전에 대학병원에서 일할 때도 환자 본인보다 가족에게 상태를 설명하는 게 더 어려웠어요. 같은 설명을 반복할 때도 많구요. 환자의 아들에게 수술 결과를 설명했는데 다음 날엔 다른 아들이 불쑥 찾아오고, 그 다음 날엔 환자의 동생이 와서 같은 걸 묻는 식이었죠."

김희정 씨는 몇 년 전 어머니의 검사 결과를 들었을 때를 생각했다. 자궁경부암이었다. 초기에 발견했기에 수술만 받으면 깨끗이 치료될 거란 말은 위로가 되지 못했다. 검사 결과를 전하는 의사의 무덤덤한 표정과 말투도 원망스러웠다. 하지만 나쁜 소식을 전하며 힘들지 않은 사람이 있을까. 소식을 듣는 이도, 전하는 이도 모두 힘들 것이다.

"환자 상태가 좋지 않을 때도 마찬가지였어요. 의료사고 아니냐고 언성을 높이거나 난동을 부리는 경우도 종종 있었습니다. 그런데 이런 소란을 피우는 사람들은 입원기간 동안 얼굴 한 번 비추지 않았던 가족이 많았어요. 정작 환자 곁을 계속 지켰던 보호자는 그런 일이 드물었어요. 평소에는 환자에게 신경도 안 쓰던 사람들이 갑자기 나타나 애꿎은 의료진을 탓하는 모습은 뭐랄까, 좀 이중적으로 보였습니다. 저희도 사람인지라 진상이라고 동료들과 뒷담화도 했구요. 한 달에 한두 번은 꼭 그런 보호자가 있었습니다."

"뭔가 다른 사정이 있지는 않았을까요."

그가 쓴웃음을 지었다.

"맞습니다. 나중에야 그 이면에 죄책감이 있다는 것을 알게 되었어요. 중병에 걸린 가족에게 해준 게 없다는 생각, 남은 시간이 많지 않을 수도 있다는 사실. 자책은 조급함을 만들고, 조급함은 마음에 균열을 일으키고. 그러다 애먼 데서 터지기도 하는 거죠."

김희정 씨는 어렸을 때 들었던 청개구리 동화를 떠올렸다. 엄마의 말을 듣지 않은 걸 뒤늦게 후회하고 마지막 유언만을 따라 엄마의 무덤을 강가에 만든 뒤 비만 오면 울던 청개구리. 너무 늦어버린 후회보다는 조급함이 훨씬 나을 것이다. 적어도 미안하다고, 고맙다고 이야기할 기회는 있는 거니까. 반면에 하루아침에 사고로 가족을 떠나보내고 남겨진 이들도 있다. 아무 준비도 없이 사랑하는 사람을 잃는 심정은 어떨까. 그건 짐작조차 할 수 없는 것이다.

"진상이 되어서라도 죄책감과 마음의 빚을 덜어낼 수 있는 기회를 가진 사람들은 그나마 나은 건지도 모르겠네요. 그래도, 너무 힘들어하진 않았으면 좋겠어요."

진료실로 돌아온 의사는 창으로 다가가 어둠이 깔린 거리를 내려다보았다. 기세등등 목소리를 높이던 젊은 아들의 모습은 낯설지 않았다. 그는 몇 해 전 자신의 모습을 떠올렸다.

아버지의 진단 결과는 폐암이었다. 당연한 결과일지도 몰랐다. 퇴근하는 아버지에게선 항상 세탁소 특유의 스팀 냄새와 섞인 담배 냄새가 났다. 그는 평생을 매일 두 갑의 담배를 피웠다. 그래도 그 흔한 고혈압이나 고지혈증약도 먹어본 적 없을 정도로 건강한 분이셨다. 어머니가 돌아가신 후에도 삼일장을 치른 다음 날부터 평소와 같이 세탁소를 열 정도로 강인한 분이었다. 그런 분이 폐암이라니. 선뜻 믿고 싶지 않았다. 일찍 담배를 끊으시게끔 했어야 했다. 억지로라도 건강검진을 받으시게 했어야 했다. 그의 폐에서 암세포가 자라나 모습을 드러낼 때까지 의사인 자신이 아무것도 한 게 없다는 자책이 그를 괴롭게 만들었다.

동생이 가족여행 이야기를 꺼냈을 때 곧바로 동의한 것도 뒤늦게나마 미안함을 덜어보고자 하는 마음 때문이었을 것이다. 수술 날짜까진 서너 주 시간이 남았고 수술 후엔 곧바로 방사선치료가 예정되어 있었다. 치료가 시작되면 한동안 장거리여행을 할 여건이 안 될 것이다. 아버지와 다시 여행을 못 갈 수도 있다는 불안감도 그를 서두르게 했다. 마침 연휴인 바로 다음 주말로 일정을 잡았다.

성인이 되어 아버지와 여행을 가는 건 처음이었다. 아버지는 일터인 세탁소와 집을 왔다 갔다 하는 일과 외에 특별한 취미가 없는 분이었다. 휴가철 여행에 대한 뉴스를 볼 때면 편한 집 놔두고 왜 굳이 고생이냐며 혀를 차곤 했다. 게다가 암진단을 받고 수술을 앞둔 상황에서 여행이라니. 가지 않겠다고 고집을 피우실까 걱정했지만 아버지는 의외로 별다른 대꾸 없이 승낙했다.

　멀리 여수로 향하는 연휴의 고속도로는 나들이 차량으로 몸살을 앓고 있었다. 예정보다 두어 시간을 훌쩍 넘겨 도착한 펜션은 사진으로 본 것보다 허름하고 규모가 작았다. 막히는 도로에서 한나절을 갇혀있던 조카들이 짐을 풀기가 무섭게 다람쥐마냥 앞뜰을 뛰어다녔다. 서둘러 숯불을 피우고 돼지목살을 구워 차린 저녁식사는 적당히 소란스러웠고 적당히 즐거웠다. 정체에 시달리며 먼 길을 오느라 피곤했지만 그럭저럭 여행 분위기가 나는 저녁이었다. 하지만 잠자리를 준비할 때 작은 문제가 생겼다. 침구가 충분치 않은 데다 요는 너무 얇아 등이 결릴 정도였다. 아버지는 평소 허리가 아프다는 말을 자주 했다. 아버지는 괜찮다 하셨지만 그의 마음은 편치 않았다. 불편한 잠자리 때문에 밤늦게까지 뒤척이던 그는 아버지의 코 고는 소리를 듣고서야 잠을 잘 수 있었다.

다음 날 아침, 명물이라는 해상 케이블카를 타기 위해 일찌감치 아침을 먹고 나섰다. 시내는 전국의 차들이 모조리 이 도시로 몰려왔나 하는 생각이 들 만큼 북적였다. 십 킬로 남짓한 길을 거북이처럼 느릿느릿 움직였다. 케이블카 매표소 앞은 줄이 길게 늘어서 있었고 가장 빠른 탑승 시간은 두 시간 뒤였다. 근처 공원에서 하릴없이 시간을 보내고 돌아와 바닥이 유리로 된 케이블카를 타고 바다를 건넜다. 하얀 포말을 끌고 떠다니는 고깃배들이 발밑으로 보였다. 동생 내외와 조카들은 바깥 풍경을 보며 탄성을 지르고 호들갑을 떨었지만 막상 아버지는 덤덤한 표정이었다.

전망대에서 내려오니 점심때가 훌쩍 지나 있었다. 내리쬐는 한낮의 땡볕에 다들 지쳐있었다. 피곤해 보이는 아버지와 얼굴이 하얗게 질린 조카들을 보니 마음이 급해졌다. 원래 가려고 점찍어 둔 식당은 너무 멀었다. 근처에서 깔끔한 식당을 찾았다. 어렵게 자리를 잡고 식사를 주문했다. 그런데 음식이 나왔을 때 또 한 번 문제가 생겼다.

"저희는 갈치구이가 아니라 갈치조림을 시켰는데요."

"지금 주방에 조림은 안 되고 구이만 되는데요."

서빙을 하는 직원이 심드렁하게 대꾸하고 다른 테이블을 치우기 시작했다. 갈치조림은 아버지가 좋아하는 음식이었다.

동생이 다시 요청했으나 주방에선 여전히 안 된다고 하는 모양이었다. 짜증이 밀려왔다. 그런 상황이라면 주문할 때 미리 알려줘야 하는 거 아닌가. 그때, 카운터의 다른 직원이 투박한 말투로 주방 쪽을 향해 외치는 소리가 들렸다.

"그냥 저기 조림 얼른 하나 해줘버려요."

얼굴이 화끈해졌다. 계속 꼬이는 상황에 마음이 불편하던 차에 이번엔 온 가족이 나서서 생떼를 부리는 진상 손님 취급을 받은 것 같았다. 고작 이틀간의 여행으로, 아버지가 좋아하는 음식 정도로 마음의 빚을 덜어보고자 했던 얄팍한 생각을 들킨 것 같기도 했다. 처음 주문을 받은 직원을 향해 소리를 친 것은 거의 동시의 일이었다.

"그쪽에서 주문을 제대로 못 받은 거잖아요?"

분위기가 금세 싸늘해졌다. 날카로운 말투로 몇 번 더 따지자 주문을 받은 직원이 뛰어와 난처한 얼굴로 연신 머리를 조아렸다. 동생 내외가 말렸으나 화는 가라앉지 않았다. 배가 고팠던 조카들은 벌써 젓가락을 재게 놀리며 갈치구이를 먹고 있었다.

아버지의 수술은 잘 되었고 방사선치료의 경과도 좋았다. 아버지는 담배를 끊었고 여전히 세탁소 일을 한다. 다시 아버지와 여행을 간 적은 없다.

밤거리에서 오토바이의 요란한 엔진 소리가 길게 이어졌다. 의사가 오랜 기억에서 깨어난 듯 천천히 기지개를 켜고 진료실 의자에 앉아 모니터의 의무기록을 다시 살피기 시작했다. 다음 진료도 어머니와 아들이 함께 올 것이다. 그땐 어머니의 암은 그의 잘못이 아니라고 말해줄 수 있을 것이다.

한국인 3명 중 1명이 사는 동안 1번은 암에 걸린다. 신규 암 발생자 수는 2015년 22만 명에서 2020년 24만 8천 명으로 매해 꾸준히 증가해왔다. 예전엔 암이라하면 죽을병으로 생각했지만 조기 발견 증가와 치료법의 발전으로 암 생존율이 크게 늘면서 그런 인식도 많이 바뀌었다. 2020년 기준 암환자의 5년 생존율은 71.5%로, 10년 전보다 6%가량 높아졌다. 암에 걸려도 10명 중 7명은 5년 이상 생존하는 것이다. 같은 해 기준 암유병자(암을 진단받고 치료 중이거나 완치된 사람)는 227만 명이다. 대략 우리나라 국민 20명 중 1명이 암을 앓았던 사람인 셈이다.

암환자가 늘어나면서 암경험자의 삶의 질과 건강 문제에 대한 관심은 높아졌지만, 암환자를 간병하는 가족에 대한 관심은 상대적으로 부족하다. 이들은 간병 과정에서 겪는 신체적, 정신적, 사회경제적 스트레스로 환자 못지않은 어려움을 겪는다. 하지만 이들은 환자에게 부담이 되는 것을 염려해 문제를 참거나 숨기는 경향이 있다. 암을 진단받은 환자의 가족은 대부분 보호자로서 무엇을 해야 할지 막막하게 느끼며, 죄책감을 가지는 경우도 흔하다. 과거의 일을 떠올리며 자신의 잘못으로 가족이 암에 걸렸다는 자책을 하는 것이다. 그러나 이것은 잘못된 생각이며, 가족이 암에 걸리는 것을 내가 막을 수도 없다. 스스로에 대한 책망은 환자에게나 환자를 돌보아야 할 가족에게나 도움이 되지 않는다.

환자가 죽음을 목전에 두었을 때, 평소 연락하지 않고 지내던 가족이 갑자기 나타나 의료진에게 "할 수 있는 것은 끝까지 다 해달라"고 요구하는 상황을 종종 마주한다. 가족의 갑작스러운 죽음을 받아들이기 힘든데다 환자에 대한 죄책감이 더해진 행동일 것이다. 더 이상의 치료가 의학적으로 의미가 없음에도 가족 간의 갈등으로 연명치료⁺를 지속하는 경우도 있다. 미국에도 이와 비슷한 상황을 빗댄 '캘리포니아에서 온 딸 신드롬Daughter from California Syndrome'이라는

✚   임종과정에 있는 환자에게 하는 심폐소생술, 혈액투석, 항암제 투여, 인공호흡기
    착용 등의 의학적 시술로서 치료효과 없이 임종과정의 기간만을 연장함을 의미.

표현이 있는 걸 보면 우리나라에서만 있는 일은 아닌 것 같다. 위중한 병을 앓는 환자의 가족이 느끼는 죄책감은 그만큼 보편적인 감정인 것이다.

암치료라는 힘든 여정을 잘 헤쳐나가기 위해서는 환자와 가족 모두 스트레스를 적절하게 관리해야 한다. 가족이 건강해야 환자도 치료를 잘 받고 삶의 질을 유지할 수 있다. 다만 안타깝게도 현실은 그렇지 못하다. 국내 연구에 따르면 암환자를 돌보는 가족 3명 중 2명이 우울 증상을 겪으며, 우울증이 발생할 확률도 1.6배 높다. 전문가들은 가족 모두가 역할을 분배해서 1명이 간병을 전담하는 독박간병을 피하고, 주 간병인 역할을 맡더라도 적어도 일주일에 하루는 자신을 위해 시간을 쓰라고 조언한다. 아파하는 환자를 두고 내 시간을 챙기는 것에 죄책감을 가질 필요는 없다. 휴식은 환자를 더 잘 돌볼 힘을 키우기 위해서도 꼭 필요하기 때문이다.

싱글라이더

기러기 아빠의 건강

"중성지방수치가 많이 올랐네요. 근래에 술을 많이 드셨나 봅니다."

혈액검사 결과를 확인하던 의사의 말에 맞은편의 환자가 머리를 긁적이며 멋쩍은 웃음을 지었다.

"선생님께는 이실직고할 수밖에 없네요. 요즘 예전보다 술을 많이 먹긴 합니다. 밤에 할 일이 없어서 혼자 홀짝이다 보니…."

의사가 모니터에서 눈을 돌려 환자를 바라보았다. 눈매가 움푹하고 얼굴빛이 가칠해 보였다. 면도를 안 했는지 턱엔 수염이 듬성듬성 자라 있었다. 얼굴도 이전보다 야윈 듯했다. 이재훈 씨는 자신을 살피는 시선을 느끼고 괜히 창밖으로 눈길을 돌렸다. 의사가 나직하게 말했다.

"이해합니다. 그래도 가족이 없을 때일수록 건강이 상하지 않게 조심해야죠."

이재훈 씨가 아내와 아이들을 캐나다에 두고 온 것은 삼 년 전이었다.

토론토에 파견근무를 떠날 때만 해도 아내와 아이들을 두고 혼자 돌아오게 될 거라곤 상상도 하지 않았다. 가족을 외국에 보내고 홀아비 생활을 하는 선배와 동료들을 볼 때마다 생각했다. 아이들 미래가 아무리 중요하다고 해도 가족이 흩어진 삶이 무슨 소용일까. 하지만 말로만 듣던 캐나다의 교육 환경을 직접 보니 생각이 달라졌다. 아이들이 다닐 학교를 둘러보러 간 첫날, 잔디가 깔린 커다란 운동장과 다채로운 시설에 감탄이 나왔다. 한국과 다른 것은 시설뿐만이 아니었다. 아이들은 책상머리 교육에 머물지 않고 토론과 참여활동을 통해 사회 구성원으로서 책임과 역할을 자연스레 체득했다. 괜히 교육 선진국이 아니구나 싶었다. 아이들은 학교가 끝나면 운동장과 지역 레크레이션 센터로 달려갔다. 첫째는 농구와 힙합 댄스를, 둘째는 피겨스케이트를 연습했다. 아이들은 공부보다 운동에 더 열심인 듯 보였다.

아내는 아이들을 캐나다에서 키우고 싶다고 말하기 시작했다. 처음엔 우스갯소리로 흘려들었고 다음엔 말도 안 되는 소리라고 펄쩍 뛰었으나 아내는 아랑곳하지 않았다. 한국인 주부들을 만나 아이들과 정착하는 데 필요한 조언을 구하고, 앞으로 들 생활비를 셈해 그에게 보여주기도 했다. 한국에서 학원강사를 했던 아내는 번역 일로 돈을 벌겠다고 했다. 넉넉하진 않겠지만 대기업에 다니는 그의 벌이를 합치면 불가능한 것도 아니었다.

그는 가족과 함께 한국으로 돌아가겠다고 다짐했지만, 시간이 지나면서 그의 확신도 무디어져 갔다. 무엇보다 아이들이 그곳 생활을 너무나 좋아했다. 첫째는 한국에 돌아가면 중학교에 편입할 나이였다. 이후 아이의 일상은 뻔했다. 공원을 뛰어다니는 아이를 볼 때면 종종 무거운 가방을 메고 저녁까지 학원을 전전하는 한국 아이들의 모습이 겹쳐 보였다. 귀국을 석 달 앞둔 어느 주말, 나들이 간 주립공원에서 카누를 탔다. 오후의 햇살이 내리쬐는 호수 물결이 아이들의 웃음소리에 맞춰 찰랑거렸다. 그는 그날 가족을 두고 혼자 귀국할 것을 결심했다.

결심하고 나자 이후의 준비는 일사천리로 진행되었고, 삼 개월 뒤 그는 홀로 인천행 비행기에 올랐다. 귀국 후의 생활은 과거와 큰 차이가 없었다. 아침은 간단한 배달식으로 해결했다. 저녁에는 원래 야근과 회식이 잦았고 주말은 접대 골프 일정이 많았으므로 끼니 해결에 어려움은 없었다. 그는 이전보다 더 일에 몰두했다.

그래도 약속이 없는 주말 텅 빈 집에 혼자 있을 때 느껴지는 외로움만은 피할 수 없었다. 아이들과 자주 영상통화를 하기로 약속했지만, 시간을 맞추기가 쉽지 않았다. 방학을 맞아 아내와 아이들이 반년만에 귀국했을 때 아이들은 놀랄 정도로 자라있었다. 키가 한 뼘은 커진 것 같았다. 원서를 술술 읽고 유창한 발음으로 영어를 쓰는 걸 보며 뿌듯함도 느꼈다. 영어를 확실히 늘리기에 일 년은 짧다는 말을 많이 들었는데, 역시 아이들을 두고 오길 잘했다는 생각이 들었다.

아이들의 두 번째 방학 때는 한국에 머문 기간이 더 짧았다. 아이들은 한국 생활을 무료해했고, 아내는 그런 아이들을 보며 조급해했다. 겨우 두 주일 만에 서둘러 출국길에 오르는 아내와 아이들을 보며 그는 무언가 잘못되었다고 느꼈다. 코로나바이러스가 전 세계를 휩쓸면서 캐나다에선 외국인의 입국이 한동안 금지되었고, 결국 그해 여름엔 아내와 아이들의 얼굴을 보지 못했다. 입국제한이 풀린 뒤에도 아내는 한국에 들어오길 주저했다. 상황이 나빠져서 다시 캐나다로 돌아오는 게 어려워지면 어떡하냐는 이야기였다. 아이들도 그다지 한국에 들어가고 싶어하지 않는다고 했다. 잠깐이라도 왔다 가면 안 되냐고 사정을 하는 그에게 아내가 말했다. 세 명은 왕복 비용이 너무 많이 들어 부담스러우니 그가 캐나다에 오면 안 되냐고.

결국 그는 일주일짜리 휴가를 내고 토론토행 비행기에 올랐다. 일 년 만의 가족 상봉에 그는 감격했지만 아이들은 심드렁했다. 그를 당황하게 만든 건 낯선 집에서 일주일을 보내며 느낀, 손님이 된 기분이었다. 다시 가족이 되기에 일주일은 너무 짧은 시간이었다.

"술을 홀짝이신 것 치고는 중성지방수치가 너무 많이 올랐어요. 150 미만이 정상인데 이재훈 씨 이번 수치는 600이 넘어요. 이렇게 높아지면 췌장염까지 생길 수 있습니다. 간기능 검사의 수치도 많이 뛰었어요. 당분간 술은 절대 드시면 안 됩니다."

집에 기다리는 사람이 없다는 핑계로 더, 더를 외치며 직원들을 붙잡던 그였다. 코로나 이후로 밤늦게 이어지던 회식은 줄었지만, 술을 마시지 않는 건 아니었다. 불 꺼진 현관을 지나 텅 빈 집 안에 들어설 때 훅 다가오는 외로움의 그림자는 해가 갈수록 짙어졌다. 아이들이 쓰던 물건을 쓰다듬거나 옛날 앨범과 스마트폰에 저장된 사진을 보며 추억하는 시간도 덩달아

길어졌다. 사무치는 그리움을 달래기 위해 위스키를 꺼내 마시다 취해서 잠이 들기도 했다. 허한 마음은 독한 술로도 채워지지 않았고, 차츰 술에 의지하는 횟수와 양이 늘어갔다.

"선생님, 제가 가족들 보내고 가장 기분이 좋을 때가 언제인지 아세요?"

금주가 필요하다는 의사의 단호한 말에 얌전히 고개를 주억거리던 그가 담담하게 말했다.

"애들 생활비 보내줄 때요. 가장으로서 할 일을 하고 있다는 생각에 뿌듯했어요. 헌데 요즘은 내가 그저 현금지급기가 된 게 아닌가 생각이 들어요. 좀 지쳤나봅니다."

"힘들면 감추지 말고 가족들에게 솔직하게 이야기하세요. 사랑하는 사람에게 힘들다 말하는 거, 그거 못난 거 아닙니다."

진료실을 나가는 환자의 뒷모습을 보며 의사는 짧게 한숨을 내쉬었다. 진료실 구석에 카키색 점퍼를 걸치고 덩그러니 선 인체모형을 바라보던 그가 혼잣말을 내뱉었다. 머릿속이 복잡할 때 인체모형에게 말을 건네는 건 오랜 버릇이었다.

"시바 군. 나야말로 그렇게 했다면 결과가 조금은 달랐을까?"

곧 노크 소리가 들리고 김희정 씨가 얼굴을 내밀었다.

"이제 대기 환자가 없으니 잠시 쉬셔도 될 것 같아요. 그런데 방금 환자분 안색이 안 좋던데요. 오시면 농담도 하고 항상 유쾌하신 분이었는데. 나쁜 일이 있었던 걸까요?"

"가족과 떨어져 삼사 년쯤 혼자 살다 보면 힘들어질 때도 있겠죠."

"맞다. 저분 기러기 아빠라고 했죠. 예전에 아이들 잘 지내냐고 여쭤보니까 뜬금없이 저에게 남편과 떨어져 살지 말라고, 그럴 거면 차라리 갈라서는 게 낫다고 하시더라고요."

의사가 씁쓸한 웃음을 지었다.

한 달 뒤 다시 만난 이재훈 씨는 이전보다 밝아진 표정이었다.

"중성지방수치가 절반이 떨어졌네요. 이제 췌장염과 같은 급성합병증 걱정은 안 해도 되겠습니다."

"반가운 소식이네요."

"아직 정상수치는 아닙니다. 지금 수치도 심혈관에 부담을 줘요. 고혈압약도 드시니 더 열심히 낮춰야 합니다. 이제 술은 안 드시는 거죠?"

그가 고개를 끄덕였다.

"지난번 검사 결과를 듣고 계속 이렇게 지내서는 가족들 뒷

바라지를 못 할지도 모른다는 위기감이 생겼습니다. 그래서 저녁에는 무조건 나가서 공원을 걷거나 뛰었습니다. 집에 있으면 복잡한 생각만 더 나니까요. 땀을 흘리고 나면 마음도 정리되고 술 생각도 덜 나더라구요.

"잘하셨습니다."

"새로운 습관도 생겼어요. 요즘 아이들과 영상통화를 매일 하고 있습니다. 기껏해야 삼사 분 정도지만요."

"정말 잘됐네요. 이번엔 제가 더 반가운 소식인데요."

"지난번에 선생님께서 감추지 말고 솔직하게 이야기하라고 말씀하셨잖아요. 맞는 말씀을 해주셨습니다. 그래서 아내에게 이야기했습니다. 오랫동안 대화한 건 정말 오랜만이었던 것 같아요. 아내도 혼자 아이들 키우며 제 생각보다 훨씬 고생이 컸더라구요. 둘 다 펑펑 울었습니다. 아이들과 매일 영상통화를 하는 건 아내가 제안했어요. 통화를 하기 전에 제 솔직한 마음을 아이들에게 편지로 썼는데 아이들도 아빠의 마음을 처음 알았다고 합니다. 아들에게 답장도 받았어요. 그동안 아빠라는 존재를 너무 잊었던 것 같다고, 미안하다고 하더군요. 그거 보고 또 울었습니다."

그때의 기억이 떠오르는지 그의 눈자위가 금세 붉어졌다.

"처음엔 무슨 이야기를 해야 하나 어색했습니다. 기껏해야

학교 잘 다녀와라, 밥 잘 먹었니 수준이지만 그래도 자꾸 얼굴을 보다보니 조금은 할 이야기가 생기더라구요. 아이들이 학교에서 있었던 일을 먼저 이야기하기도 하고, 엄마가 공부를 너무 시킨다고 볼멘소리도 해요. 이제야 조금은 아빠로 인정을 받는 느낌이에요."

그는 눈꼬리를 손등으로 문지르고 다시 담담하게 말을 이었다.

"아이들이 대학에 들어가면 아내는 한국으로 돌아오기로 했어요. 아이들 의견은 그때 다시 물어봐야 할 것 같구요. 이제 삼 년 남았습니다. 그동안엔 저도 좀 더 시간을 내 자주 가족들에게 가보려고 합니다. 가족들도 일 년에 한 번은 한국에 들어오기로 했구요."

진료가 끝나고 나가던 그가 문득 생각난 듯 뒤돌아 말했다.

"선생님도 아이가 있으시죠? 저처럼 나중에 후회하고 애쓰지마시고 자주 이야기 나누세요."

진료실 문이 닫혔다. 휴대폰의 알림음이 울렸다. 의사의 얼굴에 편안한 미소가 떠올랐다. 톡톡톡. 문자를 입력하는 경쾌한 소리가 진료실을 채웠다.

─ 아빠, 진료 중? 저녁 먹었어?

- 지금은 괜찮아. 저녁도 먹었구. 거긴 지금 점심시간이
  겠네. 딸은 아침 잘 먹고 다니니?
- 요즘 살이 많이 쪄서 다이어트 중이야. 아침엔 과일하
  고 선식만 먹어.
- 네가 뺄 살이 어디 있다고 그래. 엄마도 알아?
- 아빠는 십 대의 마음을 몰라요. 엄마 당연히 알지. 아침
  을 엄마가 챙겨주는걸.
- 그렇구나. 미안.
- 김 선생님하고 데이트는 했어?
- 아니.
- 아빠는 언제까지 그렇게 독거노인처럼 살 거야?
- 혼자 사는 게 뭐 어때서 그래.
- 아빠. 나는 김 선생님이 아빠 곁에 있어서 참 다행이라
  생각해. 이제 오후 수업 들어갈게. 사랑해!

짧은 대화를 마친 후에도 한참을 휴대폰에 머물러 있던 그
의 시선이 다시 구석의 인체모형으로 향했다.

"독거노인이라. 이젠 딸한테 잔소리 듣는 신세가 되었구나."

푸념하는 그의 얼굴은 여전히 미소를 머금고 있었다.

2007년 영화 〈우아한 세계〉의 주인공은 조직폭력배이면서 가정을 건사하느라 하루하루 애쓰는 가장이다. 영화는 직업 조직폭력배의 역할, 가정에서 남편과 아빠의 역할 사이에서 힘겨운 줄타기를 하는 주인공의 비루한 일상을 담담하게 보여준다. 영화의 후반부 가족을 캐나다로 보내고 기러기 아빠가 된 그가 혼자 라면을 먹다 흐느끼는 장면은 기억에 남을 만한 장면이다. 2017년 개봉한 〈싱글라이더〉의 주인공 역시 기러기 아빠이다. 비극에만 초점을 맞춘 영화는 아니지만, 가족을 지키고 싶어했던 주인공은 가족에게 갈 비행기 표만 사두고 약물과 알코올 남용으로 쓸쓸히 죽는다.

　서로 다른 나라에 떨어져 사는 가족에 대한 정확한 자료는 없지만 조기유학 관련 통계를 통해 간접적으로 그 수를 짐작할 수 있다. 2000년대에 들어서며 조기유학이 본격적으로 유행한다. 한국교육개발원의 유학생 통계에 따르면 초등학생의 경우 2000년 705명에서 2006년 13,814명으로 그 수가 급격히 상승했다. 조기유학생 중 절반 정도는 가족이 흩어져 사는 것으로 추산하며, 대부분은 엄마와 아이들이 외국에 나간 케이스이다. '기러기 아빠'라는 신조어가 등장한 것도 그즈음이다. 이후에는 2009년 글로벌 경제위기와 조기유학의 인기 감소로 기러기 아빠의 수도 줄었다. 교육통계서비스 자료에 따르면 매년 8천명을 웃돌던 초중고 유학생 수는 코로나 유행이 본격화된 2020년 이후 3천명대까지 줄었다. 해외유학은 줄어들고 국내유학이 늘어난 최근에는 국제학교가 있는 제주도 등지에 가족을 보낸 '국내 기러기 아빠'가 많아지는 변화도 있었다.

기러기 아빠는 대개 40대, 50대이다. 건강 문제가 시작되는 나이인데다 생활습관이 나빠져 관련 질병에 취약해질 수 있다. 불규칙한 식사와 과음으로 중성지방이 높아지는 이상지질혈증이나 간기능이상, 위장질환이 생기는 것이 흔한 예이다. 이러한 신체질환뿐 아니라 외로움을 겪으면서 생기는 우울증 역시 큰 문제인데, 극단적 선택으로 이어지는 안타까운 경우도 있다.

장기간 혼자 살 수밖에 없는 상황이라면 스스로 더욱 적극적으로 건강을 관리해야 한다. 기상과 취침 시간을 일정하게 유지하고 간단하게라도 아침식사를 한다. 규칙적인 운동은 필수다. 특별히 불편한 증상이 없더라도 건강검진을 꾸준히 받아야 한다. 외로움은 회식이나 술을 통해 해결하기보다 취미생활과 운동을 매개로 한 동호회 활동 등을 통해 달래도록 한다. 친구나 동료, 친지 등과 소통하며 외로움과 고민을 해소할 필요도 있다.

또한 가족을 직접 만나지 못하더라도 스마트폰과 컴퓨터를 이용해 자주 얼굴을 마주하고 대화하며 서로의 일상을 공유하는 것이 좋다. 한국의 아빠들은 자신의 못난 모습을 가족, 특히 자녀에게 보이고 싶어하지 않는다. 하지만 가족과의 솔직한 대화에 익숙해지려는 자세가 필요하다. 고통과 어려움을 숨기고 의연한 척하는 것보다는 지금 내가 힘들다는 사실과 그 이유를 공유하고 함께 해결책을 찾는 것이 바람직하다.

나이는 숫자일 뿐이라지만

암검진 몇 살까지 받아야 할까

"아니 왜 검사를 받지 말라는 거여?"

세 명의 노인이 이야기를 나누는 중이었다. 복지관 2층의 쉼터엔 몇 개의 의자와 낮은 테이블, 커피 자판기가 놓여 있었다. 가운데 중정을 둘러싼 구조의 건물이라 중정과 이어진 쉼터 공간까지 오후 햇볕이 비스듬히 들이쳤다. 구석엔 '정보화 쉼터'라 쓰인 입간판과 컴퓨터 세 대가 나란히 놓인 책상이 있었다. 고스톱 게임을 하던 노인 한 명이 길게 하품을 하며 기지개를 켰다. 중정 건너편 노래교실이 진행되는 방에서 구성진 트로트 음악이 조그맣게 흘러나왔다.

"우리 같은 나이 든 노인들에게 이런 것도 안 해주면 어쩌겠다는 거여. 말로만 노인복지 외치지 실제 받는 혜택은 줄어들고. 도통 노인 공경할 줄을 몰라."

셋 중 가장 큰 체구의 김 노인이 목청을 높였다. 걸걸한 목소리가 쉼터를 쩌렁쩌렁 울렸다. 중정 건너편 복도를 지나가던 다른 노인이 소리가 나는 쪽을 힐끗 쳐다본 뒤 무심하게 탁구장으로 들어갔다. 옆에 앉은 회색 베레모를 쓴 최 노인이 대꾸했다.

"나라에서 안 해준다카는 건 아니고. 티브이에 나온 대학교수가 그러는데. 암검사가 우리 나이엔 별 도움이 안 된다꼬."

"말은 그런데 속셈은 노인들이 나라 곳간 축내는 게 아까워서 그러는 거 아닌가? 배운 사람들이 더 문제여. 나이 들면 더 검사를 잘 받아야지. 이제 몇 안 되는 친구 중에서도 암환자가 여럿이여. 지난달에도 동창 한 명이 폐암으로 황천길 갔다고. 장례식장에서 머리가 허옇게 센 아들녀석이 어찌나 구슬프게 울던지. 나도 눈물이 나서 혼났어."

얼굴을 붉히며 언성을 높이던 김 노인은 그때의 기억이 나는지 말꼬리를 흐렸다. 그가 손수건을 꺼내 눈가를 닦는 동안 베레모 노인도 말없이 종이컵의 율무차를 홀짝였다. 맞은편에 구부정하게 앉아 지팡이에 손을 포개 얹은 채 두 사람의 대화를 듣던 양복 차림의 박 노인이 끼어들어 물었다.

"그런데 그 교수는 왜 암검사가 도움이 안 된다는 거래?"

"우리 맹키로 나이가 너무 많은 노인네들은 치료가 잘 안 된다 카더라고. 검사를 해서 일찍 발견을 해도 소용이 없다 안 하나. 그러니 그 힘든 검사를 만다꼬 받겠노?"

"반가운 소리구만. 난 내시경만 받으면 속이 불편해서 한참을 고생하거든. 올해도 검사통지서를 받고는 차일피일 미루고 있었는데. 받기는 싫고 안 받자니 마음이 꺼림칙해서 말이야."

폐가 좋지 않은 박 노인은 말하는 중간중간 가래가 섞인 기침을 했다. 김 노인이 다시 기운찬 목소리로 말했다.

"그깟 내시경검사가 뭐 그리 힘들다고 엄살이여. 몇 분이면 끝나는데. 나는 검사할 때 수면마취는 한 적도 없어. 지난달에 검사했던 의사는 나보고 검사 잘 받는다고 칭찬을 다 하더만."

"자네는 대단하이. 난 기관지가 시원찮아서 그런지 영 힘들어. 수면검사를 하는데 지난번에 검사를 받고는 며칠 동안 어지러워서 혼났거든. 나이가 많아서 약 기운이 오래 간다고 의사가 그러더라고. 다음번에 어떻게 또 검사받나 싶었는데 이제 안 받아도 된다니 솔깃하네."

"뭔 소리여. 힘든 게 대순가. 당연히 받아야지. 나는 나보다 우리 딸들이 더 챙겨요. 자네들은 안 그런가? 이번에도 둘째가 다 예약을 해놓았고 나는 그냥 몸만 간 겨. 애들이 이렇게까지 해주는데 그깟 며칠 고생이 뭐 대수인가."

김 노인의 목소리에 더 힘이 들어갔다. 다른 두 노인이 맞장구를 쳤다. 화제는 자연스레 각자의 자식 손주들 이야기로 넘어갔다. 김 노인은 딸이 셋이다. 작년에 아내를 떠나보낸 뒤 가장 가까이 사는 막내딸이 모시겠다고 했으나 부담을 주기 싫어 줄곧 혼자 산다. 집안일은 일주일에 두 번씩 오는 가사도우미가 해주고 있다. 딸들의 형편이 나쁘지 않아 생활엔 큰 문제가 없었다. 얼마 전엔 대기업에 취직한 손녀가 용돈을 보내주었다고 했다. 박 노인은 이번에 막내 손녀가 유명 사범대학에 입학했다. 공부를 잘해서 전액장학금을 받았다는 자랑에 다른 두 노인도 대단하다며 칭찬을 했다. 최 노인은 셋 중 유일하게 증손주를 두었다. 외할머니가 된 큰딸이 낮에 아이를 봐주고 있는데, 딸이 가끔 보내주는 아이의 사진이나 동영상을 보는 게 큰 즐거움이다. 돋보기안경을 꺼내 쓴 세 사람은 아파트 놀이터를 뒤뚱거리며 걷는 아이의 영상을 몇 번씩 돌려보았다. 고놈 참 똘똘하게 생겼네. 눈빛을 보니 야무지겠구만. 감탄 섞인 덕담과 자랑이 섞인 이야기가 한바탕 이어졌다.

　"나도 자네처럼 암검사는 매년 꼬박꼬박 받았지. 그런데 우리 형님을 보니 생각이 좀 달라지더라꼬."

　최 노인의 말에 다른 두 노인이 귀를 기울였다.

　"형님 나이가 만으로 여든둘이니 나보다 두 살이 많아. 대변

검사를 했는데 혈변이 나왔다꼬, 암일지도 모른다는 기라. 덜컥 겁이 나서 장 내시경을 받았거든. 장을 비우느라 밤새 잠 한숨 못 자고 힘들었다데. 그래 검사를 해보니 콩알만한 용종이 두 개 있었대요. 그걸 떼어야 하는데 나이가 워낙 많으니 대학병원에 가서 하라는 기라."

"그래서 대장내시경을 또 한겨?"

"용종이 암이 될 수도 있다는데 우째 별 수 있나. 대학병원에 가서 뗐지. 장을 한 번 더 비우느라 고생이 이만저만이 아니었다 카더라고. 그래도 다행히 용종은 뗐는데, 검사 후에 장에 문제가 생겼는지 변비하고 치질이 도져 한 달을 고생했다네. 말도 몬 한다. 기력이 딸려 본래 많이 걷지도 못하는 양반이 얼마나 힘들었는지. 괜한 검사 받았다고 억수로 후회하더라꼬."

"어이고. 고생을 엄청 하셨구먼. 지금은 나아지셨고?"

"형님은 이제 좀 살 만한데, 이번엔 옆에서 수발들던 형수님이 드러누웠다데."

최 노인의 말에 다른 두 사람도 혀를 끌끌 찼다. 음악이 흘러나오던 건너편 방문이 열리고 노인들 여럿이 나와 삼삼오오 흩어졌다. 노래교실 수업이 끝난 모양이다.

"저 노인네들 다 우리보다 십 년은 젊을끼다. 저 나이 때는 지금까지 살 거라 생각이나 했나. 내 지금 저 나이면 노래가 아이라 댄스교실도 다니겠다. 내가 젊어서는 춤 좀 췄지 않나."

최 노인이 아쉬운 표정으로 입맛을 다셨다. 모두 너털웃음을 지었다. 김 노인이 다시 걸걸한 목소리를 높였다.

"우리 나이엔 몸이 안 좋으면 나라에서 해주는 검사도 받기 힘들어. 그러니 그거라도 잘 받을라문 건강해야 해. 안 그려?"

박 노인이 반딧불 의원 진료실을 찾은 건 그날 저녁이었다. 심부전⁺과 만성폐쇄성폐질환⁺⁺이 있었던 그는 본래 대학병원에 다녔다. 집에서 지하철과 버스로 한 시간이 걸리는 곳이었다. 대기실은 늘 환자로 북적였고 진료실에서의 대화는 한결같았다. 증상에 변화가 있으신가요? 약은 잘 드시나요? 같은 약으로 처방해드리겠습니다. 질문이 있어도 찰나의 진료 시간에 묻기는 쉽지 않았다. 막상 틈이 생겨도 조급한 마음에 뭘 물어보려 했는지 기억이 나질 않아 그냥 진료실을 나오는 일도 많았다.

심장과 폐는 이웃한 장기였지만 각각의 병을 담당하는 진료실은 멀리 떨어져 있었다. 기다리는 시간이 길어 심장내과와 호흡기내과 진료를 받고나면 반나절이 훌쩍 갔다. 어느 날 검

✚　심장 고유의 기능이 떨어져 전신에 충분한 혈류를 보내지 못하는 상태.
✚✚　만성기관지염이나 폐기종 등에 의해 호흡기의 만성적인 폐쇄증상이 발생하는 질환.

사 결과를 살피던 의사가 고개를 갸우뚱하며 말했다. 혈압이 높네요. 소변이 마려워 자주 깨느라 잠을 제대로 못 자서 그런 것 같다는 말에 의사는 비뇨의학과 진료를 잡아주었다. 병원에서 들러야할 곳이 하나 더 늘어난다는 의미였다.

친구가 다닌다는 가까운 개인의원으로 옮긴 것은 오래지 않아서였다. 일 년쯤 전의 일이다.

"흡입제는 잘 쓰고 계시지요?"

"네. 바꿔주신 약이 쓰기가 더 수월합니다. 원장님 덕분에 편하게 지내고 있습니다. 그나저나 그 머리는 이제 염색이라도 하는 게 어떻습니까. 젊은 분이 머리색이 나랑 비슷하니 보기가 영 그렇습니다."

의사가 미소를 지었다. 노인이 지적하는 머리와 구겨진 셔츠, 낡은 가운까지 처음 만났을 때나 지금이나 변함이 없었다. 딱딱해 보이는 인상이라 처음엔 어색했지만 이젠 머리칼을 두고 농담을 할 만큼 익숙한 사이가 되었다.

"내 오늘은 원장님께 물을 게 있어요. 내 병하고 관련은 없는데. 그래도 원장님하고 상의하고 싶어서요."

의사는 말없이 그가 이야기를 이어나가길 기다렸다.

"암검진통보서를 받았는데, 검사를 받아야 할까요?"

"위내시경 말씀이시지요?

"그간 나라에서 통지가 오는 대로 꼬박꼬박 검사를 받아왔어요. 그런데 암검사도 그만둘 나이가 있다고 합디다. 이제 내 나이도 여든이 넘지 않습니까. 얼마 전에 또 통지서를 받았어요. 검사를 안 받을까 싶은데 평생을 해온 걸 그만둔다고 생각하니 잘못될 것 같기도 하고 불안하기도 합니다. 그래서 원장님에게 물어보아야겠다고 생각했지요."

"어르신 연세가 되면 암검진이 도움만 되는 건 아닙니다. 검사의 부작용도 더 잘 생기구요. 심장과 폐에 병이 있는 분들은 검사 과정에서 문제가 생기는 경우도 있어서 더 조심하셔야 해요."

박 노인이 고개를 끄덕였다.

"내 기관지가 성치 않아선지 사실 내시경검사를 받는 게 무척 힘들기도 해요."

"이런 말씀드리기 어렵지만, 암이 발견되어도 문제입니다. 일단 발견이 되면 치료를 안 하기는 어렵거든요. 수술이나 항암치료가 필요한데, 연세가 많으신 경우엔 치료 결과가 나쁠 수도 있고, 오히려 치료 과정에서 합병증으로 건강을 해치기도 합니다."

박 노인은 재작년에 세상을 떠난 형님을 떠올렸다. 형님은 종합검진에서 담도암을 발견했다. 당뇨병을 오래 앓았지만 그

외 건강에 큰 문제는 없었다. 폐가 안 좋아 겨울마다 기관지염
에 시달리는 그와 달리 형님은 일 년 내내 감기 한번 걸리지 않
았고 걸음도 그보다 빨랐다. 암진단 소식을 듣지 못했다면 누
구도 형님이 환자라고는 생각지 못했을 것이다. 병원에선 나
이가 많아도 기력이 좋으니 수술이 가능하다고 했다. 큰 수술
이지만 수술만 받으면 잘 나을 수 있을 거라 기대했다. 그러나
결과는 좋지 않았다. 수술 이후 콩팥의 기능에 갑자기 문제가
생겼다고 했다. 차일피일 입원이 길어지면서 폐렴도 생겼다.
수술 부위는 아물었지만 형님의 기력은 회복되지 않았고 퇴원
후에도 휠체어 생활을 해야 했다. 마지막으로 찾아뵈었을 때
는 이전의 모습을 찾기 어려울 정도로 바싹 마르고 생기 없는
모습이었다. 오래지 않아 다시 입원한 형님은 결국 스스로 걷
지 못하고 병원 침대에서 세상을 떠났다. 형수는 장례식장에
서 수술을 말리지 않은 걸 자책하며 내내 눈물을 흘렸다. 하지
만 암을 발견했는데 수술을 안 하고 두고 보긴 어려웠을 것이
다. 당시 형님의 나이는 지금 박 노인의 나이와 같았다. 형님이
수술을 받지 않았다면, 아니 애초에 종합검진을 받지 않았다
면 어땠을까. 때로는 모르는 게 약일 수도 있다.

　"암검진을 받는 목적은 암을 일찍 발견하고 치료해서 건강
하게 오래 살려는 것입니다. 그런데 별 이득은 없고 검사나 치

료 과정에서 건강이 나빠질 위험이 오히려 더 크다면 애초에 검사를 받지 않는 게 낫겠지요."

의사의 말을 주의 깊게 듣던 그가 고개를 끄덕인 뒤 홀가분한 표정으로 대답했다.

"암검진을 은퇴할 나이가 되었다는 말씀이군요. 고맙습니다. 이정도면 오래 살았는데, 앞으로 살면 얼마나 살겠소. 남은 시간 하루하루를 편안하고 즐겁게 보내고 싶어요. 만에 하나 암에 걸린다 해도 얼마 남지 않은 여생을 더 고생하며 보내고 싶진 않습니다."

박 노인이 허허 웃었다. 웃음소리가 조금은 쓸쓸하게 들렸다.

"내 나이를 실감하니 기분이 좋진 않지만 그래도 받아들여야겠네요. 예전에 직장을 그만두고 은퇴하던 때가 생각납니다. 때로는 하던 걸 계속하는 것보다 그만두는 게 오히려 어려운 법이지요."

우리나라 국민 4명 중 1명은 암으로 죽는다. 암은 한국인의 사망원인 부동의 1위 자리를 수십 년째 지키고 있으며 그 비율도 계속 늘어나는 추세이다. 암검진의 중요성도 날로 부각되고 있다. 암의 종류마다 차이가 있지만 대개 암 발생과 사망위험이 커지는 40대부터 정기적인 암검진을 권한다. 그렇다면 몇 세까지 검진을 받아야할까? 80세가 넘은 나이에도 이전과 같은 방식으로 검진을 받는 것이 좋을까?

대개 만 65세 이상을 노인으로 칭하며, 75세 이상을 고령 노인, 85세 이상을 초고령 노인으로 추가로 구분하기도 한다. 75세 이상의 고령 노인이 암검진으로 얻는 이득과 위해는 건강한 장년 성인과 다르다. 암검진은 이득benefit과 위해harm가 모두 존재한다. 암검진으로 얻는 이득은 해당 암으로 인한 사망의 감소이고, 위해는 위양성(거짓양성) 결과로 인한 추가 정밀검사, 정신적 스트레스, 서서히 진행하는 암에 대한 과진단overdiagnosis과 과치료overtreatment 등이다. 암검진의 경우 사망감소라는 가장 중요한 이득이 발생하기까지는 대개 10년 이상이 걸린다. 기대여명이 이보다 적은 경우, 이득은 확실치 않은 반면 검사와 치료합병증 등의 위해는 커질 가능성이 크다. 고령 노인 환자를 대상으로 한 수술이나 항암치료 등의 효과는 장년 성인층에 비해 떨어지는 반면 심각한 부작용 발생 위험은 더 커지는 것이 예이다. 그러므로 미국암협회를 비롯한 많은 전문학회들이 기대여명이 10년 이하인 경우 암검진을 받지 않도록 권한다.

국내 지침도 마찬가지이다. 2015년 발표된 국립암센터 권고안의 경우 위암은 74세까지 2년마다 내시경으로 검진을 받도록 하지만 75세에서 84세에는 실익을 따져본 뒤 결정하도록 하며 85세 이상에선 검진을 권고하지 않는다. 이외에도 대장암은 80세, 유방암은 69세, 폐암은 74세까지만 검진을 권장한다. 암검진에도 은퇴 나이가 있는 것이다.

그러나 현실은 다르다. 미국의 한 연구에서는 기대여명이 9년 미만인 노인의 절반 이상이 전립선암, 유방암, 자궁경부암, 대장암 등의 검진을 받는 것으로 조사되었다. 국가 차원에서 무료로 암검진 사업을 하는 우리나라는 더 고민이 깊어질 수밖에 없다. 2021년 고령자 통계에 따르면 75세 노인의 기대여명은 13.2년이다. 75세에서 80세 이상의 경우 암검진의 이득보다 위해가 클 수 있어, 보다 신중한 접근이 필요한 것이다. 하지만 국가암검진에는 검진종료 연령이 없으므로 본인이 원한다면 연령에 관계없이 검진을 받을 수 있다. 국민건강보험공단 통계에 따르면 2020년 암검진 수검 대상자 중 75세 이상은 267만 명이었고 그 중 85만 명(32%)이 검진을 받았으며, 이중 85세 이상도 7만 3천 명에 달했다.

나이는 숫자에 불과하다는 말이 있다. 나이에 상관없이 마음만 먹으면 무엇이든 할 수 있다는 의미이다. 하지만 암검진에서는 나이가 중요하다. 고령 노인은 암의 조기발견과

치료로 얻는 이득보다 잃는 것이 많기 때문이다. 기대여명을 낮추는 병을 이미 가지고 있거나 건강이 나쁜 경우엔 더 그렇다. 그럼에도 건강보험공단에선 나이 제한 없이 암검진 안내문을 보내고, 90세가 넘는 노인이 부축을 받으며 내시경을 받으러 오는 아이러니한 상황도 종종 생긴다. 국가검진을 무료로 받을 수 있는 시혜나 복지로 여기는 인식은 이러한 문제를 부채질한다. 건강검진기본법에서는 '모든 국민이 국가건강검진을 통하여 건강을 증진할 권리를 가진다'고 명시하고 있다. 이처럼 국가검진은 '건강 증진'을 위한 권리이므로, 내 건강에 도움이 되는 경우에 한해 현명하게 활용해야 할 것이다.

내 몸에 이득보다 해가 클 수 있는 일을 그만두는 것이므로 "이제 암검진은 그만 받아도 됩니다."란 말을 들었을 때 서운해 할 필요는 없다. 의료진 입장에서는 "나이 들었다고 검진도 받지 말라니 죽으란 말이냐"는 원망을 받을 것이 염려되어 암검진 중단을 권하지 못하는 일이 많다. 그러나 환자에게 암검진의 근거에 대해서 보다 적극적으로 알리고 검진 중단에 대해 함께 상의할 필요가 있다.

일차함수와 지수함수

자기만의 건강법

이대호 씨는 가쁜 숨을 몰아쉬며 이마에 송골송골 맺힌 땀을 훔쳤다. 오랜만의 산행이라 그런지 힘이 들었다. 사실 등산이라 하기엔 애매한 코스이다. 산의 높이는 일백 미터 남짓. 동네 뒷산이라 부르기에 적당하다. 집에서 가까워 주말에 종종 오는 곳이었다. 현관에서 자전거 안장에 올라 물길 옆 자전거 도로를 타고 삼십 분 정도 페달을 밟으면 산의 둘레길 입구에 도착한다. 능선을 따라 꾸며진 둘레길을 한 바퀴 돈 다음 길을 벗어나 정상으로 올라가는 데에는 한 시간 반쯤 걸린다. 정상으로 가는 샛길은 경사가 심하지만 계단이 있어 아이들도 오를 수 있다. 평소 단숨에 오르던 이 길을 오늘은 몸이 무거워 한 번 쉬어야 했다.

머리가 복잡할 땐 등산이 좋다. 교습소를 닫고 학원을 운영한 지 올해로 오 년째였다. 초기엔 시행착오도 많았지만 일이 년 정도가 지나자 안정을 찾을 수 있었다. 학생도 꾸준히 늘었고, 동네 학부모들 사이에 입소문도 좋은 편이었다. 나날이 경쟁이 치열해지는 사교육 현장에서 동네학원으로 이 정도라면 나쁘진 않았다. 하지만 코로나가 모든 상황을 바꾸어 놓았다. 초등 대상이거나 예체능 전문인 경우 폐업한 학원이 부지기수였다. 중학 수학을 주로 가르치는 최강수학학원은 그나마 타격이 덜했지만 역시나 매출 감소는 피할 수 없었다. 소수정예 학원을 선호하는 학부모가 많아지고 있는 것이 그나마 다행이었다. 하지만 학생들의 눈높이를 맞추는 일 또한 쉽지 않다. 요즘 학생과 학부모들은 강사의 실력을 귀신같이 파악한다. 똑똑한 소비자들은 평범한 학원강사보다는 인터넷강의를 선호한다. 그건 강사인 그가 보기에도 현명한 판단이었다. 다행히 이대호 씨의 강사로서 평판은 좋은 편이었고, 원장인 그가 직접 강의하는 강좌는 수강생이 그리 줄지 않았다. 그는 다른 강좌도 정기적으로 원장의 특강을 들을 수 있도록 조정했다. 일주일을 쉬지 않고 강의하는 시기도 있었다. 코로나 유행이 끝나면서 한숨 돌리게 되었지만 언제까지 이렇게 운영할 수 있을지는 확신이 없었다.

건강도 문제였다. 스스로 건강한 편이라 자부해왔지만 한 달 전 어지럼증으로 응급실에 다녀온 이후 자신이 없어졌다. 새벽에 갑자기 어지럼증이 왔을 땐 이러다 죽는 게 아닌가 싶었다. 침대에서 몸을 일으키자 술에 취한 것도 아닌데 천장이 뱅글뱅글 돌았다. 일어설 수가 없어 화장실에 기어가 구토를 하고 구급차를 불렀다. 병원에선 이석증✛이라고 했다. 그도 들어본 적이 있는 병이었지만 이렇게 괴로울지는 몰랐다. 응급실 의사는 치료를 한다며 부침개를 뒤집듯 그의 머리와 몸을 이리저리 돌렸다. 겨우 가라앉았던 귓속 돌들이 한바탕 트위스트를 추는 통에 또 구토를 하긴 했지만, 다행히 치료 후 증상은 좋아졌다. 멍한 정신으로 감사 인사를 하는 그에게 의사가 대수롭지 않게 말했다. 재발할 수도 있으니 너무 놀라지말라고. 재발이라니 생각만 해도 몸서리가 쳐졌다. 이 끔찍한 경험을 피할 수만 있다면 뭐든 할 수 있을 것 같았다. 어떻게 재발을 예방할 수 있느냐는 질문에 의사는 과로나 스트레스를 피하라는 애매한 답을 할 뿐이었다.

그는 뻐근함이 가시지 않은 다리를 가볍게 두드렸다. 오늘

✛ 내이 반고리관 안에서 떨어져 나온 이석으로 인해 머리의 위치가 변할 때 짧고 반복적인 회전성 어지럼을 호소하는 증상. 어지럼증의 가장 흔한 원인으로 정식 명칭은 양성돌발성두위현훈.

도 느꼈지만 체력이 떨어졌음을 실감하고 있었다. 다리의 근력도 이전보다 줄어든 것 같다. 이 년 사이에 체중도 오 킬로그램이나 늘었고 복부에도 살이 제법 붙었다. 그는 심호흡하고 주변을 둘러보았다. 산 정상에는 전망대와 근린공원, 그리고 운동기구가 설치된 체력단련장이 있었다. 이곳에서 운동하는 사람들을 유심히 본 건 처음이었다. 민소매 셔츠의 남자가 누워 벤치프레스를 하고 있었다. 걷기운동기구도 바쁘게 움직였다. 트위스트운동기구에선 챙 넓은 모자를 쓴 중년 여성 둘이 느릿하게 허리를 돌렸다. 생각보다 다양한 운동기구가 있는 것에 그는 새삼 감탄했다. 활기차게 뒷걸음질로 근린공원 둘레를 걷는 회색 등산조끼 남자도 그의 눈길을 끌었다. 뒤로 걷는 데도 발걸음이 거침없고 속도가 빨랐다. 방법은 제각각이었지만 다들 나름의 방식으로 건강을 관리하고 있다는 생각이 들었다. 뒤로 걷는 것이 기억력 향상과 치매예방에 좋다는 기사를 본 것 같기도 했다. 이대호 씨는 나중에 인터넷 검색을 해봐야겠다고 생각했다.

나무에 등을 기댄 사람들도 서넛 보였다. 모두 머리가 희끗희끗한 어르신들이었는데, 자세히 보니 나무에 등을 부딪치는 등치기운동 중이었다. 이전엔 우스꽝스럽게 보일 뿐이었는데, 다시 생각해보니 적어도 마사지 효과는 있을 것 같다. 어제 오랫동안 강의를 해 어깨와 등이 뻐근하던 참이었다. 그는 사람들과 적당히 떨어진 나무로 슬금슬금 다가갔다. 나무를 등지고 서서 주변을 다시 둘러보았으나 자신에게 시선을 둔 사람은 없었다. 단단해 보이는 나무둥치에 슬쩍 등을 부딪쳐보았다. 둔탁한 소리와 함께 찡한 울림이 느껴졌다. 몇 번을 되풀이하니 뭉친 근육이 풀리는 것 같기도 했다.

"그래서 건강을 위해 이제 무언가를 해야겠다는 생각이 들어서요. 원장님과 상의를 해서 저에게 맞는 좋은 방법을 찾고 싶습니다."

낡은 진료실 책상을 사이에 두고 의사와 이대호 씨가 마주 앉아 있었다.

"며칠 전엔 서점에서 건강에 관한 책을 살펴봤어요. 책이 너무 많아서 뭘 사야 할지 모르겠더군요. 건강법에 관한 기사도 찾아봤지요. 어떤 사람은 헬스, 어떤 사람은 마라톤, 사교댄스가 비법이라는 분도 있었습니다. 매일 와인 한두 잔을 마시는 사람도 있고, 구운 마늘을 먹는 게 장수의 비결이라는 구순의 어르신도 있었어요. 건강하게 사는 분들은 다들 자기만의 특별한 건강법이 있더라구요. 저도 이제 그런 게 필요한 나이가 되지 않았나 싶습니다. 일종의 전략 말이지요."

전략은 그가 자주 쓰는 단어였다. 수학은 개념과 원리의 정확한 이해가 가장 중요하다. 이를 위해선 학생 스스로 충분히 생각할 시간을 주어야 한다. 어려운 심화문제에 대한 경험도 적절히 필요하다. 어떤 고난이도의 문제도 완전히 새로운 문제란 없으므로 이전에 풀었던 문제에서 실마리를 찾을 수 있는데, 이런 연관성을 찾는 것 역시 훈련이 필요하기 때문이다. 시간을 들여야 하는 과정이지만 성급한 학부모들은 우선 진도를 앞서 나가길 원했다. 적당히 쉬운 교재를 골라 진도를 빼는 건 강사 입장에서도 오히려 쉬운 수업이다. 그럼에도 그는 선행학습을 적극적으로 권하지 않았다.

미심쩍은 표정의 학부모를 설득할 때 그는 이렇게 말하곤 했다. 전략이 중요합니다. 아드님만을 위한 최선의 전략을 찾아야 해요. 다른 학생들과 똑같이 해선 성공하기 힘들거든요.

"저도 특별한 건강법이 하나 있는데. 알려드릴까요?"

의사의 말에 이대호 씨가 눈을 크게 뜨고 침을 꿀꺽 삼켰다.

"마늘과 양파 향을 조합한 천연 디퓨저를 두는 겁니다. 제가 특별히 만들었습니다. 일종의 향기요법이죠. 마늘은 항암효과가 있고 양파는 피를 맑게 한다는 건 잘 아시죠?"

의사는 누가 엿듣기라도 하는 것처럼 목소리를 낮췄다. 그러고 보니 진료실에 들어왔을 때부터 엷게 마늘 향이 나는 것 같기도 했다. 이대호 씨가 코를 킁킁거렸다.

"정말입니까? 그러고 보니 뭔가 향기가 나는 것 같네요. 그런 게 있다면 진즉 저도 하나 만들어주시지."

원망 섞인 말투로 이야기하는 그를 보며 의사가 빙글빙글 미소를 지었다.

"정말일 리가요. 농담입니다."

"그럼 마늘 냄새는⋯."

의사는 한 번 더 빙긋 웃었다.

"오후에 삼겹살이랑 생마늘을 좀 먹었거든요. 제가 워낙 마늘을 좋아해서. 마스크를 썼는데도 냄새가 나나 봅니다. 잠깐 실례할게요."

나갔다 들어온 그의 손에 김이 모락모락 나는 종이컵 두 개가 들려 있었다. 하나를 이대호 씨 앞에 놓으며 그가 말했다.

"마침 대기 환자도 없어서요. 커피 맛이 괜찮습니다. 직접 내렸거든요. 마늘 냄새보단 나을 것 같기도 하구요."

이번엔 이대호 씨가 멋쩍은 웃음을 지었다. 커피를 홀짝이던 의사가 그에게 물었다.

"여기 상가에서 학원 운영하신 지도 오래되셨지요? 그동안 가르치신 아이들도 많겠네요."

"올해로 오 년 되었지요. 이젠 좀 익숙해졌어요. 사실 제가 수학을 가르치게 될 거라곤 상상도 못 했습니다. 본래 좋아하는 과목이 아니었거든요."

"의외인데요?"

"뒤늦게 수학에 매력을 느낀 것이 고등학교 삼학년 때였습니다. 수학문제는 항상 답이 정해져 있고 명확하잖아요. 우리는 답을 찾기만 하면 되구요. 일찍 수학의 매력을 알았다면 제 인생이 조금 바뀌었을 텐데 말이죠."

"인생도 수학문제 같다면 좋겠네요."

이대호 씨가 커피를 한 모금 마신 뒤 안경을 고쳐 쓰고 말을 이었다.

"사람들이 많이 착각하는 게, 수학머리는 타고난다는 생각이지요. 사실 누구나 잘할 수 있는 과목이 수학입니다. 노력은 과목을 가리지 않아요. 제가 학생들에게 자주 하는 말입니다."

"어떤 과목이든 시간과 노력을 들인 만큼 실력이 늘어난다는 말씀이군요. 일차함수 그래프랑 비슷하네요. x축은 노력, y축은 실력."

"그렇게 볼 수도 있겠네요."

"건강을 그래프로 그린다면 어떤 모양일까요? x축이 노력, y축은 건강이라면."

"글쎄요. 그것도 비슷하지 않을까요?"

이대호 씨가 고개를 갸웃하며 턱을 괴었다. 의사가 빈 종이를 하나 책상 위에 놓고 몇 개의 선을 그어 내밀었다. 그림을 본 이대호 씨가 얕은 탄성을 내뱉었다.

"지수함수네요."

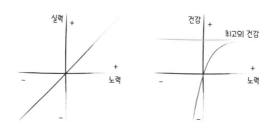

"왼쪽이 성적에 대한 그래프라면, 건강은 오른쪽 그래프와 같은 모양이 될 겁니다. 노력하면 '최고의 건강' 점근선에 가까워질 수는 있지만, 일정 수준을 넘게 되면 들인 노력과 비례하게 건강이 좋아지지는 않아요. 하루 세 시간 운동하는 사람이 한 시간 운동하는 사람보다 무조건 세 배 건강하지는 않다는 뜻이죠. 그보다 건강을 해치는 나쁜 행동을 안 하는 게 중요합니다. 그래프의 마이너스 쪽이 훨씬 더 큰 영향을 주거든요."

"나쁜 행동이라면…."

"흡연, 과음, 과식, 과로. 이런 것들만 피해도 중간은 갑니다.

이런 행동의 영향을 모두 합하면 평균 수명이 십 년은 줄어들 거예요. 건강에 도움이 되는 행동 서너 가지를 하는 것보다 건강에 해가 되는 한 가지 행동을 바꾸는 것이 더 낫습니다. 자기만의 건강법을 믿는 분들도 자세히 살펴보면 막상 실제 비결은 나쁜 행동을 안 하는 데에 있는 경우가 많아요."

이대호 씨가 입맛을 다시며 쓴웃음을 지었다.

"저는 술과 음식부터 줄여야겠군요. 그래프를 위로 끌어올릴 다른 방법은 없는 건가요?"

"타고난 걸 제외하고 스스로 무언가를 더 해서 건강관리를 할 만한 방법이라면, 적당한 운동과 골고루 먹기 정도가 있겠네요. 아쉽지만 그 외에 어떤 방법도 기대만큼 큰 도움이 되진 않습니다. 건강에 좋은 음식에 다들 관심이 많지만 단순히 몇 가지 음식을 섭취해 쉽게 건강해질 수 있다면 옛날 왕들의 수명이 그리 짧지 않았겠죠."

그가 천천히 고개를 끄덕였다.

"누구나 아는 곳에 해답이 있는 법이군요. 수능 만점을 맞은 학생들에게 비결을 물으면 매년 공통적으로 나오는 답이 있죠. 개념을 확실히 이해하는 것, 꾸준한 노력, 독서. 사실 학원을 비결로 꼽는 학생은 거의 없습니다. 그렇지만 사람들은 이런 기사를 볼 때는 고개를 끄덕이다가도 돌아서면 특별한 비법을 찾아요. 건강도 마찬가지인 것 같네요."

두 사람의 종이컵이 어느새 비어있었다. 의사가 커피가 들어 있던 빈 컵을 만지작거리며 말했다.

"기호식품 중에서 커피만큼 건강에 관한 연구가 많은 음식도 없습니다. 과하면 해가 되지만 적당히 마시면 도움이 된다는 연구도 많구요. 근거로 따지자면 마늘이나 양파보단 건강에 좋을 수 있는 거죠. 하지만 매일 마시는 커피를 건강비결로 꼽는 사람은 없을 겁니다. 누구나 쉽게 할 수 있는 것은 특별해 보이지 않거든요."

생활습관과 건강에 관한 연구 중 가장 유명한 것은 미국 캘리포니아의 알라메다 카운티 주민을 대상으로 진행한 연구이다. 연구진은 1965년부터 5년 반 동안 주민 6,928명을 추적 관찰해 건강 관련 행동과 사망률의 연관성을 살펴보았다. 그 결과 7개 건강행동이 사망 위험과 직접적인 관련이 있었으며, 이들 중 6개 이상을 실천하는 주민은 3개 이하를 실천하는 주민에 비해 남자는 11년, 여자는 7년 더 기대수명이 높음을 확인했다. 이후 '알라메다ALAMEDA 7'이라고 불린 건강행동은 다음과 같다.

  - 흡연하지 않기
  - 규칙적으로 운동하기
  - 적정 체중 유지하기
  - 적정 시간의 수면 (하루 7~8시간)
  - 과음하지 않기
  - 아침 식사를 포함해 규칙적으로 식사하기
  - 간식을 지나치게 먹지 않기

이후에도 비슷한 결과를 보인 많은 연구가 있었다. 2018년 하버드대학 연구팀이 발표한 논문은 보다 최근의 사례다. 10만 명 이상의 간호사와 의사를 34년간 추적 관찰한 이 연구는 비흡연, 적정 체중, 하루 30분 이상의 운동, 적정 음주, 좋은 식습관 등 5개 긍정 요인이 사망률에 미치는 영향을 분석했다. 연구 결과 생활습관을 전혀 지키지 않는 사람에 비해 모두 지킨 사람의 기대수명은 여성은 14년, 남성은 12년 더 길었다. 미국과 유럽, 중국, 일본 등에서 이루어진 15개 연구를 종합 분석한 결과에서도 앞의 5개 요인에 대해 좋은 생활습관을 유지하는 사람의 사망 위험이 60% 이상 낮은 것으로 나타났다.

이 같은 결과는 질병 예방과 건강 증진을 위해선 생활습관이 무엇보다 중요함을 시사한다. 의학이 눈부시게 발전했지만 어떤 최신 치료법도 이만큼의 긍정적인 효과를 내긴 어렵다. 건강하지 못한 생활습관을 바꾸는 것이 우선적인 국가건강정책 목표가 되어야 한다고 많은 전문가들이 강조하는 이유이다. 그럼에도 수많은 흡연자가 담배를 끊기보다 다른 특별한 건강법을 찾는다. 최근 통계에 따르면 우리나라 성인 남성의 31%, 여성의 7%가 아직도 흡연자이다.

봄날은 간다

암경험자의 건강

화니프라자 상가 정문에서 복도를 따라 오른쪽 끝으로 가면 공지사항 알림판과 함께 입점 점포의 수만큼 줄지어 붙어 있는 철제 우편함을 만난다. 맨 아랫줄 왼쪽 첫 번째는 대신부동산의 우편함이다. 점포 이름이 적힌 라벨은 빛이 바랬고 주변엔 세월의 흔적이 느껴질 만큼 녹이 슬어 있다. 마흔 개가 넘는 점포 중에 대신부동산보다 오래 자리를 지킨 곳은 없었다.

대신부동산은 이 오래된 종합상가의 터줏대감과 같은 존재다. 십수 년쯤 전에 상가에서 불이 난 적이 있었다고 한다. 당시 화재사건을 경험한 이들 중 지금까지 남아 있는 사람은 손으로 꼽을 정도인데, 3층 기원의 한세돌 원장이 그중 하나였다. 그는 번영회 모임을 할 때면 당시의 상황을 마치 지난달에 있었던 일처럼 실감 나게 늘어놓곤 했다. 1층 철물점의 전기난로에서 시작된 불이 삽시간에 주변 점포로 번져서 꼭두새벽에 소방차 네 대(이야기 속 소방차는 가끔 다섯 대나 여섯 대가 되기도 했다)가 출동했고 2층 상가 대부분이 타버렸다고 한다. 철물점 사장은 임대차계약을 할 때 홍영자 씨의 권유대로 화재보험을 들어놓지 않았다면 큰 낭패를 보았을 것이라 말했다. 이후 모든 점포가 화재보험에 가입한 것은 물론이다.

홍영자 씨는 지하부터 3층까지 모든 점포의 주인을 빠짐없이 알고 있었다. 상가 임대차계약은 모두 대신부동산을 통해 이루어졌기에 어쩌면 당연한 일이겠지만, 그가 그저 임차인들의 얼굴과 이름만 아는 건 아니었다. 2층의 태권도학원과 미술학원 수강생이 몇 명쯤 되는지, 1층 커피숍과 다정호프의 매출은 얼마나 되는지, 지하 막국수집의 새로 나온 반찬이 무엇인지도 홍영자 씨는 속속들이 알고 있었다. 오래된 임차인들은 참새가 방앗간에 가듯 대신부동산 소파에 앉아 홍영자 씨와 잡담을 나누는 것이 일상이었다. 가끔은 점포운영에 대한 어려움과 고민을 털어놓기도 했는데 그때마다 홍영자 씨가 가게 사정을 잘 알고 있다는 사실에 놀라곤 했다. 사실 소문의 진원지는 대부분 본인들이었다. 그러니까 대신부동산은 이 건물의 사랑방이기도 했다. 상가의 소문은 마치 물이 아래로 흐르듯

1층의 이 조그만 중개사무소로 모였다.

상가 어느 누구도 건물의 실제 주인을 만난 적은 없었다. 홍영자 씨가 중개인과 대리인 역할을 동시에 하는 셈이었다. 간혹 건물주를 직접 만나지 못하는 걸 꺼림칙해 하는 사람도 있었다. 이런 사람에게 그녀는 서글서글한 웃음을 지으며 이렇게 말하곤 했다.

"그냥 날 믿으면 돼요."

교회에서나 들을 법한 뜬금없는 이 말은 누가 하느냐에 따라 정반대의 효과를 내기도 한다. 하지만 홍영자 씨에겐 실제로 믿음직한 구석이 있었다. 보기 좋게 살집이 있는 어깨와 항상 온화한 웃음기를 머금은 부드러운 표정은 누구에게나 살가운 느낌을 주었다. 쉽게 신뢰를 얻는 데는 말투와 태도도 한몫했다. 그녀는 말이 많지도 적지도 않았다. 중개인의 말이 많으면 경계심이 생기고 적으면 불만이 생기게 된다. 눈치 빠른 그녀는 상대방의 상황을 파악하고 그에 맞춘 정보를 딱 적당할 만큼만 제공했다. 그래서인지 온화한 표정으로 본인을 믿으면 된다고 말하는 홍영자 씨의 옆에 있으면 정말 그래도 될 것 같다는 느낌이 드는 것이다. 계약서에 도장을 찍은 이들은 당시엔 온전히 스스로 결정을 내렸다고 생각하지만 중개인의 영향이 꽤나 컸다는 걸 뒤늦게 깨닫고는 했다.

유동인구가 적은 변두리임을 고려해도 화니프라자의 임대료는 주변 시세보다 낮았다. 임차인들에겐 다행인 일이었다. 낡고 허름한 상가지만 불경기에도 공실이 드물고, 오래 함께한 임차인들이 많은 것도 이 때문이었다. 낮은 임대료를 유지하는 게 홍영자 씨의 입김 덕분이란 이야기도 있었다. 상가 임차인들 사이에선 홍영자 씨가 실제 건물주라는 소문이 떠돌기도 했다.

오후의 해가 내리막길을 타는 시간이었다. 열린 출입문을 통해 사무실 안까지 드리운 봄볕이 조금씩 길어지고 있었다. 커피믹스와 티백 녹차가 놓인 수납장 위 라디오에서 경쾌한 음악이 흘렀다. 홍영자 씨가 탁자 위에 놓인 서류 마지막 장에 도장을 찍었다.

"자, 이제 다 되었습니다. 같은 조건으로 재계약이라 퍽 수월하시지요?"

"미리 다 준비해주신 덕분이죠. 감사합니다."

"무슨 말씀을요. 우리 상가로선 주치의 선생님을 계속 모실 수 있어 오히려 감사하지요. 나한테도 그렇고."

맞은편에 앉은 반딧불 의원 이수현 원장이 쑥스럽게 웃었다.

"선생님 만난 지도 벌써 십 년이 되었군요. 시간이 얼마나 빠르게 흐르는지. 언젠가 신문에서 봤는데 나이가 들수록 보고 듣고 생각하는 속도가 더뎌져서 시간이 더 빠르게 간다고 느낀대요. 그 말이 맞는 것 같아요."

"상대성이론 같네요. 저는 지금도 시간이 빠르다고 느끼는데 이보다 더 빨라지면 우와, 눈이 핑핑 돌겠는데요."

이수현 씨가 과장된 말투로 우스갯소리를 했다. 홍영자 씨가 키득거렸다.

"제가 암수술을 받은 지도 십 년이 되었다는 거네요. 선생님을 만났던 그때는 하늘이 무너지는 것 같았어요. 아등바등 열심히 살았는데 왜 내가 이런 일을 겪는지 하나님을 원망도 했죠. 자궁을 들어내는 큰 수술에다 항암치료까지 받아야 한다니 어찌나 막막하던지. 그렇지않아도 삶이 버겁던 때라 어차피 죽을 이 한 목숨 뭣 하러 힘들고 어려운 치료까지 받아야 할까 생각도 들고. 마음속으로 욕을 했다가 그래도 살려달라고 빌었다가 하루에도 몇 번씩 천당과 지옥을 왔다 갔다 했어요."

"누구나 그렇게 됩니다. 저도 같을 거예요."

"그래도 암에 걸려보지 않은 사람은 모를걸요. 입원했을 때는 모든 것이 다 내 잘못이란 생각이 들어서 자포자기 상태였어요. 사실 수술 전날까지도 수술을 받을지 망설였어요. 수술을 받고 나을 거란 기대보단 죽음에 대한 예감이 더 큰 상태였죠. 수술이 잘못되면 깨어나지 못할 거고 그러면 힘든 치료도 받지 않을 테니 그게 나을 수도 있다는 생각도 들고. 그때 어느 젊은 의사 선생님을 만난 거죠."

재미난 사연이라도 소개되었는지 라디오에서 와르르 웃음
이 흘러나왔다. 홍영자 씨가 이수현 씨에게 미소를 지었다.

"그때 선생님이 그랬죠. 암의 원인을 자신에게서 찾지 말라
고. 내가 뭘 잘못해서 암에 걸린 게 아니라고. 누구에게나 생길
수 있는 사고였고, 그저 운이 좀 안 좋았던 거라고. 선생님 말
씀을 들으니 이상하게 마음이 편해졌던 것 같아요. 그래서 수
술도 담담하게 받을 수 있었어요. 수술이 끝나고 깨어났을 때
는 살았구나 싶어 한참 눈물이 났어요. 꼭 살겠다고 다짐했고
항암치료도 열심히 받았어요. 그제야 암이란 병을 내 삶의 일
부로 받아들였던 것 같아요."

"제가 그런 주제넘은 말을 했나요? 저는 전혀 기억이…."

그가 멋쩍게 머리를 긁적였다. 홍영자 씨가 혀를 찼다.

"하긴 선생님에겐 내가 그저 스쳐간 환자 중 한 명이었을 테
니 그럴 수도 있죠. 그래도 젊은 사람 기억력이 그래서야 원.
병원자리 구한다고 왔을 때 나는 단박에 알아봤는데, 선생님
은 전혀 모르셨지요."

"임대조건이 너무 좋아서 저로선 바로 계약할 수밖에 없었
어요. 임대료가 왜 이렇게 싼가 했는데, 한참 뒤에야 그 이유를
알았네요. 일찍 알아뵙지 못해 죄송합니다."

라디오에선 입담 좋은 진행자들의 왁자지껄한 멘트가 끝나고 다시 음악이 시작되었다. 나른해지기 쉬운 오후에는 밝고 유쾌한 음악 위주로 선곡하기 마련인데, 스피커에서 흘러나오는 음악은 느릿하고 끈적한 곡조였다.

연분홍 치마가
봄바람에 휘날리더라
오늘도 옷고름 씹어가며
산제비 넘나드는 성황당 길에
꽃이 피면 같이 웃고
꽃이 지면 같이 울던
알뜰한 그 맹세에 봄날은 간다

가수의 허스키한 음성은 읊조리는 것처럼 들리기도 했고, 한탄하는 것처럼 들리기도 했다. 계약서를 정리하던 홍영자 씨가 고개를 까딱이며 곡조에 맞춰 흥얼거렸다.

"좋아하는 노래예요. 예전에 병원에서도 많이 들었는데. 이 노래를 들으면 진짜 봄날이 가는 걸 지켜보는 느낌이 들어요."

"정말 그렇네요. 봄날을 아쉬워하는 것 같기도 하고. 그리워하는 것 같기도 하구요."

두 사람은 한동안 음악을 들으며 말이 없었다. 음악이 끝나 갈 때쯤 이수현 씨가 물었다.

"입원이 언제세요?"

"내일모레. 바로 다음 날 수술이에요. 이번에도 잘 되겠 지요?"

그가 고개를 끄덕였다.

"위암이라고 들었을 땐 거짓말인 줄 알았어요. 남들은 한 번 도 안 걸리는 암을 두 번이나 겪을 줄은 정말 꿈에도 생각 못 했어요. 소화도 잘되었고 불편한 곳도 없었는데 의사가 나를 놀리나 싶고. 오죽하면 몰래카메라 아닌가 생각했다니까요."

"많이 놀라셨겠어요."

"그랬는데, 의외로 금세 담담해지네요. 두 번째가 되니 나름 익숙해졌나봐요. 암에 걸려보는 것도 다 도움이 되네요."

본인의 농담이 마음에 들었는지 호호 웃던 홍영자 씨가 명 랑하게 말을 이었다.

"그래도 이번엔 수술만 받으면 된다니 얼마나 다행인지 몰 라. 항암치료를 받을 때, 결과를 모르는 상태로 같은 치료를 반 복해서 받는 게 참 힘들었거든요. 암환자였던 이는 건강검진 을 더 잘 받아야 한다고 선생님이 매번 챙겨주지 않았다면 이 렇게 빨리 발견하지 못했을 거예요. 다 선생님 덕분이에요."

"무슨 말씀을요. 그래도 건강검진은 잘 받으셨어요. 포탄이 한 번 떨어진 곳은 다시 떨어지지 않는다는 속설이 있는데, 암은 그렇지 않아요. 암에 걸렸던 분들은 다른 암이 생길 위험이 더 높거든요."

"네, 우리 주치의 선생님 말씀이니 명심하겠습니다. 선생님이 항상 살 빼라고 구박했는데 위를 떼어내면 체중은 그만큼 줄겠네."

두 사람이 함께 너털웃음을 터뜨렸다.

"어느 시인이 그랬다죠? 어느 날 운명이 찾아와서 내가 너의 운명인데 그동안 내가 마음에 들었냐고 물으면 그저 가만히 끌어안고 조용히 있을 거라고. 나는 내 운명이란 놈이 찾아오면 일단 한 대 때려주고 생각해볼래요. 이렇게 두 번씩이나 힘들게 만들었으니 그 정도는 해도 되겠죠."

오후의 햇살이 사무실 공기를 귤빛으로 물들이고 있었다. 열린 문밖으로 배달상자를 실은 자전거 한 대가 종소리를 울리며 지나갔다. 커피를 든 젊은 직장인들 몇이 깔깔거리며 상가 앞을 지나쳤다. 보드라운 봄볕에 실린, 새가 지저귀는 듯한 웃음소리에 사무실 안이 갑자기 밝아지는 것 같았다. 홍영자 씨가 짧은 탄성을 뱉었다.

"아, 진짜 봄이네요."

"네. 내일이 입하라고 하니 이제 금세 더워지겠죠. 봄꽃들도 다 졌더라구요. 해가 갈수록 봄이 점점 짧아지는 것 같아 아쉽습니다."

홍영자 씨가 온화한 미소를 지으며 대답했다.

"아쉬워할 필요가 있나요. 이제 겨우 봄이 가고 있을 뿐인걸. 봄날이 가면 더 찬란한 여름이 오잖아요."

암유병자 200만 명 시대이다. 암유병자는 암치료를 받고 있거나 완치 판정을 받은, 즉 암을 앓았던 사람을 말하며, 2020년 기준으로 국내 227만 명에 달한다. 우리나라 국민 20명당 1명꼴이다. 그러니 암을 앓았던 사람을 만나는 것도 드문 일이 아니다. 나 자신도 암환자가 될 수 있으며, 가족이나 가까운 이가 암진단을 받을 수도 있다. 암환자의 신체적, 심리적 건강에 관심을 가져야 하는 이유이다.

암진단과 치료 과정에서 환자와 가족은 커다란 스트레스를 겪게 된다. 호스피스 운동의 어머니로 불리는 정신의학자 엘리자베스 퀴블러로스Elisabeth Kübler-Ross는 책《죽음과 죽어감》에서 죽음을 앞둔 사람이 겪는 감정을 5단계로 정리했다. 이 단계는 암과 같이 큰 병을 진단받은 환자에게도 동일하게 적용할 수 있다. 첫 단계는 자신이 죽을병에 걸렸다는 사실에 대한 부정denial이다. 암진단을 받았을 때 이를 믿지 않고 다른 병원을 찾는 환자들이 종종 있는데, 이런 환자의 심리 상태이기도 하다. 다음 단계는 분노anger로, 왜 하필 내게 이런 일이 생겼는지 한탄하며 세상과 신을 원망하고 의료진이나 주변 사람들에게 화를 낸다. 세 번째인 협상bargaining 단계에서는 지금까지와는 달라질 테니 다시 기회를 달라며 의료진이나 신에게 매달리는 모습을 보인다. 거센 감정의 파도와 혼란이 한바탕 지나간 뒤엔 큰 상실감이 다가오는 우울depression의 단계를 만난다. 마지막 단계는 감정의 공백기인 수용acceptance이다. 환자는 이 마지막 단계에서야 병을 온전히 받아들이게 된다. 환자 본인이 아닌 가족이나 사랑하는 사람의 중병과 죽음을 대하는 과정에서도 이러한 단계의 심리 변화가 흔히 나타난다. 그러므로 가까운 이가 암진단을 받았다면 이러한 심리 변화 과정을 이해하고 정서적 지지를 해줄 필요가 있다.

물론 지금은 과거처럼 암에 걸렸다고 바로 죽는 시대는 아니다. 우리나라에서 암의 완치 기준으로 삼고 있는 5년 생존율은 이제 70%가 넘는다. 암환자 10명 중 7명은 암을 앓고도 5년 이상을 산다는 의미이다. 이러한 이유로 근래에는 '암경험자(암생존자)'에게도 관심이 모이고 있다. 과거에는 암을 앓고 5년 이상 생존한 사람을 가리키는 말이었으나 시간이 가면서 암진단 후 생존해 있는 모든 사람, 더 나아가 이들의 가족과 친구, 돌봄 제공자까지 포괄하는 용어로 개념이 확장되었다. 처음엔 외국 용어인 'cancer survivor'를 직역해 '암생존자'라는 용어를 썼으나 이는 신체적, 정신적 상처를 입고 살아남았다는 부정적인 의미를 지니고 있어 최근엔 '암경험자'와 같은 용어를 쓰는 추세이다. 개인적으로도 '암경험자'가 더 적절하다고 본다.

암경험자의 건강관리 과정에서는 기존 암의 재발 여부 확인이 무엇보다 중요하지만 다른 장기에 생기는 암에 대해서도 관심을 기울여야 한다. 한번 암을 앓았던 환자는 다른 위치에도 암이 생길 위험이 크기 때문이다. 이렇게 암치료 후 원래 있었던 암과 무관하게 새롭게 생기는 암을 '2차암'이라고 부른다. 암환자는 흡연, 과음, 비만 등 암의 발생 위험을 높이는 건강 문제나 생활습관을 가지고 있는 경우가 많으며, 2차암의 발병 위험도 크다. 기존 암에 대한 항암치료나 방사선치료도 2차암 발생의 위험을 높일 수 있다. 그러므로 암을 진단받았다면 즉시 금연, 금주를 실천하고 비만

한 경우 암치료가 끝난 다음엔 체중을 줄여야 한다.

무엇보다 2차암이 생겼을 때 조기에 발견해 치료하기 위한 정기적인 검진도 중요하다. 국내 연구에 따르면 암경험자의 2차암에 대한 검진율은 일반인과 비슷하거나 오히려 낮은 수준이다. 암경험자는 자신이 경험한 암의 전이나 재발에만 관심을 가지고 다른 부위의 암검진을 소홀히 하는 경우가 많기 때문이다. 기존 암의 진료과정에서 검사 결과가 괜찮다는 말을 다른 검진까지는 필요 없다는 의미로 오해해 받아들이기도 한다.

소금을 대하는 우리의 자세

천연식품이 꼭 좋은 걸까

김미선 씨는 카트를 멈추고 미간을 찌푸렸다. 그녀가 선 곳은 소금 진열대 앞이었다. 여섯 칸 높이의 진열대에 여러 종류의 소금이 가지런히 정리되어 있었다. 원래대로라면 익숙한 꽃소금과 맛소금을 하나씩 집었을 것이다. 하지만 최근에 겪은 일들이 그녀를 망설이게 했다.

고혈압 진단을 받은 건 그리 놀랄 일이 아니었다. 아빠는 심장혈관에 스텐트[+] 두 개를 넣었다. 아빠의 검사 결과를 들으러 병원에 갔던 날을 기억한다. 모니터 안 혈관은 가느다란 실처럼 좁아져 있었고, 의사는 좁아진 혈관을 가리키며 삼십 대부

[+]   혈관 등의 좁아진 부위를 다시 좁아지지 않게 내부에서 지지해주는 금속 구조물.

터 앓았던 고혈압 때문이라고 했다. 엄마 역시 고혈압과 당뇨병이 있었다. 생김새와 식성까지 각각 아빠와 엄마를 꼭 닮은 오빠와 언니에 이어 몇 년 전부턴 여동생까지 고혈압약을 먹기 시작했다. 그러니까 그녀를 제외한 가족 모두가 고혈압환자였던 것이다.

김미선 씨의 가족이 함께 나누는 건 정이나 음식만이 아니었다. 지난 추석, 고혈압약을 깜빡 잊고 온 언니에게 같은 약을 먹는 오빠가 선심 쓰듯 약을 나누어주는 걸 보며 김미선 씨는 머지않아 자신에게도 고혈압이 생길 거라 예감했다. 그 순간이 찾아오기까지는 오래 걸리지 않았다. 몇 달 전 건강검진에서 고혈압 판정을 받은 것이다. 수축기 혈압은 150이 훌쩍 넘었다. 그녀는 곧바로 가까운 의원에서 약을 처방받았다. 이미 부모 형제가 나누어 먹는 약인데 한 명 더 먹게 된다고 큰일은 아닐 것이다. 엄마는 심장발작을 앓은 아빠가 죽을 고비를 넘긴 건 고혈압약 덕분이라고 종종 말했다.

물론 아빠처럼 죽을 고비까지 겪을 필요는 없을 것이다. 그녀는 이왕 약을 먹기로 했으니 불청객처럼 찾아온 고혈압이란 녀석을 좀 더 엄격히 다스려보기로 했다. 집에서 가까운 올레길을 걷기 시작한 것도 이때부터다. 국제학교에 입학한 아들과 함께 처음 제주에 갔을 때는 모든 게 낯설었지만 일 년이 되어가는 지금은 제주의 많은 것들이 익숙해졌다. 아이를 학교에 데려다주고 나면 시간이 여유롭고 주변에 걷기 좋은 길이 많아 건강을 관리하기엔 서울보다 낫다. 걷기를 시작하고 확실히 체력이 좋아졌다고 느낀다. 몸도 가벼워지고 뱃살도 줄었다.

건강이라면 자신보다 서울에서 혼자 생활하는 남편이 걱정이다. 얼마 전엔 당뇨병 진단까지 받았다. 증권사에 다니는 남편은 야근을 밥 먹듯이 했다. 아무래도 과로가 당뇨병의 원인이 되었다는 생각이 든다. 워낙 자기 관리가 철저한 사람이고 약을 먹기 시작하면서 혈당도 잘 조절된다고 하지만, 그래도 앞으론 좀 더 자주 서울에 와야 할 것 같다. 어제도 집에 도착해 텅 빈 냉장고를 열어보고 이 사람이 도대체 뭘 먹고 사나 싶은 생각이 들었다. 아이의 방학이라 당분간은 서울에 머물 수 있어 다행이었다. 건강관리엔 무엇보다 먹는 게 중요하지 않던가.

김미선 씨는 진열대에서 소금봉지 하나를 집어 들었다. 유명 식품회사의 천일염 제품이었다. 천일염은 염분 함량이 낮고 미네랄 성분이 풍부해 건강에 좋은 소금이라고 들었다. 고혈압 관리엔 싱겁게 먹는 게 가장 중요하다던데 소금의 짠맛이 적다면 도움이 될 것이다. 김미선 씨는 마트 식품코너에서 항상 성분표를 확인한다. 그녀는 포장지에 적힌 설명을 꼼꼼하게 살폈다. '자연에서 만들어진 명품 소금'이란 설명이 눈에 들어왔다. 전통적인 방식으로 바닷물을 말려 얻은 천연소금이니 공장에서 만들어진 다른 소금이나 합성조미료가 들어간 맛소금보다 나을 거란 생각이 들었다. 일반 소금보다 가격이 서너 배 비싼 데에는 이유가 있지 않겠는가.

그녀는 소금을 카트에 넣고 발걸음을 바삐 움직였다. 집에 돌아가 저녁을 준비하려면 시간이 많지 않았다. 계산대로 가기 전에 영양제 코너에서 천연비타민을 두 제품 골랐다. 가격이 일반 비타민의 두 배였지만 흡수율이 높고 불순물이나 부작용도 적다고 했다.

집에 도착하니 남편은 소파에 누워 티비를 보고 있었다. 산속에서 혼자 사는 자연인의 일상을 담은 프로그램이었다. 김미선 씨도 몇 번 본 적이 있다. 출연자는 달라도 내용은 대동소이했다. 산과 밭에서 갓 구해온 재료로 끼니를 해 먹는 장면은 매번 꼭 나오는 듯했다. 요리 동영상을 보는 게 취미인 그녀에게는 좀 투박하게 느껴졌으나 그럭저럭 재미있는 구석도 있었다. 무언가로 찌개를 끓이려는 모양이다. 자연인이 장작불 위에 솥을 올려 물을 끓이는 동안 그녀는 마트에서 사온 식료품으로 냉장고를 채웠다. 비타민은 식탁에 올려두었다. 둘 중 하나는 남편을 위한 것이다. 채소를 손질하는 그녀에게 남편이 말을 건넸다.

"저렇게 사는 것도 나쁘지 않을 것 같아."

"방송이야 잠깐 나오니까 좋아 보이는 거지. 매일 세 끼 해 먹는 것도 하루 이틀이지 계속하면 즐겁겠어?"

"그렇겠지? 아무도 없는 곳에서 혼자 살면 외롭고 적적하기도 하고."

"과장도 많대. 텃밭 일구고 물고기 잡고 닭 키워 먹는다 쳐도 나머지 필요한 건 어떻게 벌어서 산대? 저기 나오는 사람들도 밥이랑 김치는 먹더라."

그녀가 양파를 썰며 말했다. 도마에 칼이 부딪치는 소리가 규칙적으로 울렸다. 화면 속 자연인은 산을 오르내리며 약초를 캐는 중이었다.

"지금 나오는 저 사람, 고혈압에 당뇨병까지 있었는데 산에 살면서 다 좋아졌다네."

"산속에서 맑은 공기 마시며 부지런히 살면 건강해질 수는 있겠네. 먹는 음식도 다 완전 천연식품이잖아."

"저렇게 먹다 보면 입맛도 바뀌지 않을까?"

"당신도 신경 좀 더 써. 당뇨병에는 식이요법이 중요하다더라. 혼자 있다고 배달음식만 먹지 말구. 배달음식이 대부분 짜고 자극적이잖아."

인덕션 위의 냄비가 보글보글 소리를 내며 들썩였다. 남편이 좋아하는 얼큰한 콩나물국이었다. 그녀는 마트에서 산 천일염을 넣은 뒤 국물을 떠 간을 보고는 고개를 갸웃했다. 평소보다 조금 싱거웠기 때문이었다.

"콩나물국 간 좀 봐줄래?"

남편이 입맛을 다셨다.

"싱거운데? 소금 좀 더 넣어야겠다."

그녀가 작은 숟가락을 이용해 소금을 조금 더 넣었다. 다시 국물 맛을 본 남편이 고개를 끄덕이고 엄지를 척 내밀었다.

"오늘은 수축기 혈압 142, 이완기 혈압이 85입니다. 약을 드시면서 이전보다는 많이 낮아졌네요. 불편한 점은 없으신가요?"

"가끔 앉았다 일어날 때 핑 도는 어지럼증이 생겨요. 그럴 때 눈앞이 깜깜해지기도 하구요."

"기립성저혈압입니다. 일어설 때는 일시적으로 혈압이 더 떨어지고, 그럴 땐 어지럼증이 생기지요. 고혈압약이 원인일 수도 있습니다."

자그마한 진료실에 낡은 책상을 사이에 두고 김미선 씨와 의사가 마주 앉아 있었다. 남편이 다닌다는 이 의원에 방문한 것은 이번이 두 번째였다. 한동안 제주와 서울을 자주 왕래할 거라 서울에도 적당한 의원을 알아둘 필요가 있다. 허름하고 작은 의원이었지만 집에서 가까워 언제든 편하게 올 수 있었다. 저녁에 진료를 한다는 점도 마음에 들었다.

"혈압은 지금보다 조금 더 낮춰야 합니다. 기립성저혈압이 있으니 약의 용량을 높이기보다는 운동과 식이요법을 좀 더 해보는 게 좋겠습니다."

"그렇지 않아도 걷기는 꾸준히 하고 있어요. 일주일에 네댓 번은 한 시간 이상 걷습니다. 체중도 줄었구요."

"잘하셨네요. 계속하시면 더 효과가 있을 겁니다."

"고혈압엔 싱겁게 먹는 게 좋다고 해서 집에 있는 소금도 천일염으로 바꿨어요."

의사의 격려를 받은 그녀가 활기차게 말했다. 하지만 이번엔 기대와 달리 심드렁한 대답이 돌아왔다.

"소금을 덜 먹는 게 중요하지 어떤 소금을 먹는가는 중요하지 않습니다."

"천일염은 염분도 적고 다른 천연미네랄이 많다던데요. 그럼 도움이 되는 거 아닌가요?"

"천일염에 미네랄이 많다고 해도 아주 소량이라 건강에 영향을 줄 정도는 아니에요. 소금으로 건강에 도움이 될 만큼 미네랄을 섭취하려면 아주 많이 먹어야 하는데, 그러면 오히려 염분을 과다섭취해 건강에 해롭겠죠."

"그렇군요…."

"문제는 섭취하는 염분의 총량인데, 천일염에 염분이 적다 해도 간을 맞추다 보면 더 많이 넣게 되고 결국 섭취하는 염분의 양은 비슷해지곤 합니다. 천일염이든 일반 소금이든 과하게 먹으면 해롭습니다. 그러니 입맛을 싱겁게 바꾸는 게 중요해요."

의사의 설명에 그녀는 다소 실망한 눈치였다.

"공장에서 만들어진 소금보다는 좋을 거라고 생각했어요. 옛날 방식으로 바닷물을 말려서 얻으니까 자연친화적이잖아요. 가격도 비싸고."

"차이가 전혀 없진 않겠지만 결국 소금은 소금이니까요. 그리고 좋기만 한 음식은 없습니다. 자연식품이 공장을 거친 식품보다 무조건 나은 것도 아니구요."

"그래도 가공식품은 첨가물도 많고… 꺼림칙할 때가 있어요. 그래서 비타민도 합성보다 천연성분을 샀는데요."

"천연비타민이든 합성비타민이든 공장에서 만들어지는 건 같고 천연비타민에도 첨가물은 들어갑니다. 효과도 크게 다르지 않아요."

"가격은 많이 다르던데…."

순간 의사가 웃음을 참는 것처럼 보였다. 그가 헛기침을 몇 번 했다.

"가공을 거치지 않은 식품이 얼마나 있을까요? 순수하게 천연식품을 먹으려면 생식을 해야겠죠. 조미료도 인스턴트도 가공식품도 없던 조선시대 왕의 밥상을 지금 시각으로 보면 자연 그대로의 건강식이라 할 수 있겠네요. 그런데 평균 수명이 오십도 안 되었다고 합니다. 조선시대라면 저도 얼마 안 남은 셈이죠."

의사가 어깨를 으쓱했다. 이번엔 김미선 씨가 웃음을 참아야 했다.

"방송에선 특정한 음식 한두 가지가 건강에 큰 도움을 줄 것처럼 말하지만 그 음식만 먹으면 영양결핍이 생깁니다. 또 그렇다고 방송에 나오는 좋다는 음식을 모두 먹으면 비만이 될 겁니다. 결국은 전체적인 균형이 중요해요."

"적당히 골고루 먹으라는 말이군요. 어렵네요."

"건강법은 특별한 곳에 있지 않습니다. 모두가 아는 단순한 방법이 진리죠."

진료가 끝나고 일어서는 김미선 씨에게 의사가 말했다.

"참. 저는 요리할 때 일반 소금을 씁니다. 하지만 스테이크를 구울 때는 히말라야 소금을 써요."

"어머, 왜요?"

그가 씩 웃은 뒤 덧붙였다.

"그냥 맛이 더 좋거든요."

　고대의 나트륨 섭취량은 하루 100mg(소금으로 0.25g)도 안되었다고 한다. 5,000년 전 중국에서 음식을 소금에 절여 보존하는 염장법이 발명된 후로 소금 섭취가 늘어났다. 현대에는 냉장고를 사용하면서 음식을 오래 보관하기 위한 염장은 불필요해졌다. 하지만 가공식품의 소비가 증가하면서 소금 섭취 역시 함께 증가했다.

　소금의 주요 성분인 나트륨은 우리 몸에 필요한 미네랄 중 하나이다. 너무 적어도 문제지만 과하면 고혈압, 심혈관 질환, 만성신장병 발생 위험을 높일 수 있다. 한국인에게 흔한 암인 위암과도 관련이 있다는 연구 결과가 많다. 나트륨과 관련된 대표적인 질환으로 고혈압이 있다. 식습관이 혈압에 미치는 영향을 조사한 DASH-Sodium 연구[+]에서는 과일, 채소, 잡곡, 생선과 견과류 등을 위주로 한 식단 섭취와 더불어 나트륨 섭취를 절반으로 줄였을 때 고혈압환자의 수축기 혈압이 11.5mmHg 낮아지는 것을 확인했다. 특히 고혈압환자의 30%에서 50%가량에 해당하는 염분민감성salt sensitive 고혈압의 경우에는 소금 섭취에 따른 혈압 변화가 크다. 본인이 염분민감성 고혈압에 해당하는지 직접 확인하긴 어려우므로 일단 고혈압 진단을 받는다면 싱겁게 먹도록 노력하는 것이 좋다.

한국영양학회에서는 하루 나트륨 섭취량이 2300mg(소금으로 5.8g)보다 높은 경우 나트륨 섭취량을 줄이는 것만으로도 만성질환 위험을 낮출 수 있다고 권한다. 한국 성인의 나트륨 섭취량은 10여 년 전만 해도 4500mg 정도로 세계에서 가장 높은 수준이었지만 현재는 3038mg(소금으로 약 7.5g)까지 낮아졌다. 그간의 노력으로 섭취량이 많이 줄었지만 여전히 권장 기준에는 못 미친다. 특히 여성보다 남성이, 술이나 야식을 자주 먹는 집단이 나트륨 섭취량이 커 주의가 필요하다. 소금, 양념류(간장, 된장, 고추장), 김치, 라면 등이 대표적인 나트륨 급원식품[+]으로 꼽힌다.

전 세계 소금의 절반 이상은 암염(돌소금)이 차지하지만 우리나라는 바닷물을 이용해 소금을 만든다. 염전에서 바닷물을 말려 얻은 소금이 천일염이고 공장에서 전기분해를 통해 만든 것이 정제염이다. 천일염의 나트륨 함량은 85% 선으로 정제염(99%)보다 낮고 칼슘, 칼륨, 마그네슘 등의 미네랄이 더 많아 흔히 건강소금으로 불린다. 그래서 가격도 정제염보다 서너 배 비싸다. 하지만 비싼 만큼 건강에 도움이 될지는 의문이다. 천일염에 포함된 미네랄은 매우 소량으로, 일반적인 한국인의 소금 섭취량을 기준으로 계산하면 칼슘, 칼륨이 권장 섭취량의 5% 정도밖에 안 된다. 상대적으로 함량이 높은 마그네슘도 간수를 빼는 과정에서 양이 줄어든다. 우유, 채소, 견과류 등의 식품을 조금만 먹어도 이보다 많은 양의 미네랄을 쉽게 섭취할 수 있다. 만약 천일염만으로 미네랄을 충분히 섭취하려면 나트륨 섭취 또한 엄청나게 많아져야 할 것이다.

천일염이 건강에 이롭다는 인식의 배경에는 천연식품에 대한 믿음이 자리하고 있다. 바닷물을 말려 얻은 천연소금이라서 안심하고 먹어도 된다는 주장이 그 예이다. 하지만

[+] 특정한 영양소를 공급하는 식품.

천연식품이라고 무조건 건강에 이롭지도 않고, 합성식품이라고 무조건 해롭지도 않다. 적절한 허가를 받고 합성식품에 들어간 첨가물은 대부분 안전하다. 첨가물이 알레르기나 과민반응을 일으킬 수 있지만 이는 견과류나 계란과 같은 천연식품도 마찬가지이다. 천연식품인 밥이나 과일도 너무 많이 먹으면 비만이 생길 수 있다.

당뇨병이 있어 설탕이 들어간 음식은 피하면서도 천연꿀은 건강에 좋다고 생각해 일부러 매일 챙겨 먹어서 혈당이 높아진 환자도 종종 만난다. 꿀의 성분인 과당 역시 간에서 포도당으로 전환되어 혈당을 높이며, 설탕보다 혈당을 천천히 올린다 해도 당뇨병환자에게 장려할 음식은 아니다. 천연 빵, 천연 주스, 천연비타민 등 천연이란 단어만 붙으면 질이 높고 건강에도 좋다는 느낌을 주지만 대개는 마케팅의 영향을 받은 막연한 기대에 불과하다.

천연식품이든 합성식품이든 천일염이든 정제염이든, 과하게 섭취하지 않고 적당히 먹는 것이 건강에 좋다. 염장이 필요하지 않은 현대인에게 소금의 역할은 맛을 좋게 하고 음식의 풍미를 높이는 것이다. 건강에 해롭지 않을 만큼만 적당히 넣어서 음식을 즐기면 충분하지 않을까.

* 에피소드의 제목은 2015년 SBS에서 방영된 다큐멘터리의 제목을 차용했음.

결핍을 대면하는 방식

여성호르몬 치료, 받아야 하나요

 가방을 멘 아이들 무리가 학원 문을 열고 쏟아져 나왔다. 조용하던 상가 복도가 아이들의 웅성거림으로 채워졌다. 대부분의 아이들은 복도를 따라 썰물처럼 빠져나갔다. 남은 아이 중 몇몇이 장난을 치며 복도를 맴돌다 다른 학원 문을 열고 사라졌다. 어딘가에서 합창 소리가 들렸다. 복도 끝에 위치한 의원에서 흘러나오고 있었다. 휴대폰을 보며 지나가던 남자아이 하나가 의원 문 앞에 멈춰 호기심 어린 얼굴로 둘러보다가 그 노래가 성가임을 깨달았는지 이내 따분한 표정으로 계단을 내려갔다.

 반딧불 의원의 진료를 시작하기엔 이른 시간이었다. 대기실엔 여자 다섯 명이 앉아 있었다. 합창이 끝나고 나이가 가장 많아 보이는 머리가 희끗한 여성이 성서 구절을 낭독했다. 다음으로는 다가오는 바자회 행사 준비에 대한 보고가 오간 뒤 사람들은 두 손을 모으고 짧은 기도를 함께 했다. 기도가 끝나자 김희정 씨가 접수대 뒤편에서 종이컵과 홍차 티백, 쿠키가 놓인 쟁반을 가져와 테이블에 내려놓았다. 성서를 낭독했던 여성이 그녀에게 말했다.

"고마워요 안나 씨. 괜히 일찍 출근해서 차까지 대접하게 만들고."

"오랜만에 이렇게 구역모임을 하니 정말 좋아요. 장소가 마땅치 않았는데 안나 씨가 아니었음 난처할 뻔했지 뭐에요. 집에서 하는 것보다 더 분위기가 좋네요."

자그만 체구에 옥색 스웨터를 입은 여성의 말에 모두가 고개를 끄덕이며 맞장구를 쳤다. 김희정 씨가 종이컵에 차를 따르며 웃음을 지었다.

"불편하시지는 않을까 걱정했는데 다행이네요. 저야 어차피 일찍 출근할 때가 많아서 괜찮아요."

옥색 스웨터 여성이 김이 모락모락 나는 컵을 두 손으로 감싸 쥐고 말을 꺼냈다.

"따뜻한 차를 마시니 정신이 나는 것 같네. 아까 베로니카 언니가 복음 말씀할 때는 깜빡 졸았나 봐요. 어제 잠을 제대로 못 갔더니.”

“왜, 불면증이야? 무슨 고민 생겼어?”

“고민은요. 그냥 요즘 잠이 안 와서요. 자려고 누우면 자꾸 몸에 열이 올라서 더 그런 것 같기도 하구.”

“안젤라도 그래? 그거 갱년기 증상이야. 나도 수시로 열이 올라서 날이 추워도 스카프를 못 하잖아. 다른 사람들하고 같이 있을 때 갑자기 얼굴이 빨개져서 민망할 때도 있고. 금방 좋아지는 사람도 많다는데 벌써 반년은 된 것 같아. 언제 완전히 나아질는지 원.”

파마머리를 올려 묶은 여성이 고개를 절레절레 흔들었다. 옆에 앉은 둥근테 안경을 쓴 여성이 옥색 스웨터의 안젤라 씨에게 말했다.

“요즘 생리도 왔다 갔다 하지? 그러다 점점 뜸해지고 나중엔 멈춘다고 하더라. 난 어째 좀 서글퍼지더라구.”

“다들 때 되면 겪는 일인데 뭘 유난이야. 시간이 지나면 다 나아질 텐데. 벌써 오래전 일이긴 해도 난 매달 하던 거 안 하니 편하기만 하더만.”

머리가 희끗한 여성이 말했다. 대수롭지 않다는 투였다. 파마머리 여성이 그녀에게 샐쭉 눈을 흘겼다.

“베로니카 언니는 참 편하게도 말하네요. 저도 처녀 때는 매달 생리통이 너무 심해서 성당에 가면 생리 좀 안 하게 해달라고 기도를 다 했었잖아요. 근데 이제 폐경이 된다고 생각하니 왜 이리 인생이 허무한지 모르겠어요. 아직 하고 싶은 것도 많고 해야 할 일도 많은데 그만 맥이 탁 풀려 버리는 게, 이젠 여자도 아닌가 보다 그런 생각이 든다니까요."

"그런 생각이 지나치면 우울증이 된다더라. 데레사도 조심해. 난 한창 심할 때는 기분도 가라앉고 예민해져서 남편을 쥐잡듯이 잡았어. 그때 우리 애가 사춘기였는데 오죽하면 남편이 그러더라. 사춘기보다 무서운 게 갱년기라고."

안경 쓴 여성의 농담에 다들 키득거리며 웃었다. 가벼워진 분위기에 위안을 얻었는지 안젤라 씨가 다시 입을 열었다.

"사실 나도 요즘 우울해. 저녁에 거실에서 밖을 보면 지는 해와 노을은 아름다운데 저물어가는 내 모습은 왜 이리 초라하고 못나 보일까. 남편이랑 아이들도 늦게 들어올 때가 많으니 저녁은 혼자 차려 먹어서 뭐하나 싶고. 불도 안 켜고 소파에 우두커니 앉아 있을 때도 많아. 밤에는 열이 올라 잠을 못 자고 뒤척거리는데, 옆에서 코를 골며 자는 남편을 보면 괜히 밉더라. 인생은 원래 혼자구나 하는 생각도 들어."

그녀가 옆에 앉은 김희정 씨에게 부드러운 미소를 지으며 말을 이었다.

"안나 씨는 이런 이야기 아직 실감이 안 나죠? 언니들 주책이다 생각할지도 몰라요. 근데 난 안나 씨 나이가 너무 부러워요."

김희정 씨는 뭐라 답할지 몰라 난처한 표정을 지었다. 아직 그녀가 직접 겪진 않았지만 반딧불 의원에도 갱년기 증상으로 진료를 받는 환자들이 있기에 어느 정도는 익숙한 문제였다. 얼마 전엔 일찍 폐경을 맞은 사촌 언니에 관해 이수현 원장과 상의를 하기도 했다. 하지만 환자들의 이야기를 오늘처럼 자세히 들은 적은 없었다. 그녀가 대답하기 전에 안경 여인이 끼어들었다.

"얘 봐. 그냥 두면 큰일 나겠네. 여성호르몬 처방받아. 나도 갱년기 증상 때문에 고생했는데 먹고 나니 씻은 듯이 없어졌잖아."

소피아 씨의 말에 데레사 씨가 눈을 동그랗게 뜨고 물었다.

"정말? 그렇게 효과가 좋아?"

"열도 오르고 불면증에 우울증까지 종합세트였는걸. 근데 그런 증상은 다 나아지고 관절 아프던 것까지 좋아졌다니까. 오죽하면 내가 왜 더 일찍 처방해주지 않았냐고 의사 선생님께 원망을 했겠어."

대화를 듣던 안젤라 씨가 조금은 걱정스러운 표정으로 말했다.

"여성호르몬은 부작용이 많다고 하던데. 소피아 언니는 별 문제 없었어요?"

"처음 먹기 시작할 때는 끊겼던 생리가 자주 나와서 불편하고 가슴이 뭉쳐 아프기도 했지. 흔한 일이라더라. 지금은 그것도 나아졌어."

"저도 갱년기 증상이 아닐까 싶어 이것저것 좀 찾아봤어요. 그런데 호르몬제 먹으면 유방암이 생길 수 있다고 해서 덜컥 겁이 나더라구요."

"의사 선생님도 유방암검사 꼭 받아야 한다는 이야기를 하던데, 그야 원래 정기검진 받고 있던 거니까. 당장 잠을 못 자고 힘들어 죽겠는데 어쩌겠어. 그리고 유방암이 생길 확률은 생각보다 높지 않다고 하더라. 안나 씨, 그렇지 않아요?"

소피아 씨는 답을 하면서도 약간은 자신이 없었는지 김희정 씨에게 동의를 요청했다.

"네, 저도 그렇게 알고 있어요. 예전엔 유방암이 생길 수 있다고 해서 한참 호르몬치료를 안 하기도 했는데 최근에는 위험이 크지 않다고 해요. 저희 의원에서 처방받는 분들도 있는 걸요."

김희정 씨의 대답에 소피아 씨는 다시 안심하는 눈치였다.

안젤라 씨는 아직 확신이 없는 듯했다. 나이가 가장 많은 베로니카 씨가 다시 말을 이었다.

"나 때는 호르몬치료 하라는 이야길 많이 듣지 못했는데 이젠 아닌가 보네. 나도 비슷한 증상이 있었는데 그냥 참고 지냈지 뭐. 그러고 보면 세상 참 좋아졌어."

데레사 씨가 말했다.

"베로니카 언니도 호르몬약을 먹지 않고 그냥 넘긴 거잖아요. 나도 갱년기 증상이 있긴 하지만, 누구에게나 생기는 일이고 시간이 지나면 결국 나아지는데 되도록 자연스럽게 보내는 게 좋지 않을까 싶어요."

"좋은 약이 있는데 참을 게 뭐 있어. 결핍증이라고 하잖아. 여성호르몬 결핍증. 호르몬이 부족해서 생기는 문제이니 약을 먹고 부족한 걸 채우면 되지. 간단한 거 아닌가. 난 직접 경험해보니 이 좋은 약을 왜 다들 안 먹고 참고 있나 하는 생각이 들더라. 갱년기를 겪는 여자들 모두가 먹는 게 좋다고 생각해. 안나 씨는 어떻게 생각해요?"

소피아 씨가 한 번 더 동의를 구하는 듯한 태도로 김희정 씨를 바라보았다. 다른 세 사람도 그녀가 입을 열길 기다렸다. 모두의 시선을 느낀 김희정 씨가 머뭇거리다 대답했다.

"결핍은 모자란다는 뜻인데, 너무 이른 나이에 여성호르몬이 줄어드는 경우엔 그렇게 볼 수 있다고 봐요. 치료도 필요할 것 같구요. 하지만 때가 되어 자연스럽게 호르몬이 줄어드는 건 모두가 겪는 과정인데 그걸 치료가 필요한 병으로 보기는 어렵지 않을까요. 그래서 요즘은 폐경이 아니라 완경이라고도 하잖아요. 폐경이 된다고 모두가 다 불편한 증상을 겪는 것도 아니구요."

김희정 씨는 말을 끊고 얕은 한숨을 내쉬었다. 어떻게 설명해야 할까. 조심스러웠다. 앞에 앉은 이들 모두가 그 과정을 직접 겪었거나 겪고 있는 당사자들이었지만 막상 그녀 자신은 경험한 적이 없었다.

"결핍증이란 건 결국 증상을 말하는 거니까요. 저희 원장님도 호르몬이 줄어드는 것 자체는 자연스러운 변화니까, 그보다는 그로 인해 생기는 구체적인 증상이 심한지가 중요하다고 하셨어요."

그녀의 말에 모두가 생각에 잠겼다. 짧은 침묵을 깬 건 다시 베로니카 씨였다.

"안나 씨 말이 맞아. 내가 불편치 않다면 결핍은 문제가 아니지. 부족함을 느끼지 않는다면 굳이 채울 필요도 없고."

"부족한 게 많은 나는 아직은 약을 먹어야 할 것 같네요. 남들보다 예민한 이 몸을 어찌한단 말이오."

소피아 씨가 연극배우처럼 과장된 말투로 한탄했다. 데레사 씨가 그녀의 옆구리를 쿡 찌르며 말했다.

"사람마다 다르다잖아. 난 그럭저럭 지낼 만하지만 소피아처럼 심하면 약을 먹을 수도 있는 거지. 안젤라도 가만있지 말고 의사 선생님하고 상의해 봐. 치료를 받는 게 더 나을 수도 있는 거니까."

"맞아요. 치료가 필요한 사람도 많거든요. 뼈가 약해지는 골다공증 예방에도 도움이 되구요."

김희정 씨도 거들었다. 안젤라 씨가 순순히 고개를 끄덕였다. 소피아 씨가 말했다.

"치료를 받고 몸이 편해진 것도 좋지만 무엇보다 내가 힘든 이유를 알고 나니 마음이 후련하더라. 근데 한편으론 내가 겪는 문제들이 갱년기란 이름으로 싸잡히는 느낌이 드는 건 달갑진 않았어. '기승전 갱년기'라고 말야. 어디가 아프다고 하거나 우울하다고 말을 꺼내려고 하면 우리 남편이 당신 갱년기잖아, 이래버리는데 말문이 막혀서 더 이야기하기 어려워. 그래서 나도 우리 아들 두고 예전엔 무심코 사춘기다, 중이병이다 했는데 이젠 안 하잖아. 그런 말 할 시간에 애 이야기 일 분이라도 더 들어주는 게 낫지."

데레사 씨도 동감한다는 듯 소피아 씨의 어깨를 토닥이고 말을 이었다.

"난 갱년기란 말을 들으면 부정적인 생각부터 드는 것도 속상했어. 내가 그런 대상이 되었구나 싶어서. 그런데 이제는 내 몸이 나한테 말을 거는 거란 생각을 해. 그동안 너무 정신없이 사느라 나 자신이 하는 말에 귀 기울일 줄 몰랐구나, 들어주지 못했구나 싶고. 그래서 요즘은 내가 읽고 싶은 책도 더 읽고 하고 싶은 일도 더 하려고 해. 지난달부터 요가를 시작했는데 그렇게 좋더라. 몸도 덜 화끈거리는 것 같고."

"몸은 시들어도 마음은 풍요로워지는구나. 결핍이란 게 좋은 점도 있네."

두 사람의 말에 모두가 미소를 지었다. 베로니카 씨가 헛기침을 했다.

"너희들 이야길 들으니 내가 좋아하는 고린도후서 구절이 생각난다. 그러므로 우리가 낙심하지 아니하노니 우리의 겉사람은 낡아지나 우리의 속사람은 날로 새로워지도다."

"주님의 말씀입니다."

소피아 씨가 기도하듯 두 손을 마주 잡고 냉큼 화답했다. 유쾌한 웃음소리가 대기실을 가득 메웠다.

사람들이 통로를 필사적으로 달려온다

다시는 오지 않을 열차라도 되는 양

놓치면 큰일이라도 나는 양

이런, 이런,

그들을 살짝 피해

나는 건들건들 걷는다

건들건들 걷는데

6호선 승차장 가까이서

열차 들어오는 소리

어느새 내가 달리고 있다

누구 못잖게 서둘러 달리고 있다

　황인숙 시인의 시 〈갱년기〉의 일부이다. 이 시에는 갱년
기를 맞이하는 마음가짐이 잘 나타나 있다. 다시 오지 않을
청춘을 보내며 느끼는 조급함. 시계바늘을 조금이라도 되돌
리고 싶은 마음. 조급함을 덜기 위해 건들거려도 보지만 더
늦기 전에 서둘러 시간을 잡고 싶은 안타까운 마음은 누구
나 마찬가지일 것이다.

여성호르몬을 폐경기 증상 개선을 목적으로 사용하기 시작한 것은 1940년대부터이다. 이후 여성호르몬은 여성성을 유지하고 노화를 방지하는 약물로 자리매김했고 1990년대까지 인기를 누렸다. 당시엔 폐경기 증상이 없는 여성에게까지 사용되기도 했다. 하지만 2002년 WHIWomen's Health Initiative, 여성건강이니셔티브 연구를 통해 호르몬요법이 심혈관질환과 뇌졸중을 일으킬 수 있다는 결과가 발표되면서 여성호르몬 치료는 위기를 맞았다. 곧이어 장기간의 호르몬치료가 유방암의 발생 위험을 높일 수 있다는 연구 결과가 추가로 알려지면서 호르몬요법의 인기는 급격하게 사그라들었고, 약 10년이 넘게 암흑기에 놓였다. 이후 호르몬치료의 긍정적인 효과를 증명한 다양한 연구들이 새로 발표되면서 최근에는 호르몬치료를 옹호하는 의견이 다시 힘을 얻고 있다. 논란의 핵심이었던 유방암의 경우 후속 연구를 통해 5년에서 7년까지는 복용을 지속해도 위험이 커지지 않는 것으로 나타난 바 있다.

폐경기의 대표적인 증상은 갑작스러운 열감이며 여성호르몬이 가장 효과적인 치료 방법이라는 사실에는 이견이 없다. 증상이 심하지 않다면 굳이 사용할 필요는 없지만, 적절히 사용했을 경우 부작용에 대해 지나치게 걱정할 필요도 없다. 전문가들은 폐경 증상이 시작될 때 되도록 일찍 치료를 시작하라고 권한다. 늦게 치료를 시작할수록, 복용기간이 길어질수록 부작용의 위험이 커질 수 있기 때문이다. 여성호르몬 치료는 열감이나 식은땀 등의 혈관운동성 증상 이외에 골다공증, 과민성방광, 질 위축과 성기능장애, 우울감 등 다양한 증상의 예방과 개선에도 부가적인 도움을 줄 수 있다. 반면 질출혈이나 유방 통증과 같은 부작용도 흔히 발생하므로 의료진과 상의해 자신에게 맞는 약제를 선택하는 것이 좋다. 다만 유방암이나 정맥혈전증 병력이 있는 경우엔 호르몬치료를 삼가야 한다.

규칙적인 운동을 하는 것도 폐경기 증상을 줄이는 데 큰 도움이 된다. 신체적인 변화뿐 아니라 상실감 등 감정의 기복이 많을 때이므로 사회적 지지를 얻을 수 있는 다양한 활동을 하는 것이 좋다. 생리가 멈추는 과정을 자연스러운 나이 듦으로 받아들이는 마음가짐도 필요하다. 폐경을 인생의 한 챕터를 마무리하고 다음 단계의 삶으로 가는 과정으로 여기는 이들도 많아지고 있다. 최근 부정적인 어감을 주는 '폐경'이 아니라 '완경'이란 용어 사용이 늘어나고 있는 것도 이러한 분위기를 반영한 변화라 할 수 있다.

손잡아주세요

팬데믹 시대, 손씻기의 의미

"백오십 년 전만 해도 손을 씻어서 감염을 예방할 수 있다는 걸 몰랐어요. 세균이나 바이러스가 병을 옮긴다는 것도 몰랐답니다. 산부인과 의사들이 손을 씻지 않아서 아이를 낳는 산모들이 세균에 감염되어 죽는 일도 많았습니다. 당시에 손씻기를 통해 환자를 살릴 수 있다고 주장했던 제멜바이스라는 의사는 미친 사람 취급을 받다가 정신병원에서 쓸쓸히 생을 마감했지요."

슬라이드 화면엔 콧수염을 근엄하게 기른 의사의 사진과 당시 병원의 진료 모습을 담은 그림이 차례로 지나갔다. 마지막 시간인 데다 외부강사 초청수업이라 교실 분위기는 이전 시간보다 자유로워 보였다. 아이들은 연휴를 앞두고 있어선지 조금은 들뜬 것 같기도 했다. 몇몇 아이들은 아직 마스크를 쓰고 있었다.

"감염병을 예방할 수 있는 대표적인 방법이 마스크 착용과 손씻기입니다. 어떻게 효과가 있는지는 동영상을 통해서 알아볼게요."

이수현 씨가 마우스를 클릭했다. 다음 슬라이드는 영화의 한 장면이었다. 한눈에도 아파 보이는 젊은 남자가 약을 사려 하고 있었다. 기침을 하는 환자에게서 작은 침방울이 무수히 튀어나왔다. 특수효과를 이용한 카메라가 침방울을 따라 이동했다. 물 흐르듯 떠다니던 침방울이 약국 안에 있던 다른 사람들에게로 다가간다. 영화는 하얀 점 모양의 침방울이 천식흡입제를 사용하던 다른 환자에게, 차례를 기다리던 엄마와 어린아이에게, 교복 차림의 여학생들에게 닿는 모습을 슬로우모션으로 보여주었다.

아이들은 흥미로운 얼굴로 동영상을 지켜보았다. 침방울이 약사의 콧속으로 들어가는 장면에서는 여학생 한둘이 구역질하는 시늉을 하며 인상을 찌푸렸다. 교실 뒤편의 김희정 씨와 눈이 마주친 이수현 씨가 웃음 띤 얼굴로 어깨를 으쓱했다.

"기침이나 재채기를 할 때, 그리고 말을 할 때도 작은 침방울이 나와요. 이걸 비말이라고 하는데요. 영화에선 관객에게 보여주기 위해 특수효과로 표현했지만 실제로는 눈에 보이지 않아요. 하지만 이렇게 작은 침방울 안에도 세균이나 바이러스가 들어있습니다. 환자와 가까이 있는 경우는 영화에서처럼 침방울을 통해 직접 전염이 될 수 있는 거지요. 이걸 막으려면 마스크 착용이 중요하겠죠? 기침할 때 비말이 튀지 않도록 팔로 입을 가리는 것도 도움이 됩니다."

이수현 씨가 헛기침하며 옷소매로 입을 가렸다.

"이제 손씻기의 효과를 실험해봅시다."

둘로 나뉜 아이들이 교실 앞뒤로 나가 줄을 섰다. 이수현 씨와 김희정 씨가 아이들에게 로션을 짜주고 양손에 골고루 바르도록 도왔다. 실험용 로션이지만 일반 핸드크림과 큰 차이가 없어 보였다. 아이들은 로션을 유심히 살펴보거나 킁킁 냄새를 맡기도 했다.

"자, 이제 화장실에 가서 자유롭게 손을 씻고 오세요."

줄지어 교실을 나간 아이들은 화장실에서 손을 씻고 교실로 돌아왔다. 그동안 이수현 씨와 김희정 씨는 교탁에 네모난 상자를 설치했다. 모든 아이들이 자리에 앉은 것을 확인한 김희정 씨가 상자 안의 카메라 스위치를 켰다. 카메라와 연결된 티비에 상자 안의 모습이 비쳤다.

"아까 여러분 손에 바른 로션엔 형광물질이 들어 있어요. 맨 눈에는 보이지 않지만 자외선 아래에선 파랗게 보여요. 저는 로션을 바르고 아직 손을 씻지 않았는데 어떻게 보이는지 확인해볼게요."

김희정 씨가 양손을 상자 안에 넣었다. 이수현 씨가 자외선 램프의 스위치를 올리자 말짱하던 두 손이 마술처럼 새파랗게 물들었다. 아이들이 신기해하는 표정으로 감탄사를 내뱉었다.

"아까 화장실에서 로션을 잘 씻어냈다면 자외선을 비추어도 색이 보이지 않을 거예요. 이제 한번 볼까요?"

맨 앞자리의 여학생이 앞으로 나와 상자에 손을 넣었다. 아이들의 시선이 티비 화면에 고정되었다. 손바닥은 대체로 깨끗했으나 손가락 사이와 접히는 부분에는 선명한 푸른색이 남아 있었다. 아이들은 저마다 색깔이 보이는 부분을 가리키며 웅성거렸다. 이어서 다른 학생도 자외선램프 아래에 손을 넣었다. 색깔이 남은 정도는 조금씩은 차이가 있었지만 대부분 비슷했다. 손바닥보다는 손등이, 그리고 그보다는 손가락 사이와 끝이 더 푸르게 보였다. 다른 친구들보다 색깔이 많이 남은 아이는 민망한 표정을 짓기도 했다. 맨 뒷줄에 앉았던 덩치가 크고 얼굴에 여드름이 가득한 남학생이 손을 넣자 와르르 웃음이 터졌다. 손 전체를 물감 통에 넣었다 뺀 것처럼 푸른색이 그대로 남아 있었기 때문이었다. 서른 명 아이들의 실험이 진행되는 동안 교실은 내내 시끌시끌했다.

"손을 씻어도 시간이 지나면 눈에 보이지 않는 세균이 늘어나기 때문에 특별한 일이 없어도 주기적으로 손을 씻어야 해요. 하루에 여덟 번 이상, 한 번에 이십 초 이상 씻는 게 원칙입니다. 특히 음식을 먹기 전이나 화장실에 다녀올 때도 꼭 씻어야 하구요."

김희정 씨가 두 손을 앞으로 올리고 설명을 계속했다.

"한번 따라 해볼까요? 먼저 흐르는 물로 손을 적시고 비누를 충분히 묻힌 뒤에 양손을 마주 대고 문지릅니다. 손바닥 먼저, 다음엔 손등도 문질러줍니다."

아이들은 김희정 씨를 따라 양손을 비볐다. 때를 벗기듯이 힘주어 문지르는 아이도 있었고 귀찮은 듯 시늉만 하는 아이도 있었다.

"다음엔 손가락을 깍지 끼고 문질러주세요. 네, 기도할 때처럼요. 손가락 사이사이도 꼼꼼하게 씻습니다. 마지막으로 손가락 끝을 반대편 손바닥에 대고 문질러주세요. 실험에서도 볼 수 있었지만 손가락 사이와 손톱 끝에 세균이 남아 있는 경우가 많답니다. 이제 다시 화장실에 가서 지금 배운 대로 씻어보세요."

두 번째로 화장실에 다녀온 아이들의 손은 이전보다 푸른색이 훨씬 가신 상태였다. 아이들은 서로의 손을 살펴보며 장난을 쳤다. 사랑스러운 웃음소리가 교실을 울렸다. 소란이 가라앉을 무렵 여학생 한 명이 조심스럽게 손을 들었다.

"선생님, 마스크를 쓰면 친구와 손잡아도 되나요?"

김희정 씨의 어리둥절한 눈빛을 보고 학생이 재빨리 말을 이었다.

"코로나가 심할 때, 손을 잡으면 바이러스를 옮길 수 있으니 되도록 손잡지 말라고 하셨거든요. 그런데 정말 손잡으면 안 되는 건가 해서요. 선생님 말씀처럼 마스크를 잘 쓰면 비말을 막을 수 있을 테니까 손은 잡아도 되지 않을까요?"

"야, 반장이랑 손잡으려고 그러는구나?"

맨 뒷줄의 여드름 가득한 남학생이 한마디 툭 던졌다. 느물느물한 말투였다. 주변 아이들이 키득거렸다. 여학생이 고개를 확 돌려 목소리의 주인공을 째려보았다.

"야, 분화구. 적당히 해라?"

"그냥 손잡아라. 바이러스 정도는 극복해야 진짜 사랑이지. 안 그러냐, 반장?"

별명으로 불린 아이는 아랑곳하지 않고 대꾸했다. 김희정 씨는 순간 터질 뻔한 웃음을 참았다. 여드름이 무성하고 듬성듬성 수염이 난 얼굴과 딱 맞는 별명이었다. 뮤지컬 배우 같은 과장된 말투에 주변 아이들의 웃음소리가 더 커졌다. 분화구가 앞에 앉은 남학생의 등을 툭툭 쳤다. 수업 시작 인사에 구령을 붙인 학생이었다. 반장의 얼굴이 붉게 물들었다.

"서로 손을 잡으려면 더 잘 씻어야겠죠. 마스크를 쓰지 않는 사람도 있고, 식사할 때처럼 벗는 경우도 있으니까요. 비말이 주변 사물에 묻으면 바이러스가 한동안 살아있는데, 이걸 손으로 만진 뒤에 코나 입을 만지면 바이러스가 호흡기 안으로 들어가 감염될 수 있어요. 그래서 손을 자주 씻으면 예방하는 데 도움이 되는 거예요."

손을 잡기 전에도 생각이 필요한 세상이구나. 김희정 씨는 쓴웃음을 지었다.

바이러스가 유행한 지난 삼 년은 살아남기 위해 타인을 경계하고 거리를 두어야 했던 시기였다. 팬데믹은 공식적으로 끝났지만 멀어졌던 거리가 다시 가까워지려면 시간이 더 필요할 것이다. 김희정 씨는 얼마 전 보았던 시사 프로그램을 떠올렸다. 코로나 유행 기간에 일자리를 잃은 사람들에 대한 내용이었다. 항공사와 호텔 같은 번듯한 직장에 다니던 이들은 실직 후 대리운전과 배달로 생계를 꾸리고 있었다. 빚더미에 올랐지만 대출 때문에 문을 닫지도 못하는 자영업자들도 많았다. 반딧불 의원이 있는 건물에도 문을 닫은 가게들이 있었고 그중 일부는 아직도 비어있었다. 데스크에 앉은 앵커와 기자는 코로나 유행 기간 동안 불평등과 격차가 심해졌음을 나타내는 통계자료를 설명했다. 재난은 모두에게 예고 없이 찾아왔지만 누구에게나 같은 모습으로 온 것은 아니었다.

김희정 씨는 앞에 앉은 아이들을 다시 둘러보았다. 아이들은 손을 잡기 전에 한 번 더 생각하고 망설여야 했던 시간을 거치며 너무 일찍부터 사회를 배우게 되었는지도 모른다. 순간 아이들이 측은하게 느껴졌다.

"손을 잡는다는 건 마음을 나누는 행동이기도 하죠. 거리두기를 하고 원격수업을 했던 때는 친구들을 마음껏 만나지 못해 여러분도 서운했을 거예요. 새로운 바이러스가 유행하면 또 그런 상황이 올 수도 있어요. 이전처럼 편하게 손을 잡지 못한다해도, 그럴 때일수록 그 거리를 메우려는 마음이 더 필요할 것 같네요. 꼭 직접 손을 잡아야만 마음을 나눌 수 있는 건 아니니까요."

"고마워요. 갑자기 부탁을 드렸는데 와주셔서."

"뭘요, 수녀님. 하던 일이고 일정만 바꾸었을 뿐인네요."

학교 건물 현관 앞에 마르타 수녀와 이수현, 김희정 씨가 서 있었다. 수녀는 가톨릭 재단이 운영하는 이 중학교의 이사진

중 한 명이었다. 수녀의 부탁으로 반딧불 의원이 이 학교의 출장 검진을 맡은 것도 몇 년 되었다. 김희정 씨가 물었다.

"그런데 박 선생님은 괜찮으신가요? 기침이 심하시다 들었는데."

"오늘 아침에 통화했어요. 한결 나아진 목소리더라구요. 두 분께 감사하다고 다시 한번 전해달라 하셨답니다."

의사의 강의가 아이들의 흥미를 좀 더 끌 수 있을 거란 이유로 강의를 부탁받기도 했다. 예방접종이나 금연, 청소년 정신건강 같은 주제는 실제 사례로 구성해 아이들에게 좋은 평가를 받았다. 한동안 중단했던 외부강사 교육이 재개되면서 이번 학기엔 아이들이 참여할 수 있는 손씻기 실험을 준비했다. 보건 선생님의 연락은 이틀 전 받았다. 원래 강의를 하기로 했던 강사가 일정을 바꾸게 되었는데 다음 달로 예정된 반딧불 의원의 강의를 미리 해줄 수 있느냐는 것이었다. 선생님은 자신도 독감에 걸려 출근을 못 하게 되었다며 미안해했다. 김희정 씨는 학교에 와서 아이들을 보는 것이 즐거웠고, 그래서 삼년 만에 다시 시작된 학교 출장이 내심 반가웠다. 일정을 당겨 달라는 부탁을 선뜻 승낙한 것도 그 때문이었다.

"학교는 역시 아이들로 북적여야 제 모습이 되는 것 같아요."

김희정 씨의 말에 마르타 수녀가 고개를 끄덕였다.

"아이들이 학교에 다시 돌아올 수 있게 되어 다행이에요. 원격수업 기간엔 학업능력이 많이 떨어진 아이들도 있었거든요. 부모가 챙겨주지 못하거나 학원에 가기 어려운 아이들은 더 그랬을 거예요. 바이러스가 기승을 부렸던 이 년 동안이 아이들 간의 격차를 키우는 시간이었던 것이죠."

"재난은 약한 곳부터 무너뜨린다고 하는데 학교도 마찬가지군요."

이수현 씨가 대꾸했다. 잠깐의 침묵 후에 수녀가 혼잣말처럼 답했다.

"예수님은 항상 손잡아주시는 분이었지요."

세 사람은 말없이 운동장을 바라보았다. 축구 골대 앞에서 마스크를 쓴 아이들 몇이 공을 찼다. 아이들이 발을 놀릴 때마다 희뿌연 먼지가 피어올랐다. 김희정 씨가 하늘을 보며 중얼거렸다.

"벌써 달이 떴네."

파란 하늘에 희끄무레한 낮달이 떠있었다. 마르타 수녀가 미소를 지었다.

"낮에도 달이 있지만, 평소엔 햇빛이 너무 밝아서 보이지 않을 뿐이래요. 곁에 있지만 보이지 않는 것들이 있는 법이죠."

두 사람이 교육도구를 트렁크에 실었다. 차에 타려는 두 사람에게 마르타 수녀가 갑자기 생각난 듯 말했다.

"우리 같이 사진 찍어요. 아이들 강사로 초청해놓고 사진도 하나 안 남겨서 서운했는데. 오늘도 깜빡할뻔했네."

마르타 수녀가 골대 뒤쪽에 서 있던 남자아이를 부르며 손짓을 하자 아이가 얼른 달려왔다. 마르타 수녀는 아이에게 휴대폰을 건네고 두 사람 사이에 서서 팔짱을 꼈다. 아이가 셔터를 눌렀다. 아이에게 휴대폰을 돌려받은 마르타 수녀가 아이의 머리를 쓰다듬었다. 아이는 인사를 꾸벅 하고 다시 운동장으로 달려갔다. 뒤돌아선 그녀가 말했다.

"이번엔 내가 두 사람 찍어줄게. 거기 나란히 서봐요."

김희정 씨가 손사래를 쳤지만 마르타 수녀는 아랑곳하지 않았다. 성화에 못 이겨 나란히 서서 엉거주춤 포즈를 취한 두 사람을 보고 수녀가 박장대소를 했다.

"자세랑 표정이 그게 뭐예요. 잔뜩 얼어서. 우리 학교 아이들보다 서투르네."

이수현 씨가 어색한 표정을 지으며 손가락으로 가볍게 자신의 허벅지를 두드렸다. 수녀가 두 사람을 좀 더 바짝 붙도록 손짓했다. 몇 번 셔터를 누른 뒤 액정을 확인한 수녀가 만족스러운 표정을 지었다.

수녀의 배웅을 받으며 출발한 차가 교문을 빠져나와 교차로 앞에서 멈췄다. 휴대폰의 메신저 알림이 울렸다. 수녀가 보낸 사진이었다. 사진 속에서 어색하게 웃고 있는 두 사람을 보고 김희정 씨가 실소를 터뜨렸다. 이수현 씨가 말했다.

"다음엔 좀 더 잘 찍어봐요, 우리."

김희정 씨가 고개를 끄덕인 뒤 차창 밖으로 낮달이 뜬 하늘을 올려다보았다.

"식사하고 갈까요? 시간이 애매해서 먹고 바로 출근하는 게 나을 것 같은데."

"칼국수 좋아하셨죠? 근처에 기가 막힌 집이 있어요."

"갑자기 배가 무지 고파지는데요."

그녀가 미소를 지으며 그의 손가락 위에 가만히 자신의 손을 포갰다.

손씻기는 미생물에 의한 감염을 막는 효과적인 방어 수단이다. 하지만 불과 150년 전만 해도 이를 믿는 사람은 거의 없었다. 당시에는 세균이 아니라 나쁜 공기와 악취로 전염병이 발생한다는 것이 정설이었고, 이런 잘못된 믿음이 바뀌는 데에는 오랜 시간이 걸렸다. 이 과정에서 중요한 역할을 한 사람이 헝가리 의사인 이그나츠 제멜바이스Ignaz Semmelweis이다.

제멜바이스가 일하던 오스트리아 빈 종합병원에는 출산 후 산욕열로 죽는 산모가 많았다. 출산 후 6주의 기간을 일컫는 산욕기에 열이 나는 것을 산욕열이라 부른다. 분만 과정에서 생긴 감염이 원인이며, 현재는 감염 예방조치와 항생제의 역할로 선진국에서 이 질환으로 죽는 산모는 거의 없다. 하지만 19세기 중반에는 산모 4명 중 1명이 산욕열로 사망할 만큼 흔하고 무서운 병이었다.

산모들은 2개의 병실에 입원했는데 한쪽은 의대생이, 한쪽은 산파가 산모를 돌보았다. 그런데 의대생의 병실이 시설은 더 좋았음에도 산모의 사망률이 무려 3배나 높았다. 동료들은 남학생들이 산파보다 환자를 더 거칠게 다루기 때문이라고 여겼으나 제멜바이스는 동의하지 않았다. 그는 시신 해부를 하다가 곧바로 산모를 돌보러 오는 의대생이 많다는 사실에 주목했고, 시신의 감염성 물질이 의대생을 통해 산모에게 전파되어 산욕열이 생긴다고 추정했다. 그는 이를 증명하기 위해 염소 처리를 한 물통을 설치하고 의대생들이 해부실에서 병실로 가기 전에 손을 씻도록 했다. 그러자 18.3%였던 사망률이 4개월 만에 1.9%로 떨어졌다.

제멜바이스는 1847년에 이루어진 이 실험을 근거로 접촉을 통한 오염이 산욕열을 일으킨다고 주장했다.

당시 다른 의사들은 그들 자신이 질병을 옮긴다는 주장을 모욕으로 받아들이고 제멜바이스의 주장을 믿지 않았지만 유사한 사례와 근거가 쌓이면서 접촉을 통해 질병이 전파된다는 이론이 조금씩 힘을 얻기 시작했다. 1867년에는 영국의 외과의사 조지프 리스터Joseph Lister가 석탄산을 사용해 소독하는 살균수술법을 학술지〈랜싯The Lancet〉에 발표했다. (구강청결제의 대명사 격인 리스테린은 1879년에 리스터의 이름을 따 살균소독제로 개발된 것이다.) 이후 프랑스의 루이 파스퇴르Louis Pasteur와 독일의 로베르트 코흐Robert Koch가 주도한 연구가 진전되면서 비로소 미생물이 감염병을 전파하는 매개체라는 사실이 널리 알려지게 되었다. 병원 내 감염을 예방하기 위해 손씻기가 보편적으로 받아들여진 것도 그 이후의 일이다.

올바른 손씻기는 콜레라나 장티푸스 같은 수인성 질환과 감염성 위장질환의 절반 이상을 예방할 수 있고 코로나19와 같은 감염성 호흡기질환의 발생도 20% 줄일 수 있다. 손씻기의 가장 큰 장점은 누구나 쉽게 할 수 있다는 것이다. 백신 접종의 경우 델타, 오미크론 등 새로운 변이가 등장할 때마다 예방 효과가 떨어질 것을 걱정하지만, 손씻기는 어떤 변이에도 효과가 일정하게 유지된다는 장점이 있다.

세균과 바이러스를 보다 효과적으로 없애려면 흐르는 물과 비누를 이용해 손바닥, 손등, 손가락 사이까지 꼼꼼히 씻는 것이 좋다. 횟수는 하루에 8번 이상을 권하며 이와 별도로 음식을 먹기 전이나 용변을 본 후에도 씻어야 한다. 질병관리청의 감염병 예방행태 실태조사에 따르면 손씻기 실천율은 꾸준히 증가하고 있다. 외출 후 손을 씻는 비율은 2013년 81.9%에서 2019년 85.5%로 높아졌고, 특히 2020년에는 코로나19의 유행으로 97.6%까지 급격히 증가했다. 하지만 자가 보고와 관찰 조사 사이에는 차이가 있었다. 올바른 손씻기를 실천하고 있다고 응답한 비율은 87.3%인데 반해 실제 관찰 조사에서 용변 후 손을 씻는 비율은 75.4%에 그쳤다. 또한, 관찰 조사에서 용변 후 비누를 사용해 손을 씻은 비율은 37.1%에 불과했다. 손을 씻지 않는 이유로는 습관이 안 되어서, 귀찮아서가 대부분을 차지했다.

3년 동안 이어진 팬데믹의 시간은 사회 곳곳에서 불평등을 심화시켰다. 교육도 예외는 아니었다. 팬데믹 초기인 2020년 상반기에는 세계 거의 모든 나라가 학교 문을 닫았지만 2021년에 들어 등교제한의 감염예방 효과가 크지 않음이 알려지고 학력손실 문제가 커지면서 많은 나라에서 전면등교를 시행했다. 하지만 우리는 등교제한 기간이 훨씬 길었다. 2022년 5월 이후 늦었지만 전면등교를 시행한 것은 그나마 다행스러운 일이다. 그간 국내에서도 학업불평등의 문제가 커졌기 때문이다. 2022년에 발표된 '등교일수 감소가 고등학교 학생의 학업 성취 및 불평등에 미치는 영향' 연구는 코로나19로 인한 등교중단 기간이 긴 학교일수록 중위권 성적의 분포가 줄고 상·하위권의 분포가 늘어나는 학업 성취도 양극화 현상을 밝혀냈다. 등교일수가 줄어든 학교일수록 학업불평등이 커졌다는 것이다. 연구를 담당한 홍콩과학기술대 김현철 교수는 팬데믹과 같은 상황에서 교육불평등 문제를 개선하기 위해서는 하위권 학생들을 지지해줄 수 있는 정책적 배려가 필요하다고 조언했다.

저자의 말

반딧불 의원의 이야기를 엮은 첫 번째 책이 나온 이후 벌써 오 년이라는 시간이 흘렀습니다. 〈채널예스〉에 연재를 시작한 때부터 치자면 육 년입니다. 시간은 속절없이 빠릅니다. '첫 번째'란 말은 곧 첫 번째에 그치지 않음을, 그러니까 '두 번째'가 존재함을 의미하겠지요. 반딧불 의원의 두 번째 책에 실릴 저자의 말을 쓰면서 이제는 첫 번째라 불리게 될 책을 만들던 때의 기억을 떠올립니다. 밤에 여는 작은 의원의 이야기가 한 권의 책으로 묶이는 과정을 그저 놀랍고 기쁘게 지켜보던 그 때는 저자의 말을 다시 쓰게 되리란 기대를 감히 품지 못했습니다.

그동안 반딧불 의원의 이야기가 어딘가에서 실제로 진행되고 있을지도 모른다는 생각을 가끔 했습니다. 그럴 리는 없겠지만, 작은 진료실이 있는 동네의원과 그곳을 찾는 환자들의 사연은 어디에나 있으니까요. 반딧불 의원의 이야기를 이어서 써봐야겠다는 생각도 조금씩 생겼지만 금세 실행에 옮기진 못했습니다. 그러다 재작년 해외연수로 이전보다 여유로운 시간을 보내면서 다시 연재를 시작할 수 있었습니다. 일 년이면 초고를 완성할 수 있겠지 생각했는데 막상 책으로 엮어낼 만큼의 분량을 더 쓰는 데에 반년이 더 걸렸고, 이후로 책 출간까지 또 일 년이 지났습니다. 늘 그렇지만 시간은 속절없이 빠릅니다.

전문의가 된 뒤로 줄곧 대학병원에서 일하고 있지만 동네의원 의사의 꿈이 있었습니다. 그게 꼭 밤에만 여는 의원은 아니라 해도. 지금도 가끔 상상합니다. 환자의 이야기를 귀 기울여 듣고 진료실 밖에서의 사는 모습도 좀 더 들여다보는 그런 작은 의원을. 종종 왕진도 나갈 수 있다면 더 좋겠습니다. 반딧불 의원의 진료실에는 제 사사로운 바램도 조금은 자리를 차지하고 있는 셈입니다. 사실 주위를 둘러보면 이런 진료실은 멀지 않은 곳에 실재합니다. 정부의 시범사업을 통해 왕진에 참여하는 동네의원도 조금씩 늘고 있습니다. 저는 이 책이 동네의원에서 단골 환자의 주치의 역할을 묵묵히 하고 있는 의사 모두의 마음을 조금씩 품고 있다고 생각합니다.

　이 글을 쓰면서 첫 번째 책을 읽은 어느 독자의 후기를 떠올렸습니다. 책에서는 동네의원을 믿고 치료를 잘 받으면 큰 문제가 없다고 하니 마음이 편해지지만 현실은 그렇지 못하다는 내용이었습니다. 물론 반딧불 의원이 환자의 모든 문제를 해결하는 마법 같은 공간이 될 수는 없습니다. 책 속에서처럼 몇 번의 진료로 환자의 문제가 모두 해결될 수 있다면 좋겠지만 현실에는 쉽게 해결할 수 없는 질병들이 너무나 많습니다. 진료실에서 환자를 만나다 보면 의사로서 환자에게 도움을 줄 수 있는 일이 얼마나 적은지 매 순간 깨닫고 겸손해지게 됩니다. 다만 본문에서 말한 것처럼, 동네의원과 대학병원이 각자의 역할을 지금보다 더 잘할 수 있는 환경이 환자 모두에게 도움이 될 것은 분명합니다. 더 많은 이들이 동네의원을 먼저, 그리고 꾸준히 찾을 수 있게 되기를 소망합니다.

　Everything happens for a reason. 어느 영화의 대사처럼, 모든 일에는 이유가 있는 법입니다. 지난 오 년 동안 도움을 준 이들이 많았습니다. 가장 먼저 생각의힘 김병준 대표와 전 〈채널예스〉 엄지혜 기자께 감사를 전합니다. 두 분이 마련해준 기회가 없었다면 반딧불 의원 이야기도, 두 권의 책도 세상에 나오지 못했을 것입니다. 어쩌다 보니 두 권의 책을 내는 동안 김진형,

유승재, 김서영, 우상희, 이렇게 네 분의 편집자와 작업을 하게 되었습니다. 편집자의 역할이 무엇인지도 몰랐던 제게 재능 있고 성실한 편집자들과의 작업은 큰 즐거움이자 깨달음이었습니다. 지금 제게 편집자란 단어는 이들의 모습을 적당히 합쳐놓은 것을 뜻합니다. 이들은 원고의 교정 이외에 원고의 내용이나 방향에 대해서도 종종 의견을 주었습니다. 대부분 경우 그 조언을 충실히 따랐는데, 되돌아보면 무엇보다 잘한 일이었다고 생각합니다. 그러니 두 권의 책은 이들과의 공동 저작에 가깝습니다. 그럼에도 모자란 부분이 있다면 그것은 오롯이 제 몫일 것입니다.

첫 책을 함께 작업했던 김진형 편집자께는 좀 더 특별한 마음을 전하고 싶습니다. 건강정보를 쉽고 재미있게 전달해보자는 단순한 생각에 지금과 같은 페이크 다큐 형식의 글을 제안해준 이가 그였습니다. 그러니 반딧불 의원은 태생부터 그에게 많은 빚을 지고 있는 셈입니다. 한 편의 원고를 보낼 때마다 그는 빨간펜 선생님처럼 첨삭과 의견을 더한 답신을 보냈고, 책으로 빚기에 글의 얼개가 부족했던 초창기에 그 피드백은 정말 큰 도움이 되었습니다. 초고가 과연 읽을만한 것인지 불안해하다 그의 검토를 받고서야 안심을 하던 기억이 생생합니다. 그가 편집을 담당한 다른 책들을 보면서 첫 편집자로 그를 만난 것이 얼마나 운 좋은 일이었는지 실감했습니다. 그럼에도 막상 첫 책의 마지막 장에 그의 이름이 함께 인쇄되지 못한 점이 늘 아쉬웠습니다. 이 글로 뒤늦게나마 그 아쉬움을 조금은 덜 수 있기를 바래봅니다.

마지막엔 항상 가족이 있습니다. 아내 지령은 모든 원고의 첫 독자였습니다. 다독가인 그의 객관적인 시각은 원고를 쓸 때 생각하지 못한 점들을 일깨워 주곤 했습니다. 처음 밤에 여는 의원의 이름을 고민할 때 반딧불이란 이름을 냉큼 붙여준 첫째 아이는 어느새 훌쩍 커서 중학교 졸업을 앞두고 있습니다. 주말 밤 서재 모니터 앞에 앉아 있는 아빠에게 놀아달라 칭얼대던 둘째 아이는 이제 책상 옆 소파에서 얌전히 책을 읽으며 작업이 끝나길 기다릴 줄 아는 나이가 되었습니다. 제게는 어둠 속에서 빛을 내는 반딧불 같은 존재인 세 사람에게 깊은 고마움과 애정을 전합니다.

2023년 초가을에
오 승 원

참고문헌

친구가 되어주세요: 당신이 당뇨병에 걸렸다는 말을 들었다면

· 양동희, 〈당뇨병 환자의 심리적 반응〉, Korean Diabetes 2011;12:225-227.

선의의 의미: 편두통, 그리고 혼자 사는 청년의 건강

· 올리버 색스, 강창래 옮김, 《편두통》, 알마, 2016년.
· 김지선, 〈서울시 주거빈곤 청년 1인 가구의 건강 문제와 대응 전략에 관한 질적 연구: 당사자의 건강 개념을 바탕으로〉, 서울대학교 보건대학원 석사학위 논문, 2020년.
· 이명선·송현종·김보영, 〈1인 가구의 신체적 건강수준, 건강행태와 주관적 우울감의 관련성〉, 《보건교육건강증진학회지》, 2018;35(2):61-71.
· 하지경·이성림, 〈1인가구의 건강관련 습관적 소비, 생활시간이 주관적 건강에 미치는 영향: 비1인가구와 세대별 비교를 중심으로〉, Family and Environment Research 2017;55(2):141-152.

맛있는 과일을 고르는 법: 나에게 맞는 고혈압약은 무엇일까

· 대한고혈압학회, 〈2022년도 고혈압 진료지침〉, 2022년 11월.
· Soyeun Kim, Dong Wook Shin, Jae Moon Yun, Yunji Hwang, Sue K Park, Young-Jin Ko, BeLong Cho, "Medication Adherence and the Risk of Cardiovascular Mortality and Hospitalization Among Patients With

Newly Prescribed Antihypertensive Medications", Hypertension 2016 Mar;67(3):506-512.

그물로 물고기를 잡는 법: 건강검진에 대한 통념에 관하여

· "닻 올린 건강검진학회… 검진, '테스트' 아닌 '패스웨이'", 〈청년의사〉, 2021년 6월 7일.
· Jennifer Miller Croswell et al., "Cumulative incidence of false-positive results in repeated, multimodal cancer screening", The Annals of Family Medicine 2009 May-Jun;7(3):212-222.

우유, 먹어도 되나요?: 골다공증, 그리고 우유에 대한 변론

· Ji Soo Kim, Seung-Won Oh, Jiwoo Kim, "Milk Consumption and Bone Mineral Density in Adults: Using Data from the Korea National Health and Nutrition Examination Survey 2008-2011", Korean Journal of Family Medicine 2021 Jul;42(4):327-333.
· WC Willett, Ludwig DS. "Milk and Health", The New England Journal of Medicine 2020 Feb 13;382(7):644-654.

열정과 냉정 사이: 응급피임약 사용법

· 김주경·이재명, 〈낙태죄 헌법불합치 결정 관련 쟁점 및 입법과제〉, 《NARS 현안분석》, 2019년 52호.
· "임신중절약, 국내선 신청취소… 미국 온라인 전면 허용", 〈뉴스더보이스헬스케어〉, 2023년 1월 5일.

고통은 지나가고 아름다움은 남는다: 류마티스 관절염과 퇴행성 관절염

· "'류마티스 관절염' 병명 알기까지 2년… 대부분 치료 골든타임 놓친

다", 〈경향신문〉, 2016년 10월 18일.

당신의 손길이 내게 닿았을 때: HIV 감염인을 대하는 법
· 수전 손택, 이재원 옮김, 《은유로서의 질병》, 이후, 2002년.
· 박광서 등, 〈2022 HIV/AIDS에 대한 HIV 감염인의 인식조사 연구〉, 《러브포원 연구용역보고서》, 2022년.
· 질병관리청, 〈HIV 감염인 진료를 위한 의료기관 길라잡이〉, 2020년 12월.

혈액순환이 안 돼요: 손저림의 원인에 대하여
· 질병관리청 국가건강정보포털, 〈수근굴(수근관) 증후군〉, (https://health.kdca.go.kr/healthinfo/biz/health/gnrlzHealthInfo/gnrlzHealthInfo/gnrlzHealthInfoView.do).

붉은 소변의 비밀: 운동과 횡문근융해증
· 안소연·이주현·계소신·이나라·이민웅·김자영·신민식, 〈운동유발성 횡문근융해증의 임상 양상 및 혈청 크레아티닌에 따른 차이〉, Korean Journal of Family Practice 2017;7:233-238.
· "스피닝 등 고강도운동 '횡문근융해증' 유발", 〈헬스경향〉, 2017년 8월 22일.

길잡이, 또는 코치: 길 잃은 의료전달체계
· 이재호, 〈일차의료의 가치와 근거, 현실과 대안〉, 《근거와 가치》, 2014년 5권 1호.
· 조비룡, 〈국외사례로 본 동네의원 중심 포괄적 만성질환관리 방안〉, 《HIRA 정책동향》, 2018년 12권 5호.

· "의료전달체계 개선 '의뢰-회송 강화' 핵심", 〈의약뉴스〉, 2019년 10월
  7일.

안 쓸수록 좋다구요?: 항생제 내성 바로 알기
· 강병철, 〈무엇이 아이의 건강을 위협하는가-《약 안 쓰고 아이 키우
  기》비판〉,《스켑틱》7호, 2017년.
· 질병관리청 보도자료, 〈내 몸을 위한 항생제, 건강을 위해 올바르게
  써주세요〉, 2021년 11월 18일.

아픈 만큼 성숙해지고: 마음의 감기, 우울증에 대하여
· 주은선·조영임·김단비·강유진, 〈우울증 경험과 회복과정에 대한 질적
  연구〉,《한국콘텐츠학회논문지》, 2017;17(7):505-526.
· 대한의학회, 질병관리청. 〈일차 의료용 근거기반 우울증 임상진료지
  침〉, 2022년.

당신 잘못이 아니에요: 내 가족이 암에 걸렸을 때
· 조영대·전용우·장성인·박은철, 〈Family Members of Cancer Patients in
  Korea Are at an Increased Risk of Medically Diagnosed Depression〉,《예
  방의학회지》, 2018;51(2):100-108.
· Young Sun Rhee, Young Ho Yun, Sohee Park, Dong Ok Shin, Kwang
  Mi Lee, Han Jin, YooJeong Hwa Kim, Soon Ok Kim, Ran Lee, Youn
  Ok Lee, Nam Shin Kim, "Depression in family caregivers of Cancer
  patients: the feeling of burden as a predictor of depression", Journal of
  Clinical Oncology 2008;26(36):5890-5895.

싱글라이더: 기러기 아빠의 건강

· KESS 교육통계서비스 (https://kess.kedi.re.kr/index).

나이는 숫자일 뿐이라지만: 암검진 몇 살까지 받아야 할까

· 국가통계포털, 〈연령별 성별 암검진 대상 및 수검인원 현황〉, (https://
kosis.kr/statHtml/statHtml.do?orgId=350&tblId=DT_35007_N010).
· "위암 74살, 대장암 80살⋯ 암 검진 '은퇴 나이' 생겼다", 〈한겨레〉,
2015년 9월 15일.
· "[김철중의 생로병사] 노년기에 너무나 많이 행해지는 검사들", 〈조선
일보〉, 2017년 8월 29일.

일차함수와 지수함수: 자기만의 건강법

· 질병관리청, 〈2021년 국민건강통계〉, 2021년.
· Nedra B. Belloc, "Relationship of health practices and mortality",
Preventive Medicine 1973 Mar;2(1):67-81.
· Yanping Li, An Pan, Dong D Wang, Xiaoran Liu, Klodian Dhana,
Oscar H Franco, Stephen Kaptoge, Emanuele Di Angelantonio, Meir
Stampfer, Walter C Willett, Frank B Hu, "Impact of Healthy Lifestyle
Factors on Life Expectancies in the US Population", Circulation 2018 Jul
24;138(4):345-355.
· Martin Loef, Harald Walach, "The combined effects of healthy lifestyle
behaviors on all cause mortality: a systematic review and meta-analysis".
Preventive Medicine 2012 Sep;55(3):163-70.

봄날은 간다: 암경험자의 건강

· 엘리자베스 퀴블러로스, 이진 옮김,《죽음과 죽어감》, 청미, 2018년.

· Sang Min Park, Jongmog Lee, Young Ae Kim, Yoon Jung Chang, Moon Soo Kim, Young Mog Shim, Jae Ill Zo, Young Ho Yun, "Factors related with colorectal and stomach cancer screening practice among disease-free lung cancer survivors in Korea", BMC Cancer 2017 Aug 30;17(1):600.

소금을 대하는 우리의 자세: 천연식품이 꼭 좋은 걸까

· 질병관리청, 〈2021년 국민건강통계〉, 2021년.
· Frank M. Sacks, Laura P. Svetkey, William M. Vollmer, et al., DASH-Sodium Collaborative Research Group, "Effects on blood pressure of reduced dietary sodium and the Dietary Approaches to Stop Hypertension (DASH) diet. DASH-Sodium Collaborative Research Group", The New England Journal of Medicine 2001 Jan 4;344(1):3-10.

결핍을 대면하는 방식: 여성호르몬 치료, 받아야 하나요

· 대한폐경학회, 〈폐경호르몬요법 치료 지침〉, 2019년.

손잡아주세요: 팬데믹 시대, 손씻기의 의미

· 린지 피츠해리스, 이한음 옮김, 《수술의 탄생》, 열린책들, 2020년.
· 조경숙, 〈2013~2020년 손씻기 실천율의 변화〉, 《주간 건강과 질병》, 2021;14(42):2972-2987.
· 김현철, 〈팬데믹 등교 제한 2년, 이제 성적표를 읽을 시간〉, 《시사IN》 753호, 2022년.
· 〈Show Me the Science - Why Wash Your Hands?〉, Centers for Disease Control and Prevention. (https://www.cdc.gov/handwashing/why-handwashing.html

나의 하루를 진찰하는
반딧불 의원

1판 1쇄 펴냄 | 2023년 12월 8일

지은이 | 오승원
발행인 | 김병준
편   집 | 우상희
디자인 | 권성민
일러스트 | 함주해
마케팅 | 김유정 차현지 최은규 이수빈
발행처 | 생각의힘

등록 | 2011. 10. 27. 제406-2011-000127호
주소 | 서울시 마포구 독막로6길 11, 우대빌딩 2, 3층
전화 | 02-6925-4184(편집), 02-6925-4187(영업)
팩스 | 02-6925-4182
전자우편 | tpbook1@tpbook.co.kr
홈페이지 | www.tpbook.co.kr

ISBN 979-11-93166-22-2   03810